MARCEL PROUST

A LA RECHERCHE DU
TEMPS PERDU

TOME V

SODOME

ET GOMORRHE

II

* * *

VINGT ET UNIÈME ÉDITION

PARIS
ÉDITIONS DE LA
NOUVELLE REVUE FRANÇAISE
3 RUE DE GRENELLE

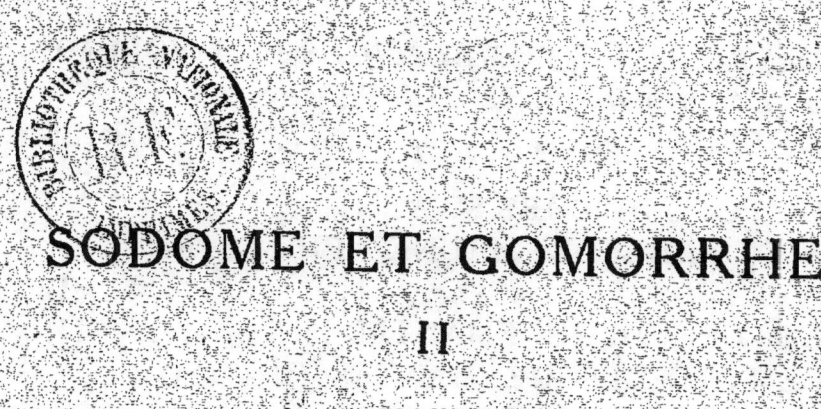

SODOME ET GOMORRHE

II

ÉDITIONS DE LA NOUVELLE REVUE
FRANÇAISE

ŒUVRES DE MARCEL PROUST

MARCEL PROUST

A LA RECHERCHE DU
TEMPS PERDU

TOME V

SODOME
ET GOMORRHE

II

***

VINGT ET UNIÈME ÉDITION

PARIS

ÉDITIONS DE LA
NOUVELLE REVUE FRANÇAISE
3, RUE DE GRENELLE. 1922

IL A ÉTÉ TIRÉ DE CET OUVRAGE APRÈS IMPOSITIONS
SPÉCIALES CENT HUIT EXEMPLAIRES IN-4º TELLIÈRE
SUR PAPIER VERGÉ PUR FIL LAFUMA-NAVARRE DONT
HUIT HORS COMMERCE MARQUÉS DE A A H, CENT
EXEMPLAIRES RÉSERVÉS AUX BIBLIOPHILES DE
LA NOUVELLE REVUE FRANÇAISE NUMÉROTÉS DE
I À C ET HUIT CENT QUATRE-VINGT-DIX EXEM-
PLAIRES IN-16 JÉSUS SUR PAPIER VÉLIN PUR FIL
LAFUMA - NAVARRE DONT DIX HORS COMMERCE MAR-
QUÉS DE a A j, 850 EXEMPLAIRES DE L'ÉDITION
ORIGINALE NUMÉROTÉS DE 1 A 850 ET 30 EXEM-
PLAIRES D'AUTEUR HORS COMMERCE MARQUÉS DE
851 A 880

SODOME ET GOMORRHE II

CHAPITRE II

(Suite)

« Vous vous moquez de moi, dit en riant elle-même Mme Cottard, qui effaça de la main sur son front avec une légèreté de magnétiseur et une adresse de femme qui se recoiffe, les dernières traces du sommeil, je veux présenter mes humbles excuses à chère Madame Verdurin et savoir d'elle la vérité. » Mais son sourire devint vite triste, car le Professeur qui savait que sa femme cherchait à lui plaire et tremblait de n'y pas réussir, venait de lui crier : « Regarde-toi dans la glace, tu es rouge comme si tu avais une éruption d'acné, tu as l'air d'une vieille paysanne. — Vous savez il est charmant, dit Mme Verdurin, il a un joli côté de bonhomie narquoise. Et puis il a ramené mon mari des portes du tombeau quand toute la Faculté l'avait condamné. Il a passé trois nuits près de lui, sans se coucher. Aussi Cottard pour moi, vous savez, ajouta-t-elle d'un ton grave et presque menaçant en levant la main vers les deux sphères aux mèches blanches de ses tempes musicales et comme si nous avions voulu toucher au docteur, c'est sacré ! Il pourrait demander tout ce qu'il voudrait. Du reste, je ne l'appelle pas le Docteur Cottard, je l'appelle le Docteur Dieu ! Et encore en disant cela je le calomnie, car ce Dieu répare dans la mesure du possible une partie des malheurs dont l'autre est responsable. — Jouez atout, dit à

7

Morel M. de Charlus d'un air heureux. — Atout, pour
voir, dit le violoniste. — Il fallait annoncer d'abord
votre roi, dit M. de Charlus, vous êtes distrait, mais
comme vous jouez bien ! — J'ai le Roi, dit Morel. —
C'est un bel homme, répondit le Professeur. —
Qu'est-ce que c'est que cette affaire-là avec ces
piquets, demanda Mme Verdurin en montrant à M. de
Cambremer un superbe écusson sculpté au-dessus de
la cheminée ? Ce sont vos *armes* ? ajouta-t-elle avec
un dédain ironique. — Non, ce ne sont pas les nôtres,
répondit M. de Cambremer. Nous portons d'or
à trois fasces bretèchées et contrebretèchées de
gueules à cinq pièces chacune chargée d'un trèfle
d'or. Non, celles-là ce sont celles des d'Arrachepel,
qui n'étaient pas de notre estoc, mais de qui nous
avons hérité la maison, et jamais ceux de notre
lignage n'ont rien voulu y changer. Les Arrachepel
(jadis Pelvilain, dit-on) portaient d'or à cinq pieux
épointés de gueules. Quand ils s'allièrent aux Féterne
leur écu changea mais resta cantonné de vingt croi-
settes recroisettées au pieu péri fiché d'or avec à
droite un vol d'hermine. — Attrape, dit tout bas
Mme de Cambremer. — Mon arrière-grand'mère
était une d'Arrachepel ou de Rachepel, comme vous
voudrez, car on trouve les deux noms dans les vieilles
chartes, continua M. de Cambremer, qui rougit
vivement, car il eut seulement alors l'idée dont sa
femme lui avait fait honneur et il craignit que
Mme Verdurin ne se fut appliqué des paroles qui ne la
visaient nullement. L'histoire veut qu'au onzième
siècle, le premier Arrachepel, Macé, dit Pelvilain,
ait montré une habileté particulière dans les sièges
pour arracher les pieux. D'où le surnom d'Arrachepel sous lequel il fut anobli, et les pieux que vous

8

SODOME ET GOMORRHE

voyez à travers les siècles persister dans leurs armes. Il s'agit des pieux que, pour rendre plus inabordables les fortifications, on plantait, on fichait, passez-moi l'expression, en terre devant elles, et qu'on reliait entre eux. Ce sont eux que vous appeliez très bien des piquets et qui n'avaient rien des bâtons flottants du bon Lafontaine. Car ils passaient pour rendre une place inexpugnable. Évidemment, cela fait sourire avec l'artillerie moderne. Mais il faut se rappeler qu'il s'agit du onzième siècle. — Cela manque d'actualité, dit Mme Verdurin, mais le petit campanile a du caractère. — Vous avez, dit Cottard, une veine de... turlututu, mot qu'il répétait volontiers pour esquiver celui de Molière. Savez-vous pourquoi le roi de carreau est réformé ? — Je voudrais bien être à sa place, dit Morel que son service militaire ennuyait. — Ah ! le mauvais patriote », s'écria M. de Charlus, qui ne put se retenir de pincer l'oreille au violoniste. « Non, vous ne savez pas pourquoi le roi de carreau est réformé, reprit Cottard, qui tenait à ses plaisanteries, c'est parce qu'il n'a qu'un œil. — Vous avez affaire à forte partie, docteur, dit M. de Cambremer pour montrer à Cottard qu'il savait qui il était. — Ce jeune homme est étonnant, interrompit naïvement M. de Charlus, en montrant Morel. Il joue comme un Dieu. » Cette réflexion ne plut pas beaucoup au docteur qui répondit : « Qui vivra verra. A roublard, roublard et demi — La dame, l'as, annonça triomphalement Morel, que le sort favorisait. » Le docteur courba la tête comme ne pouvant nier cette fortune et avoua, fasciné : « C'est beau. — Nous avons été très contents de dîner avec M. de Charlus, dit Mme de Cambremer à Mme Verdurin. — Vous ne le

9

connaissiez pas ? Il est assez agréable, il est particulier, il est *d'une époque* (elle eut été bien embarras-
sée de dire laquelle) répondit Mᵐᵉ Verdurin avec le
sourire satisfait d'une dilettante, d'un juge et d'une
maîtresse de maison. » Mᵐᵉ de Cambremer me
demanda si je viendrais à Féterne avec Saint-Loup.
Je ne pus retenir un cri d'admiration en voyant la
lune suspendue comme un lampion orangé à la
voûte de chênes qui partait du château. « Ce n'est
encore rien, tout à l'heure quand la lune sera plus
haute et que la vallée sera éclairée, ce sera mille
fois plus beau. Voilà ce que vous n'avez pas à Féterne ! «dit-elle d'un ton dédaigneux à Mᵐᵉ de Cambremer, laquelle ne savait que répondre, ne voulant
pas déprécier sa propriété, surtout devant les locataires. « Vous restez encore quelque temps dans la
région, Madame, demanda M. de Cambremer à
Mᵐᵉ Cottard, ce qui pouvait passer pour une vague
intention de l'inviter et ce qui dispensait actuellement de rendez-vous plus précis. — Oh ! certainement, Monsieur, je tiens beaucoup pour les enfants
à cet exode annuel. On a beau dire, il leur faut le
grand air. La Faculté voulait m'envoyer à Vichy ;
mais c'est trop étouffé et je m'occuperai de mon
estomac quand ces grands garçons-là auront encore
un peu poussé. Et puis le Professeur, avec les examens
qu'il fait passer a toujours un fort coup de collier
à donner et les chaleurs le fatiguent beaucoup. Je
trouve qu'on a besoin d'une franche détente quand
on a été comme lui toute l'année sur la brèche. De
toutes façons nous resterons encore un bon mois. —
Ah ! alors nous sommes gens de revue. — D'ailleurs
je suis d'autant plus obligée de rester que mon mari
doit aller faire un tour en Savoie et ce n'est que

dans une quinzaine qu'il sera ici en poste fixe. — J'aime encore mieux le côté de la vallée que celui de la mer, reprit Mme Verdurin. — Vous allez avoir un temps splendide pour revenir. — Il faudrait même voir si les voitures sont attelées, dans le cas où vous tiendriez absolument à rentrer ce soir à Balbec, me dit M. Verdurin, car moi je n'en vois pas la nécessité. On vous ferait ramener demain matin en voiture. Il fera sûrement beau. Les routes sont admirables. « Je dis que c'était impossible. » Mais en tous cas il n'est pas l'heure, objecta la Patronne. Laisse-les tranquilles, ils ont bien le temps. Ça les avancera bien d'arriver une heure d'avance à la gare. Ils sont mieux ici. Et vous, mon petit Mozart, dit-elle à Morel, n'osant pas s'adresser directement à M. de Charlus, vous ne voulez pas rester. Nous avons de belles chambres sur la mer. — Mais il ne peut pas, répondit M. de Charlus pour le joueur attentif qui n'avait pas entendu. Il n'a que la permission de minuit. Il faut qu'il rentre se coucher comme un enfant bien obéissant, bien sage, ajouta-t-il d'une voix complaisante, maniérée, insistante, comme s'il trouvait quelque sadique volupté à employer cette chaste comparaison et aussi à appuyer au passage sa voix sur ce qui concernait Morel, à le toucher, à défaut de la main, avec des paroles qui semblaient le palper.

Du sermon que m'avait adressé Brichot, M. de Cambremer avait conclu que j'étais dreyfusard. Comme il était aussi antidreyfusard que possible, par courtoisie pour un ennemi, il se mit à me faire l'éloge d'un colonel juif qui avait toujours été très juste pour un cousin des Chevrigny et lui avait fait donner l'avancement qu'il méritait. « Et mon cousin

était dans des idées absolument opposées, » dit
M. de Cambremer, glissant sur ce qu'étaient ces
idées, mais que je sentis aussi anciennes et mal
formées que son visage, des idées que quelques
familles de certaines petites villes devaient avoir
depuis bien longtemps. « Eh bien ! vous savez, je
trouve ça très beau ! » conclut M. de Cambremer.
Il est vrai qu'il n'employait guère le mot beau dans
le sens esthétique où il eut désigné pour sa mère
ou sa femme, des œuvres différentes, mais des œuvres
d'art. M. de Cambremer se servait plutôt de ce
qualificatif en félicitant par exemple une personne
délicate qui avait un peu engraissé. « Comment, vous
avez repris trois kilos en deux mois. Savez-vous que
c'est très beau ! » Des rafraîchissements étaient
servis sur une table. Mme Verdurin invita les messieurs à aller aux-mêmes choisir la boisson qui leur
convenait. M. de Charlus alla boire son verre et vite
revint s'asseoir près de la table de jeu et ne bougea
plus. Mme Verdurin lui demanda « Avez-vous pris
de mon orangeade ? » Alors M. de Charlus, avec un
sourire gracieux, sur un ton cristallin qu'il avait
rarement et avec mille moues de la bouche et déhan-
chements de la taille, répondit : « Non, j'ai préféré la
voisine, c'est de la fraisette, je crois, c'est délicieux. »
Il est singulier qu'un certain ordre d'actes secrets
ait pour conséquence extérieure une manière de
parler ou de gesticuler qui les révèle. Si un monsieur
croit ou non à l'Immaculée Conception, ou à l'innocence de Dreyfus, ou à la pluralité des mondes
et veuille s'en taire, on ne trouvera dans sa voix ni
dans sa démarche, rien qui laisse apercevoir sa
pensée. Mais en entendant M. de Charlus dire de
cette voix aiguë et avec ce sourire et ces gestes de

SODOME ET GOMORRHE

bras : « Non, j'ai préféré sa voisine, la fraisette » on pouvait dire ; « Tiens il aime le sexe fort », avec la même certitude pour un juge que celle qui permet de condamner un criminel qui n'a pas avoué, pour un médecin un paralytique général qui ne sait peut-être pas lui-même son mal mais qui a fait telle faute de prononciation d'où on peut déduire qu'il sera mort dans trois ans. Peut-être les gens qui concluent de la manière de dire : « Non, j'ai préféré sa voisine, la fraisette » à un amour dit antiphysique, n'ont-ils pas besoin de tant de science. Mais c'est qu'ici il y a rapport plus direct entre le signe révélateur et le secret. Sans se le dire précisément on sent que c'est une douce et souriante dame qui vous répond et qui paraît maniérée, parce qu'elle se donne pour un homme et qu'on n'est pas habitué à voir les hommes faire tant de manières. Et il est peut-être plus gracieux de penser que depuis longtemps un certain nombre de femmes angéliques ont été comprises par erreur dans le sexe masculin où, exilées, tout en battant vainement des ailes vers les hommes à qui elles inspirent une répulsion physique, savent arranger un salon, composent des « intérieurs ». M. de Charlus ne s'inquiétait pas que Mme Verdurin fut debout et restait installé dans son fauteuil pour être plus près de Morel. « Croyez-vous, dit Mme Verdurin au Baron, que ce n'est pas un crime que cet être là qui pourrait nous enchanter avec son violon, soit là à une table d'écarté. Quand on joue du violon comme lui ! — Il joue bien aux cartes, il fait tout bien, il est si intelligent, » dit M. de Charlus, tout en regardant les jeux, afin de conseiller Morel. Ce n'était pas du reste sa seule raison de ne pas se soulever de son fauteuil devant Mme Verdurin.

13

À LA RECHERCHE DU TEMPS PERDU

Avec le singulier amalgame qu'il avait fait de ses conceptions sociales à la fois de grand seigneur et d'amateur d'art, au lieu d'être poli de la même manière qu'un homme de son monde l'eût été, il se faisait d'après Saint-Simon des espèces de tableaux vivants; et en ce moment, s'amusait à figurer, le Maréchal d'Uxelles, lequel l'intéressait par d'autres côtés encore et dont il est dit qu'il était glorieux jusqu'à ne pas se lever de son siège, par un air de paresse, devant ce qu'il y avait de plus distingué à la Cour. « Dites donc Charlus, dit Mᵐᵉ Verdurin, qui commençait à se familiariser, vous n'auriez pas dans votre faubourg quelque vieux noble ruiné qui pourrait me servir de concierge ? — Mais si... mais si..., répondit M. de Charlus en souriant d'un air bonhomme, mais je ne vous le conseille pas. » « Pourquoi ? » « Je craindrais pour vous que les visiteurs élégants n'allassent pas plus loin que la loge. » Ce fut entre eux la première escarmouche. Mᵐᵉ Verdurin y prit à peine garde. Il devait malheureusement y en avoir d'autres à Paris. M. de Charlus continua à ne pas quitter sa chaise. Il ne pouvait d'ailleurs s'empêcher de sourire imperceptiblement en voyant combien confirmait ses maximes favorites sur le prestige de l'aristocratie et la lâcheté des bourgeois, la soumission si aisément obtenue de Mᵐᵉ Verdurin. La Patronne n'avait l'air nullement étonnée par la posture du Baron et si elle le quitta ce fut seulement parce qu'elle avait été inquiète de me voir relancé par M. de Cambremer. Mais avant cela elle voulait éclaircir la question des relations de M. de Charlus avec la Comtesse Molé. « Vous m'avez dit que vous connaissiez Mᵐᵉ de Molé. Est-ce que vous allez chez elle, » demanda-t-elle en don-

14

nant aux mots : « aller chez elle » le sens d'être
reçu chez elle, d'avoir reçu d'elle l'autorisation
d'aller la voir. M. de Charlus répondit avec une
inflexion de dédain, une affectation de précision et
un ton de psalmodie : « Mais quelquefois. » Ce quelquefois donna des doutes à Mme Verdurin qui demanda : « Est-ce que vous y avez rencontré le Duc
de Guermantes ? — Ah ! je ne me rappelle pas. —
Ah ! dit Mme Verdurin, vous ne connaissez pas le
Duc de Guermantes ? — Mais comment est-ce que
je ne le connaîtrais pas », répondit M. de Charlus,
dont un sourire fit onduler la bouche. Ce sourire
était ironique ; mais comme le Baron craignait de
laisser voir une dent en or, il le brisa sous un reflux
de ses lèvres, de sorte que la sinuosité qui en
résulta fut celle d'un sourire de bienveillance :
« Pourquoi dites-vous : Comment est-ce que je ne le
connaîtrais pas ? — Mais puisque c'est mon frère,
dit négligemment M. de Charlus en laissant Mme Verdurin plongée dans la stupéfaction et l'incertitude
de savoir si son invité se moquait d'elle, était
un enfant naturel ou le fils d'un autre lit. L'idée que
le frère du Duc de Guermantes s'appelât le Baron
de Charlus ne lui vint pas à l'esprit. Elle se dirigea
vers moi : « J'ai entendu tout à l'heure que M. de
Cambremer vous invitait à dîner. Moi, vous comprenez, cela m'est égal. Mais dans votre intérêt
j'espère bien que vous n'irez pas. D'abord c'est
infesté d'ennuyeux. Ah ! si vous aimez à dîner avec
des comtes et des marquis de province que personne
ne connaît, vous serez servi à souhait. — Je crois
que je serai obligé d'y aller une fois ou deux. Je
ne suis du reste pas très libre car j'ai une jeune
cousine que je ne peux pas laisser seule (je trouvais

que cette prétendue parenté simplifiait les choses
pour sortir avec Albertine). Mais pour les Cambremer, comme je la leur ai déjà présentée... —
Vous ferez ce que vous voudrez. Ce que je peux
vous dire : c'est excessivement malsain ; quand vous
aurez pincé une fluxion de poitrine, ou les bons petits
rhumatismes des familles, vous serez bien avancé ?
— Mais est-ce que l'endroit n'est pas très joli ? —
Mmmmoniii... Si on veut. Moi j'avoue franchement
que j'aime cent fois mieux la vue d'ici sur cette
vallée. D'abord, on nous aurait payés que je n'aurais
pas pris l'autre maison parce que l'air de la mer est
fatal à M. Verdurin. Pour peu que votre cousine soit
nerveuse... Mais du reste vous êtes nerveux, je crois...
vous avez des étouffements. Hé bien ! vous verrez.
Allez-y une fois, vous ne dormirez pas de huit jours,
mais ce n'est pas notre affaire. » Et sans penser à ce
que sa nouvelle phrase allait avoir de contradictoire
avec les précédentes : « Si cela vous amuse de voir la
maison qui n'est pas mal, jolie est trop dire, mais enfin
amusante avec le vieux fossé, le vieux pont-levis,
comme il faudra que je m'exécute et que j'y dîne
une fois, hé bien ! venez-y ce jour-là, je tâcherai
d'amener tout mon petit cercle, alors ce sera gentil.
Après-demain nous irons à Harambouville en voiture. La route est magnifique, il y a du cidre
délicieux. Venez donc. Vous, Brichot, vous viendrez
aussi. Et vous aussi Ski. Ça fera une partie que du
reste mon mari a dû arranger d'avance. Je ne
sais trop qui il a invité, Monsieur de Charlus, est
ce que vous en êtes ? Le Baron qui n'entendit pas
cette phrase et ne savait pas qu'on parlait d'une
excursion à Harambouville, sursauta : « Étrange question », murmura-t-il d'un ton narquois par lequel

16

SODOME ET GOMORRHE

Mme Verdurin se sentit piquée. « D'ailleurs, me dit-elle, en attendant le dîner Cambremer, pourquoi ne l'amèneriez-vous pas ici, votre cousine ? aime-t-elle la conversation, les gens intelligents ? Est-elle agréable ? Oui, eh ! bien alors, très bien. Venez avec elle. Il n'y a pas que les Cambremer au monde. Je comprends qu'ils soient heureux de l'inviter, ils ne peuvent arriver à avoir personne. Ici elle aura un bon air, toujours des hommes intelligents. En tous cas je compte que vous ne me lâchez pas pour mercredi prochain. J'ai entendu que vous aviez un goûter à Rivebelle avec votre cousine, M. de Charlus, je ne sais plus encore qui. Vous devriez arranger de transporter tout ça ici, ça serait gentil un petit arrivage en masse. Les communications sont on ne peut plus faciles, les chemins sont ravissants ; au besoin je vous ferai chercher. Je ne sais pas du reste ce qui peut vous attirer à Rivebelle, c'est infesté de moustiques. Vous croyez peut-être à la réputation de la galette. Mon cuisinier les fait autrement bien. Je vous en ferai manger, moi, de la galette normande, de la vraie, et des sablés, je ne vous dis que ça. Ah ! si vous tenez à la cochonnerie qu'on sert à Rivebelle, ça je ne veux pas, je n'assassine pas mes invités, Monsieur, et même si je voulais, mon cuisinier ne voudrait pas faire cette chose innommable et changerait de maison. Ces galettes de là-bas, on ne sait pas avec quoi c'est fait. Je connais une pauvre fille à qui cela a donné une péritonite qui l'a enlevée en trois jours. Elle n'avait que 17 ans. C'est triste pour sa pauvre mère, ajouta Mme Verdurin, d'un air mélancolique sous les sphères de ses tempes chargées d'expérience et de douleur. Mais enfin, allez goûter à Rivebelle si cela vous amuse d'être écorché et de jeter l'argent par les fenêtres. Seulement, je vous en prie, c'est une mission de confiance que je vous donne, sur le coup de six heures, amenez-moi tout votre monde ici, n'allez pas laisser les gens rentrer chacun chez soi, à la débandade. Vous pouvez amener qui vous voulez. Je ne dirais pas cela à tout le monde. Mais je suis sûre que vos amis sont gentils, je vois tout de suite que nous nous comprenons. En dehors du petit noyau, il vient justement des gens très agréables mercredi. Vous ne connaissez pas la petite Madame de Longpont. Elle est ravissante et pleine d'esprit, pas snob du tout, vous verrez qu'elle vous plaira beaucoup. Et elle aussi doit amener toute une bande d'amis ajouta Mme Verdurin pour me montrer que c'était bon genre et m'encourager par l'exemple. On verra qu'est-ce qui aura le plus d'influence et qui amènera le plus de monde, de Barbe de Longpont ou de vous. Et puis je crois qu'on doit aussi amener Bergotte, ajouta-t-elle d'un air vague, ce concours d'une célébrité étant rendu trop improbable par une note parue le matin dans les journaux et qui annonçait que la santé du grand écrivain inspirait les plus vives inquiétudes. Enfin vous verrez que ce sera un de mes mercredis les plus réussis, je ne veux pas avoir de femmes embêtantes. Du reste, ne jugez pas par celui de ce soir, il était tout à fait raté. Ne protestez pas, vous n'avez pas pu vous ennuyer plus que moi, moi-même je trouvais que c'était assommant. Ce ne sera pas toujours comme ce soir vous savez ! Du reste je ne parle pas des Cambremer qui sont impossibles, mais j'ai connu des gens du monde qui passaient pour être agréables, hé bien ! à côté de mon petit noyau cela n'existait pas. Je vous ai entendu dire que vous trouviez Swann intelligent. D'abord, mon avis est que c'était très exagéré, mais sans même parler du caractère de l'homme que j'ai toujours trouvé foncièrement antipathique, sournois, en dessous, je l'ai eu souvent à dîner le mercredi. Hé ! bien vous pouvez demander aux autres, même à côté de Brichot qui est loin d'être un aigle, qui est un bon professeur de seconde que j'ai fait entrer à l'Institut, tout de même, Swann n'était plus rien. Il était d'un terne ! » Et comme j'émettais un avis contraire : « C'est ainsi. Je ne veux rien vous dire contre lui, puisque c'était votre ami, du reste il vous aimait beaucoup, il m'a parlé de vous d'une façon délicieuse, mais demandez à ceux-ci s'il a jamais dit quelque chose d'intéressant, à nos dîners. C'est tout de même la pierre de touche. Hé bien ! je ne sais pas pourquoi, mais Swann chez moi, ça ne donnait pas, ça ne rendait rien. Et encore le peu qu'il valait il l'a pris ici. » J'assurai qu'il était très intelligent. « Non, vous croyiez seulement cela parce que vous le connaissiez depuis moins longtemps que moi. Au fond on en avait très vite fait le tour. Moi, il m'assommait. (Traduction : il allait chez les La Trémoïlle et les Guermantes et savait que je n'y allais pas.) Et je peux tout supporter, excepté l'ennui. Ah ! ça, non ! » L'horreur de l'ennui était maintenant chez Mme Verdurin la raison qui était chargée d'expliquer la composition du petit milieu. Elle ne recevait pas encore de duchesses parce qu'elle était incapable de s'ennuyer comme, de faire une croisière à cause du mal de mer. Je me disais que ce que Mme Verdurin disait n'était pas absolument faux, et alors que les Guermantes eussent déclaré Brichot l'homme le plus bête qu'ils eussent jamais rencontré, je restais incertain s'il n'était pas au fond supérieur sinon à Swann même, au moins aux gens ayant l'esprit des Guermantes et qui eussent eu le bon goût d'éviter et la pudeur de rougir de ses pédantesques facéties, je me le demandais comme si la nature de l'intelligence pouvait être en quelque mesure éclaircie par la réponse que je me ferais et avec le sérieux d'un chrétien influencé par Port-Royal qui se pose le problème de la Grâce. « Vous verrez, continua Mme Verdurin, quand on a des gens du monde avec des gens vraiment intelligents, des gens de notre milieu, c'est là qu'il faut les voir, l'homme du monde le plus spirituel dans le royaume des aveugles n'est plus qu'un borgne ici. Et puis les autres qui ne se sentent plus en confiance. C'est au point que je me demande si au lieu d'essayer des fusions qui gâtent tout, je n'aurai pas des séries rien que pour les ennuyeux de façon à bien jouir de mon petit noyau. Concluons : vous viendrez avec votre cousine. C'est convenu. Bien. Au moins, ici, vous aurez tous les deux à manger. A Féterne c'est la faim et la soif. Ah ! par exemple, si vous aimez les rats, allez-y tout de suite, vous serez servi à souhait. Et on vous gardera tant que vous voudrez. Par exemple, vous mourrez de faim. Du reste, quand j'irai, je dînerai avant de partir. Et pour que ce soit plus gai, vous devriez venir me chercher. Nous goûterions ferme et nous souperions en rentrant. Aimez-vous les tartes aux pommes ? Oui, eh bien ! notre chef les fait comme personne. Vous voyez que j'avais raison de dire que vous étiez fait pour vivre ici. Venez donc y habiter. Vous savez qu'il y a beaucoup plus de place chez moi que ça n'en a l'air.

SODOME ET GOMORRHE

Je ne le dis pas pour ne pas attirer d'ennuyeux. Vous pourriez amener à demeure votre cousine. Elle aurait un autre air qu'à Balbec. Avec l'air d'ici, je prétends que je guéris les incurables. Ma parole, j'en ai guéri, et pas d'aujourd'hui. Car j'ai habité autrefois tout près d'ici, quelque chose que j'avais déniché, que j'avais eu pour un morceau de pain et qui avait autrement de caractère que leur Raspelière. Je vous montrerai cela si nous nous promenons. Mais je reconnais que même ici, l'air est vraiment vivifiant. Encore je ne veux pas trop en parler, les Parisiens n'auraient qu'à se mettre à aimer mon petit coin. Ça a toujours été ma chance. Enfin, dites-le à votre cousine. On vous donnera deux jolies chambres sur la vallée, vous verrez ça le matin, le soleil dans la brume ! Et qu'est-ce que c'est que ce Robert de Saint-Loup dont vous parliez, dit-elle d'un air inquiet parce qu'elle avait entendu que je devais aller le voir à Doncières et qu'elle craignit qu'il ne me fît lâcher. Vous pourriez plutôt l'amener ici si ce n'est pas un ennuyeux. J'ai entendu parler de lui par Morel ; il me semble que c'est un de ses grands amis, dit Mme Verdurin mentant complètement, car Saint-Loup et Morel ne connaissaient même pas l'existence l'un de l'autre. Mais ayant entendu que Saint-Loup connaissait M. de Charlus, elle pensait que c'était par le violoniste et voulait avoir l'air au courant. Il ne fait pas de médecine, par hasard, ou de littérature ? Vous savez que si vous avez besoin de recommandations pour des examens, Cottard peut tout, et je fais de lui ce que je veux. Quant à l'Académie pour plus tard, car je pense qu'il n'a pas l'âge, je dispose de plusieurs voix. Votre ami serait ici en pays de connaissance et

ça l'amuserait peut-être de voir la maison. Ce n'est
pas folichon Doncières. Enfin, vous ferez comme
vous voudrez, comme cela vous arrangera le mieux,
conclut-elle sans insister pour ne pas avoir l'air de
chercher à connaître de la noblesse, et parce que sa
prétention était que le régime sous lequel elle faisait
vivre les fidèles, la tyrannie, fût appelé liberté.
Voyons, qu'est-ce que tu as, dit-elle, en voyant
M. Verdurin qui, en faisant des gestes d'impatience,
gagnait la terrasse en planches qui s'étendait d'un
côté du salon au-dessus de la vallée, comme en
homme qui étouffe de rage et a besoin de prendre
l'air. C'est encore Saniette qui t'a agacé ? Mais
puisque tu sais qu'il est idiot, prends-en ton parti,
ne te mets pas dans des états comme cela. — Je
n'aime pas cela, me dit-elle, parce que c'est mauvais
pour lui, cela le congestionne. Mais aussi je dois dire
qu'il faut parfois une patience d'ange pour supporter
Saniette et surtout se rappeler que c'est une charité
de le recueillir. Pour ma part j'avoue que la splendeur de sa bêtise fait plutôt ma joie. Je pense que
vous avez entendu après le dîner son mot : Je ne
sais pas jouer au whist, mais je sais jouer du piano.
Est-ce assez beau ! C'est grand comme le monde,
et d'ailleurs un mensonge, car il ne sait pas plus
l'un que l'autre. Mais mon mari, sous ses appa-
rences rudes, est très sensible, très bon, et cette
espèce d'égoïsme de Saniette, toujours préoccupé
de l'effet qu'il va faire, le met hors de lui. —
Voyons, mon petit, calme-toi, tu sais bien que
Cottard t'a dit que c'était mauvais pour ton
foie. Et c'est sur moi que tout va retomber, dit
Mme Verdurin. Demain Saniette va venir avoir sa
petite crise de nerfs et de larmes. Pauvre homme !

il est très malade. Mais enfin ce n'est pas une raison pour qu'il tue les autres. Et puis, même dans les moments où il souffre trop, où on voudrait le plaindre, sa bêtise arrête net l'attendrissement. Il est par trop stupide. Tu n'as qu'à lui dire très gentiment que ces scènes vous rendent malades tous deux, qu'il ne revienne pas, comme c'est ce qu'il redoute le plus, cela aura un effet calmant sur ses nerfs, souffla Mᵐᵉ Verdurin à son mari. »

On distinguait à peine la mer par les fenêtres de droite. Mais celles de l'autre côté montraient la vallée sur qui était maintenant tombée la neige du clair de lune. On entendait de temps à autre la voix de Morel et celle de Cottard. « Vous avez de l'atout ? — Yes. — Ah ! vous en avez de bonnes, vous, dit à Morel, en réponse à sa question, M. de Cambremer, car il avait vu que le jeu du docteur était plein d'atout. — Voici la femme de carreau, dit le docteur. Ça est de l'atout, savez-vous ? Ié coupe, ié prends. — Mais il n'y a plus de Sorbonne, dit le docteur à M. de Cambremer ; il n'y a plus que l'Université de Paris. » M. de Cambremer confessa qu'il ignorait pourquoi le docteur lui faisait cette observation. « Je croyais que vous parliez de la Sorbonne, reprit le docteur. J'avais entendu que vous disiez : tu nous la *sors bonne*, ajouta-t-il en clignant de l'œil, pour montrer que c'était un mot. Attendez, dit-il en montrant son adversaire, je lui prépare un coup de Trafalgar. » Et le coup devait être excellent pour le docteur, car dans sa joie il se mit en riant à remuer voluptueusement les deux épaules ce qui était dans la famille, dans le « genre » Cottard un trait presque zoologique de la satisfaction. Dans la génération précédente le mouvement de se frotter les mains comme si on se savonnait, accompagnait le mouvement. Cottard lui-même avait d'abord usé simultanément de la double mimique, mais un beau jour sans qu'on sût à quelle intervention, conjugale, magistrale peut-être, cela était dû, le frottement des mains avait disparu. Le docteur, même aux dominos, quand il forçait son partenaire à « piocher » et à prendre le double six, ce qui était pour lui le plus vif des plaisirs, se contentait du mouvement des épaules. Et quand — le plus rarement possible — il allait dans son pays natal pour quelques jours, en retrouvant son cousin-germain qui, lui, en était encore au frottement des mains, il disait au retour à Mme Cottard : « J'ai trouvé ce pauvre René bien commun. — Avez-vous de la petite chaôse ? dit-il en se tournant vers Morel. Non ? Alors je joue ce vieux David. — Mais alors vous avez cinq, vous avez gagné ! — Voilà une belle victoire, docteur, dit le Marquis. — Une victoire à la Pyrrhus, dit Cottard en se tournant vers le marquis et en regardant par-dessus son lorgnon pour juger de l'effet de son mot. Si nous avons encore le temps, dit-il à Morel, je vous donne votre revanche. C'est à moi de faire. Ah ! non, voici les voitures, ce sera pour vendredi, et je vous montrerai un tour qui n'est pas dans une musette. » M. et Mme Verdurin nous conduisirent dehors. La patronne fut particulièrement câline avec Saniette afin d'être certaine qu'il reviendrait le lendemain. « Mais vous ne m'avez pas l'air couvert, mon petit, me dit M. Verdurin, chez qui son grand âge autorisait cette appellation paternelle. On dirait que le temps a changé. » Ces mots me remplirent de joie, comme si la vie profonde, le surgissement de combinaisons différentes qu'il impliquait dans la nature, devait annoncer d'autres changements, ceux-là se produisant dans ma vie, et y créer des possibilités nouvelles. Rien qu'en ouvrant la porte sur le parc avant de partir, on sentait qu'un autre « temps » occupait depuis un instant la scène ; des souffles frais, volupté estivale, s'élevaient dans la sapinière (où jadis Mme de Cambremer rêvait de Chopin) et presque imperceptiblement, en méandres caressants, en remous capricieux, commençaient leurs légers nocturnes. Je refusai la couverture que les soirs suivants je devais accepter quand Albertine serait là, plutôt pour le secret du plaisir que contre le danger du froid. On chercha en vain le philosophe norvégien. Une colique l'avait-elle saisi ? Avait-il eu peur de manquer le train ? Un aéroplane était-il venu le chercher ? Avait-il été emporté dans une Assomption ? Toujours est-il qu'il avait disparu sans qu'on eût eu le temps de s'en apercevoir, comme un Dieu. « Vous avez tort, me dit M. de Cambremer, il fait un froid de canard. — Pourquoi de canard, demanda le docteur ? — Gare aux étouffements, reprit le Marquis. Ma sœur ne sort jamais le soir. Du reste elle est assez mal hypothéquée en ce moment. Ne restez pas en tous cas ainsi tête nue, mettez vite votre couvre-chef. — Ce ne sont pas des étouffements à frigore, dit sentencieusement Cottard. — Ah ! ah ! dit M. de Cambremer en s'inclinant, du moment que c'est votre avis... — Avis au lecteur ! dit le docteur en glissant ses regards hors de son lorgnon pour sourire. » M. de Cambremer rit, mais persuadé qu'il avait raison, il insista. « Cependant, dit-il, chaque fois que ma sœur sort le soir, elle a une crise. — Il est

25

inutile d'ergoter, répondit le docteur, sans se rendre
compte de son impolitesse. Du reste je ne fais pas
de médecine au bord de la mer, sauf si je suis appelé
en consultation. Je suis ici en vacances. » Il y était
du reste plus encore peut-être qu'il n'eût voulu.
M. de Cambremer lui ayant dit en montant avec
lui en voiture : « Nous avons la chance d'avoir aussi
près de nous (pas de votre côté de la baie, de
l'autre, mais elle est si resserrée à cet endroit-là) une
autre célébrité médicale, le Docteur du Boulbon ».
Cottard qui d'habitude par *déontologie* s'abstenait de
critiquer ses confrères, ne put s'empêcher de s'écrier,
comme il avait fait devant moi le jour funeste
où nous étions allés dans le petit Casino : « Mais
ce n'est pas un médecin. Il fait de la médecine littéraire, c'est de la thérapeutique fantaisiste, du charla-
tanisme. D'ailleurs nous sommes en bons termes.
Je prendrais le bateau pour aller le voir une fois si je
n'étais obligé de m'absenter. » Mais à l'air que prit
Cottard pour parler de du Boulbon à M. de Cambremer, je sentis que le bateau avec lequel il fût allé
volontiers le trouver eût beaucoup ressemblé à ce
navire que pour aller ruiner les eaux découvertes
par un autre médecin littéraire, Virgile, (lequel leur
enlevait aussi toute leur clientèle) avaient frété les
docteurs de Salerne, mais qui sombra avec eux
pendant la traversée. « Adieu, mon petit Saniette,
ne manquez pas de venir demain, vous savez que
mon mari vous aime beaucoup. Il aime votre esprit,
votre intelligence ; mais si, vous le savez bien, il
aime prendre des airs brusques, mais il ne peut pas
se passer de vous voir. C'est toujours la première
question qu'il me pose : « Est-ce que Saniette vient,
j'aime tant le voir ? » — Je n'ai jamais dit ça, dit

SODOME ET GOMORRHE

M. Verdurin à Saniette avec une franchise simulée qui semblait concilier parfaitement ce que disait la Patronne avec la façon dont il traitait Saniette. Puis regardant sa montre, sans doute pour ne pas prolonger les adieux dans l'humidité du soir, il recommanda aux cochers de ne pas traîner, mais d'être prudents à la descente, et assura que nous arriverions avant le train. Celui-ci devait déposer les fidèles l'un à une gare, l'autre à une autre, en finissant par moi, aucun autre n'allant aussi loin que Balbec, et en commençant par les Cambremer. Ceux-ci, pour ne pas faire monter leurs chevaux dans la nuit jusqu'à la Raspelière, prirent le train avec nous à Donville-Féterne. La station la plus rapprochée de chez eux n'était pas en effet celle-ci qui, déjà un peu distante du village, l'est encore plus du château, mais la Sogne. En arrivant à la gare de Donville-Féterne. M. de Cambremer tint à donner la « pièce », comme disait Françoise, au cocher des Verdurin, (justement le gentil cocher sensible, à idées mélancoliques), car M. de Cambremer était généreux, et en cela était plutôt « du côté de sa maman ». Mais soit que « le côté de son papa » intervint ici, tout en donnant, il éprouvait le scrupule ou d'une erreur commise — soit par lui qui, voyant mal, donnerait par exemple un sou pour un franc, soit par le destinataire qui ne s'apercevrait pas de l'importance du don qu'il lui faisait. Aussi fit-il remarquer celui-ci : « C'est bien un franc que je vous donne, n'est-ce pas, dit-il au cocher en faisant miroiter la pièce dans la lumière, et pour que les fidèles pussent le répéter à Mᵐᵉ Verdurin. N'est-ce pas? c'est bien vingt sous, comme ce n'est qu'une petite course. » Lui et Mᵐᵉ de Cambremer nous quittèrent à la

Sogne. Je dirai à ma sœur, me répéta-t-il que vous avez des étouffements, je suis sûr de l'intéresser. » Je compris qu'il entendait : de lui faire plaisir. Quant à sa femme, elle employa en prenant congé de moi deux de ces abréviations qui, même écrites me choquaient alors dans une lettre, bien qu'on s'y soit habitué depuis, mais qui parlées, me semblent encore même aujourd'hui avoir dans leur négligé voulu, dans leur familiarité apprise quelque chose d'insupportablement pédant : « Contente d'avoir passé la soirée avec vous, me dit-elle ; amitiés à Saint-Loup, si vous le voyez. » En me disant cette phrase, Mme de Cambremer prononça Saint-Loupe. Je n'ai jamais appris qui avait prononcé ainsi devant elle, ou ce qui lui avait donné à croire qu'il fallait prononcer ainsi. Toujours est-il que pendant quelques semaines, elle prononça Saint-Loupe et qu'un homme qui avait une grande admiration pour elle et ne faisait qu'un avec elle, fit de même. Si d'autres personnes disaient Saint-Lou, ils insistaient, disaient avec force Saint-Loupe, soit pour donner indirectement une leçon aux autres, soit pour se distinguer d'eux. Mais sans doute, des femmes plus brillantes que Mme de Cambremer lui dirent, ou lui firent indirectement comprendre qu'il ne fallait pas prononcer ainsi, et que ce qu'elle prenait pour de l'originalité était une erreur qui la ferait croire peu au courant des choses du monde, car peu de temps après Mme de Cambremer redisait Saint-Lou, et son admirateur cessait également toute résistance, soit qu'elle l'eût chapitré, soit qu'il eût remarqué qu'elle ne faisait plus sonner la finale, et s'était dit que pour qu'une femme de cette valeur, de cette énergie et de cette ambition, eût cédé, il fallait que ce fût à bon escient. Le pire

28

de ses admirateurs était son mari. Mme de Cambremer aimait à faire aux autres des taquineries souvent
fort impertinentes. Sitôt qu'elle s'attaquait de la
sorte soit à moi, soit à un autre, M. de Cambremer
se mettait à regarder la victime en riant. Comme le
marquis était louche, — ce qui donne une intention
d'esprit à la gaieté même des imbéciles, — l'effet
de ce rire était de ramener un peu de pupille sur
le blanc sans cela complet de l'œil. Ainsi une éclaircie met un peu de bleu dans un ciel ouaté de nuages.
Le monocle protégeait du reste comme un verre
sur un tableau précieux, cette opération délicate.
Quant à l'intention même du rire, on ne sait trop
si elle était aimable. « Ah ! Gredin ! vous pouvez
dire que vous êtes à envier. Vous êtes dans les
faveurs d'une femme d'un rude esprit. » Ou rosse :
« Hé bien, monsieur, j'espère qu'on vous arrange,
vous en avalez des couleuvres, » ou serviable :
« Vous savez, je suis là, je prends la chose en riant
parce que c'est pure plaisanterie, mais je ne vous lais-
serais pas malmener », ou cruellement complice :
« Je n'ai pas à mettre mon petit grain de sel, mais
vous voyez, je me tords de toutes les avanies qu'elle
vous prodigue. Je rigole comme un bossu, donc
j'approuve, moi le mari. Aussi, s'il vous prenait
fantaisie de vous rebiffer, vous trouveriez à qui
parler, mon petit Monsieur. Je vous administrerais
d'abord une paire de claques, et soignées, puis nous
irions croiser le fer dans la forêt de Chantepie. »
Quoique il en fût de ces diverses interprétations de
la gaîté du mari, les foucades de la femme prenaient
vite fin. Alors M. de Cambremer cessait de rire,
la prunelle momentanée disparaissait et comme en
avait perdu depuis quelques minutes l'habitude de

l'œil tout blanc, il donnait à ce rouge Normand quelque chose à la fois d'exsangue et d'extatique, comme si le marquis venait d'être opéré ou s'il implorait du ciel, sous son monocle, les palmes du martyre.

CHAPITRE III

Je tombais de sommeil. Je fus monté en ascenseur jusqu'à mon étage non par le liftier, mais par le chasseur louche qui engagea la conversation pour me raconter que sa sœur était toujours avec le Monsieur si riche, et qu'une fois, comme elle avait envie de retourner chez elle au lieu de rester sérieuse, son Monsieur avait été trouver la mère du chasseur louche et des autres enfants plus fortunés, laquelle avait ramené au plus vite l'insensée chez son ami. « Vous savez, Monsieur, c'est une grande dame que ma sœur. Elle touche du piano, cause l'espagnol. Et vous ne le croiriez pas pour la sœur du simple employé qui vous fait monter l'ascenseur, elle ne se refuse rien ; Madame a sa femme de chambre à elle, je ne serais pas épaté qu'elle ait un jour sa voiture. Elle est très jolie, si vous la voyiez, un peu trop fière, mais dame ça se comprend. Elle a beaucoup d'esprit. Elle ne quitte jamais un hôtel sans se soulager dans une armoire, une commode, pour laisser un petit souvenir à la femme de chambre qui aura à nettoyer. Quelquefois même dans ne

31

voiture, elle fait ça, et après avoir payé sa course, se cache dans un coin, histoire de rire en voyant rouspéter le cocher qui a à relaver sa voiture. Mon père était bien tombé aussi en trouvant pour mon jeune frère ce prince indien qu'il avait connu autrefois. Naturellement c'est un autre genre. Mais la position est superbe. S'il n'y avait pas les voyages ce serait le rêve. Il n'y a que moi jusqu'ici qui suis resté sur le carreau. Mais on ne peut pas savoir. La chance est dans ma famille ; qui sait si je ne serai pas un jour président de la République. Mais je vous fais babiller (je n'avais pas dit une seule parole et je commençais à m'endormir en écoutant les siennes). Bonsoir, Monsieur. Oh ! merci Monsieur. Si tout le monde avait aussi bon cœur que vous il n'y aurait plus de malheureux. Mais comme dit ma sœur, il faudra toujours qu'il y en ait pour que maintenant que je suis riche, je puisse un peu les emmerder. Passez-moi l'expression. Bonne nuit, Monsieur. »

Peut-être chaque soir acceptons nous le risque de vivre, en dormant, des souffrances que nous considérons comme nulles et non avenues parce qu'elles seront resenties au cours d'un sommeil que nous croyons sans conscience. En effet, ces soirs où je rentrais tard de la Raspelière, j'avais très sommeil. Mais dès que les froids vinrent je ne pouvais m'endormir tout de suite car le feu éclairait comme si on eut allumé une lampe. Seulement ce n'était qu'une flambée, et — comme une lampe aussi, comme le jour quand le soir tombe, sa trop vive lumière ne tardait pas à baisser ; et j'entrais dans le sommeil lequel est comme un second appartement que nous aurions, et où, délaissant le nôtre, nous serions allé dormir. Il a des

sonneries à lui, et nous y sommes quelquefois violemment réveillés par un bruit de timbre, parfaitement entendu de nos oreilles, quand pourtant personne n'a sonné. Il a ses domestiques, ses visiteurs
particuliers qui viennent nous chercher pour sortir
de sorte que nous sommes prêts à nous lever quand
force nous est de constater, par notre presque
immédiate transmigration dans l'autre appartement, celui de la veille, que la chambre est vide, que
personne n'est venu. La race qui l'habite, comme
celle des premiers humains est androgyne. Un homme
y apparaît au bout d'un instant sous l'aspect d'une
femme. Les choses y ont une aptitude à devenir des
hommes, les hommes des amis et des ennemis. Le
temps qui s'écoule pour le dormeur, durant ces
sommeils-là, est absolument différent du temps dans
lequel s'accomplit la vie de l'homme réveillé. Tantôt
son cours est beaucoup plus rapide, un quart d'heure
semble une journée quelquefois beaucoup plus long,
on croit n'avoir fait qu'un léger somme, on a dormi
tout le jour. Alors, sur le char du sommeil, on descend dans des profondeurs où le souvenir ne peut
plus le rejoindre, et en deçà desquelles l'esprit a
été obligé de rebrousser chemin. L'attelage du sommeil, semblable à celui du soleil, va d'un pas si
égal, dans une atmosphère où ne peut plus l'arrêter
aucune résistance, qu'il faut quelque petit caillou
aérolithique étranger à nous (dardé de l'azur par
quel Inconnu) pour atteindre le sommeil régulier
(qui sans cela n'aurait aucune raison de s'arrêter
et durerait d'un mouvement pareil jusque dans les
siècles des siècles) et le faire, d'une brusque courbe,
revenir vers le réel, brûler les étapes, traverser les
régions voisines de la vie où bientôt le dormeur

entendra, de celle-ci, les rumeurs presque vagues encore, mais déjà perceptibles, bien que déformées, — et atterrir brusquement au réveil. Alors de ces sommeils profonds on s'éveille dans une aurore, ne sachant qui on est, n'étant personne, neuf, prêt à tout, le cerveau se trouvant vidé de ce passé qui était la vie jusque-là. Et peut-être est-ce plus beau encore, quand l'atterrissage du réveil se fait brutalement et que nos pensées du sommeil, dérobées par une chappe d'oubli, n'ont pas le temps de revenir progressivement, avant que le sommeil ne cesse. Alors du noir orage qu'il nous semble avoir traversé (mais nous ne disons même pas *nous*), nous sortons gisants, sans pensées, un « nous » qui serait sans contenu. Quel coup de marteau l'être ou la chose qui est là a-t-elle reçu pour tout ignorer, stupéfaite jusqu'au moment où la mémoire accourue lui rend la conscience ou la personnalité ? Encore pour ces deux genres de réveil, faut-il ne pas s'endormir, même profondément, sous la loi de l'habitude. Car tout ce que l'habitude enserre dans ses filets, elle le surveille, il faut lui échapper, prendre le sommeil au moment où on croyait faire tout autre chose que dormir, prendre en un mot un sommeil qui ne demeure pas sous la tutelle de la prévoyance, avec la compagnie, même cachée, de la réflexion. Du moins dans ces réveils tels que je viens de les décrire, et qui étaient la plupart du temps les miens quand j'avais dîné la veille à la Raspelière, tout se passait comme s'il en était ainsi, et je peux en témoigner, moi l'étrange humain, qui en attendant que la mort le délivre, vit les volets clos, ne sait rien du monde, reste immobile comme un hibou et comme celui-ci, ne voit un peu clair que dans les ténèbres. Tout se passe comme s'il en était ainsi, mais peut-être seule une couche d'étoupe a-t-elle empêché le dormeur de percevoir le dialogue intérieur des souvenirs et le verbiage incessant du sommeil. Car (ce qui peut du reste s'expliquer aussi bien dans le premier système plus vaste, plus mystérieux, plus astral) au moment où le réveil se produit, le dormeur entend une voix intérieure qui lui dit : « Viendrez-vous à ce dîner ce soir, cher ami, comme ce serait agréable ? » et pense : « Oui comme ce sera agréable, j'irai »; puis le réveil s'accentuant, il se rappelle soudain : « Ma grand'mère n'a plus que quelques semaines à vivre, assure le Docteur ». Il sonne, il pleure à l'idée que ce ne sera pas comme autrefois sa grand'mère, sa grand'mère mourante, mais un indifférent valet de chambre qui va venir lui répondre. Du reste, quand le sommeil l'emmenait si loin hors du monde habité par le souvenir et la pensée, à travers un éther où il était seul, plus que seul n'ayant même pas ce compagnon où l'on s'aperçoit, soi-même, il était hors du temps et de ses mesures. Déjà le valet de chambre entre et il n'ose lui demander l'heure, car il ignore s'il a dormi, combien d'heures il a dormi (il se demande si ce n'est pas combien de jours tant il revient le corps rompu et l'esprit reposé, le cœur nostalgique, comme d'un voyage trop lointain pour n'avoir pas duré longtemps) Certes on peut prétendre qu'il n'y a qu'un temps, pour la futile raison que c'est en regardant la pendule qu'on a constaté n'être qu'un quart d'heure ce qu'on avait cru une journée. Mais au moment où on le constate on est justement un homme éveillé, plongé dans le temps des hommes éveillés, on a déserté l'autre temps. Peut-être même plus qu'un autre temps : une autre vie. Les plaisirs qu'on a dans le sommeil, on ne les fait pas figurer dans le compte des plaisirs éprouvés au cours de l'existence. Pour né faire allusion qu'au plus vulgairement sensuel de tous, qui de nous, au réveil, n'a ressenti quelque agacement d'avoir éprouvé en dormant, un plaisir que si l'on ne veut pas trop se fatiguer on ne peut plus, une fois éveillé, renouveler indéfiniment ce jour-là. C'est comme du bien perdu. On a eu du plaisir, dans une autre vie, qui n'est pas la nôtre. Souffrances et plaisirs du rêve (qui généralement s'évanouissant bien vite au réveil) si nous les faisons figurer dans un budget, ce n'est pas dans celui de la vie courante.

J'ai dit deux temps ; peut-être n'y en a-t-il qu'un seul, non que celui de l'homme éveillé soit valable pour le dormeur, mais peut-être parce que l'autre vie, celle où on dort n'est pas — dans sa partie profonde — soumise à la catégorie du temps. Je me le figurais quand aux lendemains des dîners à la Raspelière je m'endormais si complètement. Voici pourquoi. Je commençais à me désespérer au réveil en voyant qu'après que j'avais sonné dix fois, le valet de chambre n'était pas venu. A la onzième il entrait. Ce n'était que la première. Les dix autres n'étaient que des ébauches dans mon sommeil qui durait encore, du coup de sonnette que je voulais. Mes mains gourdes n'avaient seulement pas bougé. Or ces matins là (et c'est ce qui me fait dire que le sommeil ignore peut-être la loi du temps) mon effort pour m'éveiller consistait surtout en un effort pour faire entrer le bloc obscur, non défini, du sommeil que je venais de vivre aux cadres du temps. Ce n'est pas tâche facile ; le sommeil qui ne sait si nous avons dormi deux heures ou deux jours, ne peut nous fournir aucun point de repère. Et si nous n'en trouvons pas au dehors, ne parvenant pas à rentrer dans le temps, nous nous rendormons, pour cinq minutes qui nous semblent trois heures.

J'ai toujours dit — et expérimenté — que le plus puissant des hypnotiques est le sommeil. Après avoir dormi profondément deux heures, s'être battu avec tant de géants, et avoir noué pour toujours tant d'amitiés, il est bien plus difficile de s'éveiller qu'après avoir pris plusieurs grammes de véronal. Aussi raisonnant de l'un à l'autre, je fus surpris d'apprendre par le philosophe norvégien qui le tenait de M. Boutroux, « son éminent collègue — pardon son confrère — ce que M. Bergson pensait des altérations particulières de la mémoire dues aux hypnotiques. « Bien entendu aurait dit M. Bergson à M. Boutroux, à en croire le philosophe norvégien, les hypnotiques pris de temps en temps à doses modérées, n'ont pas d'influence sur cette solide mémoire de notre vie de tous les jours, si bien installée en nous. Mais il est d'autres mémoires, plus hautes, plus instables aussi. Un de mes collègues fait un cours d'histoire ancienne. Il m'a dit que si la veille, il avait pris un cachet pour dormir, il avait de la peine, pendant son cours, à retrouver les citations grecques dont il avait besoin. Le docteur qui lui avait recommandé ces cachets lui assura qu'ils étaient sans influence sur la mémoire. « C'est peut-être que vous n'avez pas à faire de citations grecques », lui avait répondu l'historien non sans un orgueil moqueur.

Je ne sais si cette conversation entre M. Bergson et M. Boutroux est exacte. Le philosophe norvégien, pourtant si profond et si clair, si passionnément attentif, a pu mal comprendre. Personnellement mon expérience m'a donné des résultats opposés. Les moments d'oubli qui suivent le lendemain l'ingestion de certains narcotiques, ont une ressemblance partielle seulement, mais troublante, avec l'oubli qui règne au cours d'une nuit de sommeil naturel et profond. Or, ce que j'oublie dans l'un et l'autre cas, ce n'est pas tel vers de Baudelaire qui me fatigue plutôt « ainsi qu'un tympanon », ce n'est pas tel concept d'un des philosophes cités, c'est la réalité elle-même des choses vulgaires qui m'entourent — si je dors — et dont la non-perception fait de moi un fou ; c'est si je suis éveillé et sors à la suite d'un sommeil artificiel, non pas le système de Porphyre ou de Plotin dont je puis discuter aussi bien qu'un autre jour, mais la réponse que j'ai promis de donner à une invitation, au souvenir de laquelle s'est substitué un pur blanc. L'idée élevée est restée à sa place ; ce que l'hypnotique a mis hors d'usage c'est le pouvoir d'agir dans les petites choses, dans tout ce qui demande de l'activité pour ressaisir juste à temps, pour empoigner tel souvenir de la vie de tous les jours. Malgré tout ce qu'on peut dire de la survie après la destruction du cerveau, je remarque qu'à chaque altération du cerveau correspond un fragment de mort. Nous possédons tous nos souvenirs, sinon la faculté de nous les rappeler, dit d'après M. Bergson le grand philosophe norvégien dont je n'ai pas essayé, pour ne pas ralentir encore, d'imiter le langage. Sinon la faculté de se les rappeler. Mais qu'est-ce qu'un souvenir qu'on ne se rappelle pas. Ou bien allons plus loin. Nous ne nous rappelons pas nos souvenirs des trente dernières années ; mais ils nous baignent tout entiers ; pourquoi alors s'arrêter à trente années, pourquoi ne pas prolonger jusqu'au delà de la naissance cette vie antérieure. Du moment que je ne connais pas toute une partie des souvenirs qui sont derrière moi, du moment qu'ils me sont invisibles, que je n'ai pas la faculté de les appeler à moi, qui me dit que dans cette *masse* inconnue de moi, il n'y en a pas qui remontent à bien au-delà de ma vie humaine. Si je puis avoir en moi et autour de moi, tant de souvenirs dont je ne me souviens pas, cet oubli (du moins oubli de fait puisque je n'ai pas la faculté de rien voir) peut porter sur une vie que j'ai vécue dans le corps d'un autre homme, même sur une autre planète. Un même oubli efface tout. Mais alors que signifie cette immortalité de l'âme dont le philosophe norvégien affirmait la réalité. L'être que je serai après la mort n'a pas plus de raisons de se souvenir de l'homme que je suis depuis ma naissance, que ce dernier ne se souvient de ce que j'ai été avant elle.

Le valet de chambre entrait. Je ne lui disais pas que j'avais sonné plusieurs fois, car je me rendais compte que je n'avais fait jusque là que le rêve que je sonnais. J'étais effrayé pourtant de penser que ce rêve avait eu la netteté de la connaissance. La connaissance aurait-elle, réciproquement, l'irréalité du rêve.

En revanche je lui demandais qui avait tant sonné cette nuit. Il me disait : personne, et pouvait l'affirmer, car le « tableau » des sonneries eut marqué. Pourtant j'entendais les coups répétés, presque furieux, qui vibraient encore dans mon oreille et devait me rester perceptibles pendant plusieurs jours. Il est pourtant rare que le sommeil jette ainsi dans la vie éveillée des souvenirs qui ne meurent pas avec lui. On peut compter ces aérolithes. Si c'est une idée que le sommeil a forgée elle se dissocie très vite en fragments ténus, irretrouvables. Mais là le sommeil avait fabriqué des sons. Plus matériels et plus simples, ils duraient davantage. J'étais étonné de l'heure relativement matinale que me disait le valet de chambre. Je n'en étais pas moins reposé. Ce sont les sommeils légers qui ont une longue durée, parce qu'intermédiaires entre la veille et le sommeil, gardant de la première une notion un peu effacée mais permanente, il leur faut infiniment plus de temps pour nous reposer qu'un sommeil profond, lequel peut être court. Je me sentais bien à mon aise pour une autre raison. S'il suffit de se rappeler qu'on s'est fatigué pour sentir péniblement sa fatigue, se dire : « Je me suis reposé », suffit à créer le repos. Or j'avais rêvé que M. de Charlus avait cent dix ans et venait de donner une paire de claques à sa propre mère. Madame Verdurin, qu'elle avait acheté cinq milliards un bouquet de violettes ; j'étais donc assuré d'avoir dormi profondément, rêvé à rebours de mes notions de la veille et toutes les possibilités de la vie courante ; cela suffisait pour que je me sentisse tout reposé.

J'aurais bien étonné ma mère qui ne pouvait comprendre l'assiduité de M. de Charlus chez les Verdurin, si je lui avais raconté (précisément le jour où avait été commandée la toque d'Albertine, sans rien lui en dire et pour qu'elle en eût la surprise) avec qui M. de Charlus était venu dîner dans un

salon au grand hôtel de Balbec. L'invité n'était autre
que le valet de pied d'une cousine des Cambremer.
Ce valet de pied était habillé avec une grande élégance, et quand il traversa le hall, avec le Baron, il
« fit homme du monde » aux yeux des touristes,
comme aurait dit Saint-Loup. Même les jeunes chasseurs, les « lévites » qui descendaient en foule les
degrés du temple à ce moment parce que c'était
celui de la relève, ne firent pas attention aux deux
arrivants, dont l'un, M. de Charlus, tenait en bais-
sant les yeux à montrer qu'il leur en accordait très
peu. Il avait l'air de se frayer un passage au milieu
d'eux. « Prospérez, cher espoir d'une nation sainte »
dit-il en se rappelant des vers de Racine, cités
dans un tout autre sens. « Plaît-il ? demanda le valet
de pied peu au courant des classiques. » M. de Charlus
ne lui répondit pas, car il mettait un certain orgueil
à ne pas tenir compte des questions et à marcher
droit devant lui comme s'il n'y avait pas eu d'autres
clients de l'hôtel et s'il n'existait au monde que lui,
Baron de Charlus. Mais ayant continué les vers de
Josabeth : « Venez, venez, mes filles », il se sentit
dégoûté et n'ajouta pas comme elle, il faut les appeler,
car ces jeunes enfants n'avaient pas encore atteint
l'âge où le sexe est entièrement formé et qui plaisait
à M. de Charlus. D'ailleurs, s'il avait écrit au valet de
pied de Madame de Chevregny, parce qu'il ne doutait pas de sa docilité, il l'avait espéré plus viril. Il
le trouvait à le voir plus efféminé qu'il n'eût voulu. Il
lui dit qu'il aurait cru avoir affaire à quelqu'un d'autre
car il connaissait de vue un autre valet de pied de
Mme de Chevregny, qu'en effet il avait remarqué sur
la voiture. C'était une espèce de paysan fort rus-
taud, tout l'opposé de celui-ci, qui estimant au con-

A LA RECHERCHE DU TEMPS PERDU

traire ses mièvreries autant de supériorités et ne
doutant pas que ce fussent ces qualités d'homme du
monde qui eussent séduit M. de Charlus, ne comprit
même pas de qui le Baron voulait parler. « Mais je
n'ai aucun camarade qu'un que vous ne pouvez pas
avoir reluqué, il est affreux, il a l'air d'un gros
paysan. » Et à l'idée que c'était peut-être ce
rustre que le Baron avait vu, il éprouva une piqûre
d'amour-propre. Le Baron la devina et élargissant
son enquête : « Mais je n'ai pas fait un vœu spécial
de ne connaître que des gens de Mᵐᵉ de Chevregny, dit-il. Est-ce que, ici, ou à Paris, puisque
vous partez bientôt, vous ne pourriez pas me présenter beaucoup de vos camarades d'une maison ou
d'une autre ? — Oh ! non ! répondit le valet de pied,
je ne fréquente personne de ma classe. Je ne leur
parle que pour le service. Mais il y a quelqu'un de
très bien que je pourrai vous faire connaître. — Qui ?
demanda le Baron — Le Prince de Guermantes.»
M. de Charlus fut dépité qu'on ne lui offrît qu'un
homme de cet âge, et pour lequel du reste il n'avait
pas besoin de la recommandation d'un valet de
pied. Aussi déclina-t-il l'offre d'un ton sec et ne se
laissant pas décourager par les prétentions mondaines du larbin, recommença à lui expliquer ce
qu'il voudrait, le genre, le type, soit un jockey,
etc... Craignant que le notaire qui passait à ce
moment-là ne l'eût entendu, il crut fin de montrer
qu'il parlait de tout autre chose que de ce qu'on aurait
pu croire et dit avec insistance et à la cantonnade,
mais comme s'il ne faisait que continuer sa conversation : « Oui, malgré mon âge j'ai gardé le goût de
bibeloter, le goût des jolis bibelots, je fais des folies
pour un vieux bronze, pour un lustre ancien. J'adore

42

SODOME ET GOMORRHE

le Beau. » Mais pour faire comprendre au valet de
pied le changement de sujet qu'il avait exécuté si
rapidement, M. de Charlus pesait tellement sur chaque mot, et de plus pour être entendu du notaire,
il les criait tous si fort, que tout ce jeu de scène eût
suffi à déceler ce qu'il cachait pour des oreilles plus
averties que celles de l'officier ministériel. Celui-ci
ne se douta de rien non plus qu'aucun autre client
de l'hôtel qui virent tous un élégant étranger dans
le valet de pied si bien mis. En revanche, si les
hommes du monde s'y trompèrent et le prirent pour
un Américain très chic, à peine parut-il devant les
domestiques qu'il fût deviné par eux, comme un
forçat reconnaît un forçat, même plus vite flairé à
distance comme un animal par certains animaux.
Les chefs de rang levèrent l'œil. Aimé jeta un regard
soupçonneux. Le sommelier, haussant les épaules, dit
derrière sa main, parce qu'il crut cela de la politesse,
une phrase désobligeante que tout le monde entendit. Et même notre vieille Françoise dont la vue
baissait et qui passait à ce moment-là au pied de
l'escalier pour aller dîner « aux courriers » leva la tête,
reconnut un domestique là où des convives de l'hôtel
ne le soupçonnaient pas — comme la vieille nour-
rice Euryclée reconnaît Ulysse bien avant les Pré-
tendants assis au festin — et voyant marcher fami-
lièrement avec lui M. de Charlus, eut une expression
accablée, comme si tout d'un coup des méchancetés
qu'elle avait entendu dire et n'avait pas crues,
eussent acquis à ses yeux une navrante vraisem-
blance. Elle ne me parla jamais, ni à personne, de
cet incident, mais il dut faire faire à son cerveau un
travail considérable, car plus tard, chaque fois qu'à
Paris elle eut l'occasion de voir « Julien », qu'elle

43

avait jusque là tant aimé, elle eut toujours avec lui
de la politesse, mais qui avait refroidi et était toujours additionnée d'une forte dose de réserve. Ce
même incident amena au contraire quelqu'un d'autre à me faire une confidence ; ce fut Aimé. Quand
j'avais croisé M. de Charlus, celui-ci qui n'avait pas
cru me rencontrer, me cria en levant la main, « bonsoir », avec l'indifférence, apparente du moins, d'un
grand seigneur qui se croit tout permis et qui trouve
plus habile d'avoir l'air de ne pas se cacher. Or Aimé
qui à ce moment l'observait d'un œil méfiant et qui vit
que je saluais le compagnon de celui en qui il était
certain de voir un domestique, me demanda le
soir même qui c'était. Car depuis quelque temps
Aimé aimait à causer ou plutôt comme il disait, sans
doute pour marquer le caractère selon lui philoso-
phique de ces causeries, à « discuter » avec moi.
Et comme je lui disais souvent que j'étais gêné
qu'il restât debout près de moi pendant que je dînais
au lieu qu'il pût s'asseoir et partager mon repas,
il déclarait qu'il n'avait jamais vu un client ayant
« le raisonnement aussi juste ». Il causait en ce
moment avec deux garçons. Ils m'avaient salué, je
ne savais pas pourquoi leurs visages m'étaient inconnus, bien que dans leur conversation résonnât
une rumeur, qui ne me semblait pas nouvelle. Aimé
les morigénait tous deux à cause de leurs fiançailles
qu'il désapprouvait. Il me prit à témoin, je dis que
je ne pouvais avoir d'opinion ne les connaissant pas.
Ils me rappelèrent leur nom, qu'ils m'avaient souvent servi à Rivebelle. Mais l'un avait laissé pousser
sa moustache, l'autre l'avait rasée et s'était fait
tondre ; et à cause de cela, bien que ce fût leur tête
d'autrefois qui était posée sur leurs épaules (et non

une autre comme dans les restaurations fautives de Notre-Dame), elle m'était restée aussi invisible que ces objets qui échappent aux perquisitions les plus minutieuses, et qui traînent simplement aux yeux de tous, lesquels ne les remarquent pas, sur une cheminée. Dès que je sus leur nom, je reconnus exactement la musique incertaine de leur voix parce que je revis leur ancien visage qui la déterminait. « Ils veulent se marier et ils ne savent seulement pas l'anglais ! » me dit Aimé, qui ne songeait pas que j'étais peu au courant de la profession hôtelière et comprenais mal que si on ne sait pas les langues étrangères, on ne peut pas compter sur une situation. Moi qui croyais qu'il saurait aisément que le nouveau dîneur était M. de Charlus, et me figurais même qu'il devait se le rappeler, l'ayant servi dans la salle à manger quand le Baron était venu pendant mon premier séjour à Balbec voir Mme de Villeparisis, je lui dis son nom. Or non seulement Aimé ne se rappelait pas le Baron de Charlus, mais ce nom parut lui produire une impression profonde. Il me dit qu'il chercherait le lendemain dans ses affaires une lettre que je pourrais peut-être lui expliquer. Je fus d'autant plus étonné, que M. de Charlus, quand il avait voulu me donner un livre de Bergotte, à Balbec, la première année, avait fait spécialement demander Aimé, qu'il avait dû retrouver ensuite dans ce restaurant de Paris où j'avais déjeuné avec Saint-Loup et sa maîtresse et où M. de Charlus était venu nous espionner. Il est vrai qu'Aimé n'avait pu accomplir en personne ces missions, étant une fois couché, et la seconde fois en train de servir. J'avais pourtant de grands doutes sur sa sincérité, quand il prétendait ne pas connaître M. de Charlus. D'une part, il avait dû convenir au baron. Comme tous les chefs d'étage de l'Hôtel de Balbec, comme plusieurs valets de chambre du Prince de Guermantes, Aimé appartenait à une race plus ancienne que celle du Prince, donc plus noble. Quand on demandait un salon, on se croyait d'abord seul. Mais bientôt dans l'office on apercevait un sculptural maître d'hôtel, de ce genre étrusque roux dont Aimé était le type, un peu vieilli par les excès de champagne et voyant venir l'heure nécessaire de l'eau de Contrexéville. Tous les clients ne leur demandaient pas que de les servir. Les commis qui étaient jeunes, scrupuleux, pressés, attendus par une maîtresse en ville, se dérobaient. Aussi Aimé leur reprochait-il de n'être pas sérieux. Il en avait le droit. Sérieux, lui l'était. Il avait une femme et des enfants, de l'ambition pour eux. Aussi les avances qu'une étrangère ou un étranger lui faisaient, il ne les repoussait pas, fallut-il rester toute la nuit. Car le travail doit passer avant tout. Il avait tellement le genre qui pouvait plaire à M. de Charlus que je le soupçonnai de mensonge quand il me dit ne pas le connaître. Je me trompais. C'est en toute vérité que le groom avait dit au Baron qu'Aimé (qui lui avait passé un savon le lendemain) était couché (ou sorti), et l'autre fois en train de servir). Mais l'imagination suppose au-delà de la réalité. Et l'embarras du groom avait probablement excité chez M. de Charlus, quant à la sincérité de ses excuses, des doutes qui avaient blessé chez lui des sentiments qu'Aimé ne soupçonnait pas. On a vu aussi que Saint-Loup avait empêché Aimé d'aller à la voiture où M. de Charlus qui, je ne sais comment, s'était procuré la nouvelle adresse du maître d'hôtel, avait éprouvé une

46

nouvelle déception. Aimé qui ne l'avait pas
remarqué éprouva un étonnement qu'on peut concevoir quand le soir même du jour où j'avais
déjeuné avec Saint-Loup et sa maîtresse, il
reçut une lettre fermée par un cachet aux armes
de Guermantes et dont je citerai ici quelques
passages comme exemple de folie unilatérale chez
un homme intelligent s'adressant à un imbécile
sensé. « Monsieur, Je n'ai pu réussir, malgré des
efforts qui étonneraient bien des gens, cherchant
inutilement à être reçus et salués par moi, à obtenir
que vous écoutiez les quelques explications que vous
ne me demandiez pas mais que je croyais de ma
dignité et de la vôtre de vous offrir. Je vais donc
écrire ici ce qu'il eût été plus aisé de vous dire de
vive voix. Je ne vous cacherai pas que la première
fois que je vous ai vu à Balbec votre figure m'a été
franchement antipathique. » Suivaient alors des
réflexions sur la ressemblance — remarquée le second
jour seulement — avec un ami défunt pour qui
M. de Charlus avait eu une grande affection. « J'avais
eu alors un moment l'idée que vous pouviez, sans
gêner en rien votre profession, venir, en faisant avec
moi les parties de cartes avec lesquelles sa gaieté
savait dissiper ma tristesse, me donner l'illusion
qu'il n'était pas mort. Quelle que soit la nature des
suppositions plus ou moins sottes que vous avez
probablement faites et plus à la portée d'un serviteur (qui ne mérite même pas ce nom puisque il n'a
pas voulu servir) que la compréhension d'un sentiment si élevé, vous avez probablement cru vous
donner de l'importance, ignorant qui j'étais et ce que
j'étais, en me faisant répondre, quand je vous faisais
demander un livre, que vous étiez couché ; or c'est

47

une erreur de croire qu'un mauvais procédé ajoute jamais à la grâce, dont vous êtes d'ailleurs entièrement dépourvu. J'aurais brisé là si par hasard le lendemain matin je ne vous avais pu parler. Votre ressemblance avec mon pauvre ami s'accentua tellement, faisant disparaître jusqu'à la forme insupportable de votre menton prohéminent, que je compris que c'était le défunt qui à ce moment vous prêtait de son expression si bonne afin de vous permettre de me ressaisir, et de vous empêcher de manquer la chance unique qui s'offrait à vous. En effet quoique je ne veuille pas, puisque tout cela n'a plus d'objet et que je n'aurai plus l'occasion de vous rencontrer en cette vie, mêler à tout cela de brutales questions d'intérêt, j'aurais été trop heureux d'obéir à la prière du mort (car je crois à la communion des saints et à leur velléité d'intervention dans le destin des vivants), d'agir avec vous comme avec lui qui avait sa voiture, ses domestiques, et à qui il était bien naturel que je consacrasse la plus grande partie de mes revenus puisque je l'aimais comme un fils. Vous en avez décidé autrement. A ma demande que vous me rapportiez un livre, vous avez fait répondre que vous aviez à sortir. Et ce matin quand je vous ai fait demander de venir à ma voiture, vous m'avez, si je peux parler ainsi sans sacrilège, renié pour la troisième fois. Vous m'excuserez de ne pas mettre dans cette enveloppe les pourboires élevés que je comptais vous donner à Balbec et auxquels il me serait trop pénible de m'en tenir à l'égard de quelqu'un avec qui j'avais cru un moment tout partager. Tout au plus pourriez-vous m'éviter de faire auprès de vous dans votre restaurant, une quatrième tentative inutile et jusqu'à laquelle ma patience

48

n'ira pas. (Et ici M. de Charlus donnait son adresse, l'indication des heures où on le trouverait, etc..) Adieu Monsieur. Comme je crois que ressemblant tant à l'ami que j'ai perdu vous ne pouvez être entièrement stupide sans quoi la physiognomonie serait une science fausse, je suis persuadé qu'un jour si vous repensez à cet incident, ce ne sera pas sans éprouver quelque regret et quelque remords. Pour ma part croyez que bien sincèrement je n'en garde aucune amertume. J'aurais mieux aimé que nous nous quittions sur un moins mauvais souvenir que cette troisième démarche inutile. Elle sera vite oubliée. Nous sommes comme ces vaisseaux que vous avez dû apercevoir parfois de Balbec, qui se sont croisés un moment ; il eût pu y avoir avantage pour chacun d'eux à stopper ; mais l'un a jugé différemment ; bientôt ils ne s'apercevront même plus à l'horizon et la rencontre est effacée ; mais avant cette séparation définitive, chacun salue l'autre, et c'est ce que fait ici, Monsieur, en vous souhaitant bonne chance, le Baron de Charlus. »

Aimé n'avait pas même lu cette lettre jusqu'au bout, n'y comprenant rien et se méfiant d'une mystification. Quand je lui eus expliqué qui était le Baron, il parut quelque peu rêveur et éprouva ce regret que M. de Charlus lui avait prédit. Je ne jurerais même pas qu'il n'eût alors écrit pour s'excuser à un homme qui donnait des voitures à ses amis. Mais dans l'intervalle M. de Charlus avait fait la connaissance de Morel. Tout au plus les relations avec celui-ci étant peut-être platoniques, M. de Charlus recherchait-il parfois pour un soir une compagnie comme celle dans laquelle je venais de le rencontrer dans le hall. Mais il ne pouvait plus détourner de Morel le sentiment violent qui, libre quelques années plus tôt, n'avait demandé qu'à se fixer sur Aimé et qui avait dicté la lettre dont j'étais gêné pour M. de Charlus et que m'avait montré le maître d'hôtel. Elle était, à cause de l'amour antisocial qu'était celui de M. de Charlus, un exemple plus frappant de la force insensible et puissante qu'ont ces courants de la passion et par lesquels l'amoureux, comme un nageur entraîné sans s'en apercevoir, bien vite perd de vue la terre. Sans doute l'amour d'un homme normal peut aussi, quand l'amoureux par l'invention successive de ses désirs, de ses regrets, de ses déceptions, de ses projets, construit tout un roman sur une femme qu'il ne connaît pas, permettre de mesurer un assez notable écartement de deux branches de compas. Tout de même un tel écartement était singulièrement élargi par le caractère d'une passion qui n'est pas généralement partagée et par la différence des conditions de M. de Charlus et d'Aimé.

Tous les jours, je sortais avec Albertine. Elle s'était décidée à se remettre à la peinture et avait d'abord choisi, pour travailler, l'église de Saint-Jean de la Haise qui n'est plus fréquentée par personne et est connue de très peu, difficile à se faire indiquer, impossible à découvrir sans être guidée, longue à atteindre dans son isolement, à plus d'une demi-heure de la station d'Épreville, les dernières maisons du village de Quelleholme depuis longtemps passées. Pour le nom d'Épreville je ne trouvai pas d'accord le livre du curé et les renseignements de Brichot. D'après l'un Épreville était l'ancienne Sprevilla ; l'autre indiquait comme étymologie Aprivilla. La première fois nous prîmes un petit chemin de fer dans

SODOME ET GOMORRHE

la direction opposée à Féterne, c'est-à-dire vers
Grattevaste. Mais c'était la canicule et ç'avait déjà
été terrible de partir tout de suite après le déjeuner.
J'eusse mieux aimé ne pas sortir si tôt ; l'air lumineux et brûlant éveillait des idées d'indolence et de
rafraîchissement. Il remplissait nos chambres, à ma
mère et à moi, selon leur exposition, à des tempéra-
tures inégales, comme des chambres de balnéation.
Le cabinet de toilette de maman, festonné par le
soleil, d'une blancheur éclatante et mauresque, avait
l'air plongé au fond d'un puits, à cause des quatre
murs en plâtras sur lequel il donnait, tandis que tout
en haut, dans le carré laissé vide, le ciel dont on
voyait glisser, les uns par dessus les autres, les flots
moelleux et superposés, semblait (à cause du désir
qu'on avait), soit situé sur une terrasse (ou vu à
l'envers dans quelque glace accrochée à la fenêtre),
une piscine pleine d'une eau bleue, réservée aux
ablutions. Malgré cette brûlante température, nous
avions été prendre le train d'une heure. Mais Albertine
avait eu très chaud dans le wagon, plus encore dans
le long trajet à pied, et j'avais peur qu'elle ne prit
froid en restant ensuite immobile dans ce creux
humide que le soleil n'atteint pas. D'autre part, et
dès nos premières visites à Elstir, m'étant rendu
compte qu'elle eût apprécié non seulement le luxe,
mais même un certain confort dont son manque
d'argent la privait, je m'étais entendu avec un loueur
de Balbec afin que tous les jours une voiture vint
nous chercher. Pour avoir moins chaud nous prenions
par la forêt de Chantepie. L'invisibilité des innom-
brables oiseaux, quelques-uns à demi-marins, qui s'y
répondaient à côté de nous dans les arbres, donnait
la même impression de repos qu'on a les yeux fermés.

A LA RECHERCHE DU TEMPS PERDU

A côté d'Albertine, enchaîné par ses bras au fond de la voiture, j'écoutais ces Océanides. Et quand par hasard j'apercevais l'un de ces musiciens qui passaient d'une feuille sous une autre, il y avait si peu de lien apparent entre lui et ses chants que je ne croyais pas voir la cause de ceux-ci dans le petit corps sautillant, humble, étonné et sans regard. La voiture ne pouvait pas nous conduire jusqu'à l'église. Je la faisais arrêter au sortir de Quetteholme et je disais au revoir à Albertine. Car elle m'avait effrayé en me disant de cette église comme d'autres monuments, de certains tableaux, « quel plaisir ce serait de voir cela avec vous ! » Ce plaisir là je ne me sentais pas capable de le donner. Je n'en ressentais devant les belles choses que si j'étais seul, ou feignais de l'être et me taisais. Mais puisqu'elle avait cru pouvoir éprouver grâce à moi des sensations d'art qui ne se communiquent pas ainsi — je trouvais plus prudent de lui dire que je la quittais, viendrais la rechercher à la fin de la journée, mais que d'ici là il fallait que je retournasse avec la voiture faire une visite à Mme Verdurin ou aux Cambremer, ou même passer une heure avec maman à Balbec, mais jamais plus loin. Du moins, les premiers temps. Car Albertine m'ayant une fois dit par caprice : « C'est ennuyeux que la nature ait si mal fait les choses et qu'elle ait mis Saint-Jean de la Haise d'un côté, la Raspelière d'un autre, qu'on soit pour toute la journée emprisonnée dans l'endroit qu'on a choisi ; » dès que j'eus reçu la toque et le voile, je commandai, pour mon malheur une automobile à Saint-Fargeau (Sanctus Ferreolus selon le livre du curé). Albertine, laissée par moi dans l'ignorance, et qui était venue me chercher, fut surprise en entendant devant l'hôtel le ronflement du moteur, ravie quand elle sut que cette auto était pour nous. Je la fis monter un instant dans ma chambre. Elle sautait de joie. « Nous allons faire une visite aux Verdurin. — Oui mais il vaut mieux que vous n'y alliez pas dans cette tenue puisque vous allez avoir votre auto. Tenez, vous serez mieux ainsi. Et je sortis la toque et le voile que j'avais cachés. — C'est à moi ? Oh! ce que vous êtes gentil, s'écria-t-elle en me sautant au cou. » Aimé nous rencontrant dans l'escalier, fier de l'élégance d'Albertine et de notre moyen de transport, car ces voitures étaient assez rares à Balbec, se donna le plaisir de descendre derrière nous. Albertine désirant être vue un peu dans sa nouvelle toilette me demanda de faire relever la capote qu'on baisserait ensuite pour que nous soyions plus librement ensemble. « Allons, dit Aimé au mécanicien qu'il ne connaissait d'ailleurs pas et qui n'avait pas bougé, tu n'entends pas qu'on te dit de relever ta capote ? » Car Aimé, dessalé par la vie d'hôtel où il avait conquis du reste un rang éminent, n'était pas aussi timide que le cocher de fiacre pour qui Françoise était une « dame »; malgré le manque de présentation préalable les plébéiens qu'il n'avait jamais vus, il les tutoyait sans qu'on sût trop si c'était de sa part dédain aristocratique, ou fraternité populaire. « Je ne suis pas libre, répondit le chauffeur qui ne me connaissait pas. Je suis commandé pour Mlle Simonet. Je ne peux pas conduire Monsieur. » Aimé s'esclaffa : « Mais voyons, grand gourdiflot, répondit-il au mécanicien qu'il convainquit aussitôt, c'est justement Mademoiselle Simonet et Monsieur, qui te commande de lever ta capote, est justement ton patron. » Et comme Aimé, quoique n'ayant

53

pas personnellement de sympathie pour Albertine était à cause de moi fier de la toilette qu'elle portait, il glissa au chauffeur : « T'en conduirais bien tous les jours, hein ! si tu pouvais, des princesses comme ça ! » Cette première fois ce ne fut pas moi seul qui pus aller à la Raspelière comme je fis d'autres jours, pendant qu'Albertine peignait ; elle voulut y venir avec moi. Elle pensait bien que nous pourrions nous arrêter çà et là sur la route, mais croyait impossible de commencer par aller à Saint-Jean de la Haise. C'est-à-dire dans une autre direction, et de faire une promenade qui semblait vouée à un jour différent. Elle apprit au contraire du mécanicien que rien n'était plus facile que d'aller à Saint-Jean où il serait en vingt minutes, et que nous y pourrions rester, si nous le voulions, plusieurs heures, ou pousser beaucoup plus loin, car de Quetteholme à la Raspelière il ne mettrait pas plus de 35 minutes. Nous le comprîmes dès que la voiture s'élançant, franchit d'un seul bond vingt pas d'un excellent cheval. Les distances ne sont que le rapport de l'espace au temps et varient avec lui. Nous exprimons la difficulté que nous avons à nous rendre à un endroit, dans un système de lieues, de kilomètres, qui devient faux dès que cette difficulté diminue. L'art en est aussi modifié, puisqu'un village qui semblait dans un autre monde que tel autre devient son voisin dans un paysage dont les dimensions sont changées. En tous cas apprendre qu'il existe peut-être un univers où 2 et 2 font 5 et où la ligne droite n'est pas le chemin le plus court d'un point à un autre, eût beaucoup moins étonné Albertine que d'entendre le mécanicien lui dire qu'il était facile d'aller dans une même après-midi à Saint-Jean et à la Raspelière, Douville et Quetteholme, Saint-Mars le Vieux et Saint-Mars le Vêtu, Gourville et Balbec le Vieux, Tourville et Féterne, prisonniers aussi hermétiquement enfermés jusque-là dans la cellule de jours distincts que jadis Méséglise et Guermantes, et sur lesquels les mêmes yeux ne pouvaient se poser dans un seul après-midi, délivrés maintenant par le géant aux bottes de sept lieues, vinrent assembler autour de l'heure de notre goûter, leurs clochers et leurs tours, leurs vieux jardins que le bois avoisinant s'empressait de découvrir.

Arrivée au bas de la route de la Corniche, l'auto monta d'un seul trait, avec un bruit continu, comme un couteau qu'on repasse, tandis que la mer abaissée s'élargissait au-dessous de nous. Les maisons anciennes et rustiques de Montsurvent accoururent en tenant serrés contre elles leur vigne ou leur rosier; les sapins de la Raspelière, plus agités que quand s'élevait le vent du soir, coururent dans tous les sens pour nous éviter et un domestique nouveau que je n'avais encore jamais vu vint nous ouvrir au perron, pendant que le fils du jardinier, trahissant des dispositions précoces, dévorait des yeux la place du moteur. Comme ce n'était pas un lundi, nous ne savions pas si nous trouverions Mme Verdurin, car sauf ce jour-là où elle recevait, il était imprudent d'aller la voir à l'improviste. Sans doute elle restait chez elle « en principe », mais cette expression, que Mme Swann employait au temps où elle cherchait elle aussi à se faire son petit clan, et à attirer les clients en ne bougeant pas, dût-elle souvent ne pas faire ses frais, et qu'elle traduisait avec contre-sens en « par principe », signifiait seule-

ment en « règle générale », c'est-à-dire avec de
nombreuses exceptions. Car non seulement Mᵐᵉ Verdurin aimait à sortir, mais elle poussait fort loin
les devoirs de l'hôtesse, et quand elle avait eu du
monde à déjeuner, aussitôt après le café, les liqueurs et les cigarettes (malgré le premier engour-
dissement de la chaleur et de la digestion où on eût
mieux aimé, à travers les feuillages de la terrasse,
regarder le paquebot de Jersey passer sur la mer
d'émail), le programme comprenait une suite de promenades au cours desquelles les convives installés
de force en voiture, étaient emmenés malgré eux
vers l'un ou l'autre des points de vue qui foisonnent
autour de Douville. Cette deuxième partie de la
fête n'était pas du reste (l'effort de se lever et de
monter en voiture accompli) celle qui plaisait le
moins aux invités, déjà préparés par les mets suc-
culents, les vins fins ou le cidre mousseux, à se laisser
facilement griser par la pureté de la brise et la
magnificence des sites. Mᵐᵉ Verdurin faisait visiter
ceux-ci aux étrangers un peu comme des annexes
(plus ou moins lointaines) de sa propriété, et qu'on
ne pouvait pas ne pas aller voir du moment qu'on
venait déjeuner chez elle et réciproquement qu'on
n'aurait pas connu si on n'avait pas été reçu chez la
Patronne. Cette prétention de s'arroger un droit
unique sur les promenades comme sur le jeu de
Morel et jadis de Dechambre, et de contraindre les
paysages à faire partie du petit clan, n'était pas du
reste aussi absurde qu'elle semble au premier abord.
Mᵐᵉ Verdurin se moquait de l'absence de goût que,
selon elle, les Cambremer montraient dans l'ameuble-
ment de la Raspelière et l'arrangement du jardin,
mais encore de leur manque d'initiative dans les

promenades qu'ils faisaient ou faisaient faire aux
environs. De même que selon elle, la Raspelière ne
commençait à devenir ce qu'elle aurait dû être que
depuis qu'elle était l'asile du petit clan, de même elle
affirmait que les Cambremer, refaisant perpétuelle-
ment dans leur calèche, le long du chemin de fer, au
bord de la mer, la seule vilaine route qu'il y eût dans les
environs, habitaient le pays de tout temps, mais ne
le connaissaient pas. Il y avait du vrai dans cette
assertion. Par routine, défaut d'imagination, in-
curiosité d'une région qui semble rebattue parce
qu'elle est si voisine, les Cambremer ne sortaient de
chez eux que pour aller toujours aux mêmes endroits
et par les mêmes chemins. Certes ils riaient beaucoup
de la prétention des Verdurin de leur apprendre
leur propre pays. Mais mis au pied du mur, eux et
même leur cocher, eussent été incapables de nous
conduire aux splendides endroits, un peu secrets, où
nous menait M. Verdurin, levant ici la barrière d'une
propriété privée mais abandonnée où d'autres n'eussent pas cru pouvoir s'aventurer, là descendant de
voiture pour suivre un chemin qui n'était pas car-
rossable, mais tout cela avec la récompense certaine
d'un paysage merveilleux. Disons du reste que le
jardin de la Raspelière était en quelque sorte un
abrégé de toutes les promenades qu'on pouvait faire
à bien des kilomètres alentour. D'abord à cause de
sa position dominante, regardant d'un côté la vallée,
de l'autre la mer, et puis parce que, même d'un seul
côté, de celui de la mer par exemple, des percées
avaient été faites au milieu des arbres de telle façon
que d'ici on embrassait tel horizon, de là tel autre.
Il y avait à chacun de ces points de vue un banc ;
on venait s'asseoir tour à tour sur celui d'où on décou-

vrait Balbec, ou Parville, ou Doville. Même dans une
seule direction avait été placé un banc plus ou moins
à pic sur la falaise, plus ou moins en retrait. De ces
derniers on avait un premier plan de verdure et un
horizon qui semblait déjà le plus vaste possible, mais
qui s'agrandissait infiniment si, continuant par un
petit sentier on allait jusqu'à un banc suivant d'où
l'on embrassait tout le cirque de la mer. Là on per-
cevait exactement le bruit des vagues qui ne parvenait pas au contraire dans les parties plus en-
foncées du jardin, là où le flot se laissait voir encore,
mais non plus entendre. Ces lieux de repos portaient
à la Raspelière pour les maîtres de maison le nom de
« vues ». Et en effet ils réunissaient autour du château
les plus belles « vues » des pays avoisinants des plages
ou des forêts, aperçus fort diminués par l'éloignement, comme Hadrien avait assemblé dans sa villa
des réductions des monuments les plus célèbres des
diverses contrées. Le nom qui suivait le mot « vue »
n'était pas forcément celui d'un lieu de la côte, mais
souvent de la rive opposée de la baie et qu'on décou-
vrait, gardant un certain relief malgré l'étendue du
panorama. De même qu'on prenait un ouvrage dans
la bibliothèque de M. Verdurin pour aller lire une
heure à la « vue de Balbec », de même si le temps
était clair on allait prendre des liqueurs à la « vue
de Rivebelle », à condition pourtant qu'il ne fît pas
trop de vent, car malgré les arbres plantés de chaque côté, là l'air était vif. — Pour en revenir aux
promenades en voiture que Mme Verdurin organisait
pour l'après-midi, la Patronne, si au retour elle
trouvait les cartes de quelque mondain « de passage
sur la côte », feignait d'être ravie mais était désolée
d'avoir manqué sa visite et (bien qu'on ne vînt

encore que pour voir « la maison » ou connaître pour
un jour une femme dont le salon artistique était
célèbre, mais infréquentable à Paris), le faisait vite
inviter par M. Verdurin à venir dîner au prochain
mercredi. Comme souvent le touriste était obligé de
repartir avant, ou craignait les retours tardifs,
Mme Verdurin avait convenu que le samedi, on la
trouverait toujours à l'heure du goûter. Ces goûters
n'étaient pas extrêmement nombreux et j'en avais
connu à Paris de plus brillants chez la Princesse de
Guermantes, chez Mme de Gallifet ou Mme d'Ar-
pajon. Mais justement ici ce n'était plus Paris et le
charme du cadre ne réagissait pas pour moi que sur
l'agrément de la réunion, mais sur la qualité des visiteurs. La rencontre de tel mondain, laquelle à Paris
ne me faisait aucun plaisir, mais qui à la Raspelière,
où il était venu de loin par Féterne ou la forêt de
Chantepie, changeait de caractère, d'importance,
devenait un agréable incident. Quelquefois c'était
quelqu'un que je connaissais parfaitement bien et
que je n'eusse pas fait un pas pour retrouver chez
les Swann. Mais son nom sonnait autrement sur
cette falaise, comme celui d'un acteur qu'on entend
souvent dans un théâtre, imprimé sur l'affiche, en
une autre couleur, d'une représentation extraordinaire et de gala où sa notoriété se multiplie
tout à coup de l'imprévu du contexte. Comme à
la campagne on ne se gêne pas, le mondain prenait souvent sur lui d'amener les amis chez qui
il habitait, faisant valoir tout bas comme excuse
à Mme Verdurin qu'il ne pouvait les lâcher, demeu-
rant chez eux ; à ces hôtes, en revanche il feignait d'offrir comme une sorte de politesse de leur
faire connaître ce divertissement dans une vie de

plage monotone d'aller dans un centre spirituel, de visiter une magnifique demeure et de faire un excellent goûter. Cela composait tout de suite une réunion de plusieurs personnes de demi-valeur ; et si un petit bout de jardin avec quelques arbres qui paraîtrait mesquin à la campagne, prend un charme extraordinaire avenue Gabriel, ou bien rue de Monceau, où des multimillionnaires seuls peuvent se l'offrir, inversement des seigneurs qui sont de second plan dans une soirée parisienne, prenaient toute leur valeur, le lundi après-midi, à la Raspelière. A peine assis autour de la table couverte d'une nappe brodée de rouge et sous les trumeaux en camaïeu on leur servait des galettes, des feuilletés normands, des tartes en bateaux, remplies de cerises comme des perles de corail, des « diplomates », et aussitôt ces invités subissaient de l'approche de la profonde coupe d'azur sur laquelle s'ouvraient les fenêtres et qu'on ne pouvait pas ne pas voir en même temps qu'eux, une altération, une transmutation profonde qui les changeait en quelque chose de plus précieux. Bien plus, même avant de les avoir vus, quand on venait le lundi chez Mme Verdurin, les gens qui à Paris n'avaient plus que des regards fatigués par l'habitude pour les élégants attelages qui stationnaient devant un hôtel somptueux sentaient leur cœur battre à la vue des deux ou trois mauvaises tapissières arrêtées devant la Raspelière, sous les grands sapins. Sans doute c'était que le cadre agreste était différent et que les impressions mondaines grâce à cette transposition redevenaient fraîches. C'était aussi parce que la mauvaise voiture prise pour aller voir Mme Verdurin évoquait une belle promenade et un coûteux « forfait » conclu avec un cocher qui avait demandé

« tant » pour la journée. Mais la curiosité légèrement émue à l'égard des arrivants, encore impossibles à distinguer, tenait aussi de ce que chacun se demandait : « Qui est-ce que cela va être ? » question à laquelle il était difficile de répondre, ne sachant pas qui avait pu venir passer huit jours chez les Cambremer ou ailleurs, et qu'on aime toujours à se poser dans les vies agrestes, solitaires, où la rencontre d'un être humain qu'on n'a pas vu depuis longtemps, ou la présentation à quelqu'un qu'on ne connaît pas cesse d'être cette chose fastidieuse qu'elle est dans la vie de Paris, et interrompt délicieusement l'espace vide des vies trop isolées, où l'heure même du courrier devient agréable. Et le jour où nous vînmes en automobile à la Raspelière, comme ce n'était pas lundi, M. et Mme Verdurin devaient être en proie à ce besoin de voir du monde qui trouble les hommes et les femmes et donne envie de se jeter par la fenêtre au malade qu'on a enfermé loin des siens, pour une cure d'isolement. Car le nouveau domestique aux pieds plus rapides, et déjà familiarisé avec ces expressions, nous ayant répondu que « si Madame n'était pas sortie elle devait être à la « vue de Doville », « qu'il allait aller voir », il revint aussitôt nous dire que celle-ci allait nous recevoir. Nous la trouvâmes un peu décoiffée, car elle arrivait du jardin, de la basse-cour et du potager, où elle était allée donner à manger à ses paons, et à ses poules, chercher des œufs, cueillir des fruits et des fleurs pour « faire son chemin de table », chemin qui rappelait en petit celui du parc ; mais sur la table il donnait cette distinction de ne pas lui faire supporter que des choses utiles et bonnes à manger ; car autour de ces autres présents du jardin qu'étaient les poires,

les œufs battus à la neige, montaient de hautes tiges
de vipérines, d'œillets, de roses et de coreopsis entre
lesquels on voyait comme entre des pieux indicateurs
et fleuris se déplacer par le vitrage de la fenêtre, les
bateaux du large. À l'étonnement que M. et Mme Verdurin, s'interrompant de disposer les fleurs pour
recevoir les visiteurs annoncés, montrèrent, en
voyant que ces visiteurs n'étaient autres qu'Albertine et moi, je vis bien que le nouveau domestique
plein de zèle mais à qui mon nom n'était pas encore
familier, l'avait mal répété et que Mme Verdurin,
entendant le nom d'hôtes inconnus, avait tout de
même dit de faire entrer, ayant besoin de voir n'importe qui. Et le nouveau domestique contemplait ce
spectacle de la porte afin de comprendre le rôle que
nous jouions dans la maison. Puis il s'éloigna en
courant, à grandes enjambées, car il n'était engagé
que de la veille. Quand Albertine eut bien montré
sa toque et son voile aux Verdurin, elle me jeta un
regard pour me rappeler que nous n'avions pas trop
de temps devant nous pour ce que nous désirions
faire. Mme Verdurin voulait que nous attendissions
le goûter, mais nous refusâmes, quand tout d'un
coup se dévoila un projet qui eut mis à néant tous
les plaisirs que je me promettais de ma promenade
avec Albertine : la Patronne ne pouvant se décider à
nous quitter ou peut-être à laisser échapper une distraction nouvelle, voulait revenir avec nous. Habituée
dès longtemps à ce que de sa part les offres de ce genre
ne fissent pas plaisir, et n'étant probablement pas
certaine que celle-ci nous en causerait un, elle dissi-
mula sous un excès d'assurance la timidité qu'elle
éprouvait en nous l'adressant et n'ayant même pas
l'air de supposer qu'il put y avoir doute sur notre

réponse, elle ne nous posa pas de question, mais dit à son mari, en parlant d'Albertine et de moi, comme si elle nous faisait une faveur : « Je les ramènerai, moi. » En même temps s'appliqua sur sa bouche un sourire qui ne lui appartenait pas en propre, un sourire que j'avais déjà vu à certaines gens quand ils disaient à Bergotte d'un air fin : « J'ai acheté votre livre, c'est comme cela », un de ces sourires collectifs, universaux, que quand ils en ont besoin, — comme on se sert du chemin de fer et des voitures de déménagement, — empruntent les individus, sauf quelques-uns très raffinés comme Swann ou comme M. de Charlus aux lèvres de qui je n'ai jamais vu se poser ce sourire-là. Dès lors ma visite était empoisonnée. Je fis semblant de ne pas avoir compris. Au bout d'un instant il devint évident que M. Verdurin serait de la fête. « Mais ce sera bien long pour M. Verdurin, dis-je. — Mais non, me répondit Mme Verdurin d'un air condescendant et égayé, il dit que ça l'amusera beaucoup de refaire avec cette jeunesse cette route qu'il a tant suivie autrefois ; au besoin il montera à côté du wattman, cela ne l'effraye pas et nous reviendrons tous les deux bien sagement par le train comme de bons époux. Regardez, il a l'air enchanté. » Elle semblait parler d'un vieux grand peintre plein de bonhomie qui plus jeune que les jeunes, met sa joie à barbouiller des images pour faire rire ses petits enfants. Ce qui ajoutait à ma tristesse est qu'Albertine semblait ne pas la partager et trouver amusant de circuler ainsi par tout le pays avec les Verdurin. Quant à moi le plaisir que je m'étais promis de prendre avec elle était si impérieux que je ne voulus pas permettre à la Patronne de le gâcher ; j'inventai des mensonges

que les irritantes menaces de Mme Verdurin rendaient
excusables, mais qu'Albertine, hélas ! contredisait.
« Mais nous avons une visite à faire, dis-je. — Quelle
visite, demanda Albertine ? — Je vous expliquerai,
c'est indispensable. — Hé bien ! nous vous atten-
drons. » dit Mme Verdurin résignée à tout. A la dernière minute, l'angoisse de me sentir ravir un bonheur si désiré me donna le courage d'être impoli.
Je refusai nettement, alléguant à l'oreille de Mme Verdurin qu'à cause d'un chagrin qu'avait eu Albertine
et sur lequel elle désirait me consulter, il fallait
absolument que je fusse seul avec elle. La patronne
prit un air courroucé : « C'est bon, nous ne viendrons
pas, me dit-elle d'une voix tremblante de colère. »
Je la sentis si fâchée que pour avoir l'air de céder
un peu : « Mais on aurait peut-être pu... — Non,
reprit-elle, plus furieuse encore, quand j'ai dit non,
c'est non. » Je me croyais brouillé avec elle, mais
elle nous rappela à la porte pour nous recom-
mander de ne pas « lâcher » le lendemain mercredi,
et de ne pas venir avec cette affaire-là qui était
dangereuse la nuit, mais par le train avec tout
le petit groupe, et elle fit arrêter l'auto déjà en marche sur la pente du parc parce que le domestique
avait oublié de mettre dans la capote le carré de tarte
et les sablés qu'elle avait fait envelopper pour nous.
Nous repartîmes escortés un moment par les petites
maisons accourues avec leurs fleurs. La figure du
pays nous semblait toute changée tant dans l'image
topographique que nous nous faisons de chacun d'eux,
la notion d'espace est loin d'être celle qui joue le plus
grand rôle. Nous avons dit que celle du temps les
écarte davantage. Elle n'est pas non plus la seule.
Certains lieux que nous voyons toujours isolés

nous semblent sans commune mesure avec le reste, presque hors du monde, comme ces gens que nous avons connus dans des périodes à part de notre vie, au régiment, dans notre enfance, et que nous ne relions à rien. La première année de mon séjour à Balbec, il y avait une hauteur où Mme de Villeparisis aimait à nous conduire parce que de là on ne voyait que l'eau et les bois, et qui s'appelait Beaumont. Comme le chemin qu'elle faisait prendre pour y aller et qu'elle trouvait le plus joli à cause de ses vieux arbres, montait tout le temps, sa voiture était obligée d'aller au pas et mettait très longtemps. Une fois arrivés en haut nous descendions, nous nous promenions un peu, remontions en voiture, revenions par le même chemin, sans avoir rencontré aucun village, aucun château. Je savais que Beaumont était quelque chose de très curieux, de très loin, de très haut, je n'avais aucune idée de la direction où cela se trouvait n'ayant jamais pris le chemin de Beaumont pour aller ailleurs ; on mettait du reste beaucoup de temps en voiture pour y arriver. Cela faisait évidemment partie du même département (ou de la même province) que Balbec, mais était situé pour moi dans un autre plan, jouissait d'un privilège spécial d'exterritorialité. Mais l'automobile qui ne respecte aucun mystère, après avoir dépassé Incarville, dont j'avais encore les maisons dans les yeux, comme nous descendions la côte de traverse qui aboutit à Parville (Paterni villa), apercevant la mer d'un terre-plein où nous étions, je demandai comment s'appelait cet endroit et avant même que le chauffeur m'eût répondu, je reconnus Beaumont à côté duquel je passais ainsi sans le savoir chaque fois que je prenais le petit chemin de fer, car il était à deux minutes de Parville. Comme un officier de mon régiment qui m'eût semblé un être spécial, trop bienveillant et simple pour être de grande famille, trop lointain déjà et mystérieux pour être simplement d'une grande famille, et dont j'aurais appris qu'il était beau-frère, cousin de telles ou telles personnes avec qui je dînais en ville, ainsi Beaumont, relié tout d'un coup à des endroits dont je le croyais si distinct, perdit son mystère et prit sa place dans la région, me faisant penser avec terreur que Madame Bovary et la Sanseverina m'eussent peut-être semblé des êtres pareils aux autres si je les eusse rencontrées ailleurs que dans l'atmosphère close d'un roman. Il peut sembler que mon amour pour les féeriques voyages en chemin de fer aurait dû m'empêcher de partager l'émerveillement d'Albertine devant l'automobile qui mène, même un malade, là où il veut, et empêche — comme je l'avais fait jusqu'ici de considérer l'emplacement comme la marque individuelle, l'essence sans succédané des beautés inamovibles. Et sans doute cet emplacement, l'automobile n'en faisait pas comme jadis le chemin de fer, quand j'étais venu de Paris à Balbec, un but soustrait aux contingences de la vie ordinaire, presque idéal au départ et qui le restant à l'arrivée, à l'arrivée dans cette grande demeure où n'habite personne et qui porte seulement le nom de la ville, la gare, à l'air d'en promettre enfin l'accessibilité comme elle en serait la matérialisation. Non, l'automobile ne nous menait pas ainsi féeriquement dans une ville que nous voyions d'abord dans l'ensemble que résume son nom, et avec les illusions du spectateur dans la salle. Il nous faisait entrer dans la coulisse des rues, s'arrêtait à demander un renseigne-

ment à un habitant. Mais comme compensation d'une
progression si familière on a les tâtonnements mêmes
du chauffeur incertain de sa route et revenant sur
ses pas, les chassés-croisés de la perspective faisant
jouer un château aux quatre coins avec une colline,
une église et la mer, pendant qu'on se rapproche de
lui, bien qu'il se blottisse vainement sous sa feuillée
séculaire ; ces cercles de plus en plus rapprochés
que décrit l'automobile autour d'une ville fascinée
qui fuyait dans tous les sens pour échapper et sur
laquelle finalement il fonce tout droit, à pic, au fond
de la vallée où elle reste gisante à terre ; de sorte que
cet emplacement, point unique, que l'automobile
semble avoir dépouillé du mystère des trains express,
il donne par contre l'impression de le découvrir, de
le déterminer nous-mêmes comme avec un compas,
de nous aider à sentir d'une main plus amoureuse-
ment exploratrice, avec une plus fine précision, la
véritable géométrie, la belle mesure de la terre.

Ce que malheureusement j'ignorais à ce moment-
là et que je n'appris que plus de deux ans après, c'est
qu'un des clients du chauffeur était M. de Charlus,
et que Morel chargé de le payer et gardant une partie
de l'argent pour lui (en faisant tripler et quintupler
par le chauffeur le nombre des kilomètres) s'était
beaucoup lié avec lui (tout en ayant l'air de ne pas
le connaître devant le monde) et usant de sa voiture pour des courses lointaines. Si j'avais su cela
alors, et que la confiance qu'eurent bientôt les
Verdurin en ce chauffeur, venait de là, à leur insu,
peut-être bien des chagrins de ma vie à Paris,
l'année suivante, bien des malheurs relatifs à Albertine, eussent été évités, mais je ne m'en doutais nullement. En elles-mêmes les promenades de M. de

Charlus en auto avec Morel n'étaient pas d'un intérêt direct pour moi. Elles se bornaient d'ailleurs plus souvent à un déjeuner ou à un dîner, dans un restaurant de la côte, où M. de Charlus passait pour un vieux domestique ruiné et Morel qui avait mission de payer les notes pour un gentilhomme trop bon. Je raconte un de ces repas qui peut donner une idée des autres. C'était dans un restaurant de forme oblongue à Saint-Mars-le-Vêtu. « Est-ce qu'on ne pourrait pas enlever ceci ? » demanda M. de Charlus à Morel comme à un intermédiaire et pour ne pas s'adresser directement aux garçons. Il désignait par « ceci » trois roses fanées dont un maître d'hôtel bien intentionné avait cru devoir décorer la table. « Si... dit Morel embarrassé. Vous n'aimez pas les roses ». « Je prouverais au contraire par la requête en question que je les aime, puisqu'il n'y a pas de roses ici (Morel parut surpris), mais en réalité je ne les aime pas beaucoup. Je suis assez sensible aux noms ; et dès qu'une rose est un peu belle, on apprend qu'elle s'appelle la Baronne de Rothschild ou la Maréchale Niel, ce qui jette un froid. Aimez-vous les noms ? Avez-vous trouvé de jolis titres pour vos petits morceaux de concert ? » « Il y en a un qui s'appelle Poème triste. » « C'est affreux, répondit M. de Charlus d'une voix aiguë et claquante comme un soufflet. Mais j'avais demandé du champagne ? dit-il au maître d'hôtel qui avait cru en apporter en mettant près des deux clients deux coupes remplies de vin mousseux. » « Mais, Monsieur. » « Otez cette horreur qui n'a aucun rapport avec le plus mauvais champagne. C'est le vomitif appelé *cup* où on fait généralement traîner trois fraises pourries dans un mélange de vinaigre et d'eau de Seltz. Oui, continua-t-il en se retournant vers Morel, vous semblez ignorer ce que c'est qu'un titre. Et même dans l'interprétation de ce que vous jouez le mieux, vous semblez ne pas apercevoir le côté médiumnimique de la chose. » « Vous dites ? » demanda Morel qui, n'ayant absolument rien compris à ce qu'avait dit le Baron, craignait d'être privé d'une information utile, comme, par exemple, une invitation à déjeuner. M. de Charlus ayant négligé de considérer « Vous dites ? » comme une question, Morel, n'ayant en conséquence pas reçu de réponse, crut devoir changer la conversation et lui donner un tour sensuel : « Tenez la petite blonde qui vend ces fleurs que vous n'aimez pas ; encore une qui a sûrement une petite amie. Et la vieille qui dîne à la table du fond aussi. » « Mais comment sais-tu tout cela ? » demanda M. de Charlus émerveillé de la prescience de Morel. « Oh ! en une seconde je les devine. Si nous nous promenions tous les deux dans une foule, vous verriez que je ne me trompe pas deux fois. » Et qui eut regardé en ce moment Morel avec son air de fille au milieu de sa mâle beauté, eut compris l'obscur divination qui ne le désignait pas moins à certaines femmes que lui à elles. Il avait envie de supplanter Jupien, vaguement désireux d'ajouter à son « fixe, » les revenus que, croyait-il, le giletier tirait du Baron. « Et pour les gigolos je m'y connais mieux encore, je vous éviterais toutes les erreurs. Ce sera bientôt la foire de Balbec, nous trouverions bien des choses. Et à Paris alors vous verriez que vous vous amuseriez. » Mais une prudence héréditaire du domestique lui fît donner un autre tour à la phrase que déjà il commençait. De sorte que M. de Charlus crut qu'il s'agissait toujours

69

de jeunes filles. « Voyez-vous, dit Morel, désireux d'exalter d'une façon qu'il jugeait moins compromettante pour lui-même (bien qu'elle fût en réalité plus immorale), les sens du Baron, mon rêve, ce serait de trouver une jeune fille bien pure, de m'en faire aimer et de lui prendre sa virginité. » M. de Charlus ne put se retenir de pincer tendrement l'oreille de Morel, mais ajouta naïvement : « A quoi cela te servirait-il ? Si tu prenais son pucelage, tu serais bien obligé de l'épouser. — L'épouser, s'écria Morel qui sentait le Baron grisé ou bien qui ne songeait pas à l'homme, en somme plus scrupuleux qu'il ne croyait, avec lequel il parlait. L'épouser ? Des nèfles ! Je le promettrais, mais dès la petite opération menée à bien, je la plaquerais le soir même. » M. de Charlus avait l'habitude quand une fiction pouvait lui causer un plaisir sensuel momentané d'y donner son adhésion, quitte à la retirer tout entière quelques instants après quand le plaisir serait épuisé. « Vraiment, tu ferais cela, dit-il à Morel en riant et en le serrant de plus près. — Et comment ! » dit Morel, voyant qu'il ne déplaisait pas au Baron en continuant à lui expliquer sincèrement ce qui était en effet un de ses désirs. « C'est dangereux, dit M. de Charlus. — Je ferais mes malles d'avance et je ficherais le camp sans laisser d'adresse. — Et moi ? demanda M. de Charlus. — Je vous emmènerais avec moi, bien entendu, s'empressa de dire Morel qui n'avait pas songé à ce que deviendrait le Baron, lequel était le cadet de ses soucis. Tenez, il y a une petite qui me plairait beaucoup pour ça, c'est une petite couturière qui a sa boutique dans l'hôtel de M. le Duc. — La fille de Jupien, s'écria le Baron pendant que le tonnelier entrait. Oh ! jamais, ajouta-t-il, soit que la présence d'un tiers l'eût refroidi, soit que même dans ces espèces de messes noires où il se complaisait à souiller les choses les plus saintes, il ne pût se résoudre à faire entrer des personnes pour qui il avait de l'amitié. Jupien est un brave homme, la petite est charmante, il serait affreux de leur causer du chagrin. » Morel sentit qu'il était allé trop loin et se tut, mais son regard continuait dans le vide à se fixer sur la jeune fille devant laquelle il avait voulu un jour que je l'appelasse cher grand artiste et à qui il avait commandé un gilet. Très travailleuse, la petite n'avait pas pris de vacances, mais j'ai su depuis que tandis que Morel le violoniste était dans les environs de Balbec elle ne cessait de penser à son beau visage, ennobli de ce qu'ayant vu Morel avec moi, elle l'avait pris pour un « monsieur ».

« Je n'ai jamais entendu jouer Chopin, dit le Baron, et pourtant j'aurais pu, je prenais des leçons avec Stamati mais il me défendit d'aller entendre chez ma tante Chimay le Maître des Nocturnes. » « Quelle bêtise il a faite là », s'écria Morel, « Au contraire, répliqua vivement, d'une voix aiguë, M. de Charlus. Il prouvait son intelligence. Il avait compris que j'étais une « nature » et que je subirais l'influence de Chopin. Ça ne fait rien puisque j'ai abandonné tout jeune la musique, comme tout, du reste. Et puis on se figure un peu, ajouta-t-il d'une voix nasillarde, ralentie et traînante, il y a toujours des gens qui ont entendu, qui vous donnent une idée. Mais enfin Chopin n'était qu'un prétexte pour revenir au côté médiumnimique que vous négligez. »

On remarquera qu'après une interpolation du langage vulgaire, celui de M. de Charlus était brus-

71

quement redevenu aussi précieux et hautain qu'il
était d'habitude. C'est que l'idée que Morel « pla-
querait » sans remords une jeune fille violée lui
avait fait brusquement goûter un plaisir complet.
Dès lors ses sens étaient apaisés pour quelque
temps et le sadique (lui, vraiment médiumnimique)
qui s'était substitué pendant quelques instants à
M. de Charlus avait fui et rendu la parole au vrai
M. de Charlus, plein de raffinement artistique, de
sensibilité, de bonté. « Vous avez joué l'autre jour
la transcription au piano du XVe quatuor, ce qui
est déjà absurde parce que rien n'est moins pianis-
tique. Elle est faite pour les gens à qui les cordes
trop tendues du glorieux Sourd font mal aux oreilles.
Or c'est justement ce mysticisme presque aigre qui
est divin. En tous cas vous l'avez très mal joué
en changeant tous les mouvements. Il faut jouer ça
comme si vous le composiez : le jeune Morel, affligé
d'une surdité momentanée et d'un génie inexistant,
reste un instant immobile. Puis pris du délire
sacré il joue, il compose les premières mesures.
Alors épuisé par un pareil effort d'entrance, il
s'affaisse, laissant tomber la jolie mèche pour plaire
à Mme Verdurin, et de plus, il prend ainsi le temps
de refaire la prodigieuse quantité de substance
grise qu'il a prélevée pour l'objectivation pythique.
Alors ayant retrouvé ses forces, saisi d'une inspiration nouvelle et suréminente, il s'élance vers la
sublime phrase intarissable que le virtuose berlinois
(nous croyons que M. de Charlus désignait ainsi
Mendelssohn) devait infatigablement imiter. C'est
de cette façon, seule vraiment transcendante et
animatrice, que je vous ferai jouer à Paris. » Quand
M. de Charlus lui donnait des avis de ce genre,

Morel était beaucoup plus effrayé que de voir le maître d'hôtel remporter ses roses et son « cup » dédaignés, car il se demandait avec anxiété quel effet cela produirait à la « classe ». Mais il ne pouvait s'attarder à ces réflexions car M. de Charlus lui disait impérieusement : « Demandez au maître d'hôtel s'il a du bon chrétien. » « Du bon chrétien, je ne comprends pas. » « Vous voyez bien que nous sommes au fruit, c'est une poire. Soyez sûr que Mme de Cambremer en a chez elle, car la comtesse d'Escarbagnas qu'elle est, en avait. M. Thibaudier la lui envoie et elle dit : « Voilà du bon chrétien qui est fort beau. » « Non, je ne savais pas. » « Je vois du reste que vous ne savez rien. Si vous n'avez même pas lu Molière... Hé bien, puisque vous ne devez pas savoir commander, plus que le reste, demandez tout simplement une poire qu'on recueille justement près d'ici, la « Louise-Bonne d'Avranches. » « La ? » « Attendez, puisque vous êtes si gauche, je vais moi-même en demander d'autres, que j'aime mieux : « Maître d'hôtel, avez-vous de la Doyennée des Comices ? Charlie vous devriez lire la page ravissante qu'a écrite sur cette poire la duchesse Émilie de Clermont-Tonnerre. » « Non, Monsieur, je n'en ai pas. » « Avez-vous du Triomphe de Jodoigne ? » « Non, Monsieur. » « De la Virginie-Dallet ? de la Passe-Colmar ? Non, eh bien, puisque vous n'avez rien nous allons partir. La Duchesse d'Angoulême n'est pas encore mûre, allons Charlie, partons. » Malheureusement pour M. de Charlus, son manque de bon sens, peut-être la chasteté des rapports qu'il avait probablement avec Morel, le firent s'ingénier dès cette époque à combler le violoniste d'étranges bontés que celui-

73

ci ne pouvait comprendre et à laquelle sa nature, folle dans son genre, mais ingrate et mesquine, ne pouvait répondre que par une sécheresse, ou une violence toujours croissantes, et qui plongeaient M. de Charlus — jadis si fier, maintenant tout timide, — dans des accès de vrai désespoir. On verra comment dans les plus petites choses, Morel qui se croyait devenu un M. de Charlus mille fois plus important, avait compris, de travers en les prenant à la lettre les orgueilleux enseignements du Baron, quant à l'aristocratie. Disons simplement pour l'instant, tandis qu'Albertine m'attend, à Saint-Jean de la Haise, que s'il y avait une chose que Morel mit au-dessus de la noblesse (et cela était en son principe assez noble, surtout de quelqu'un dont le plaisir était d'aller chercher des petites filles — « ni vu ni connu » — avec le chauffeur), c'était sa réputation artistique et ce qu'on pouvait penser à la classe de violon. Sans doute il était laid, que parce qu'il sentait M. de Charlus tout à lui, il eut l'air de le renier, de se moquer de lui, de la même façon que dès que j'eus promis le secret sur les fonctions de son père chez mon grand-oncle, il me traita de haut en bas. Mais d'autre part, son nom d'artiste diplômé, Morel, lui paraissait supérieur à un « nom ». Et quand M. de Charlus, dans ses rêves de tendresse platonique voulait lui faire prendre un titre de sa famille, Morel s'y refusait énergiquement.

Quand Albertine trouvait plus sage de rester à Saint-Jean de la Haise pour peindre, je prenais l'auto, et ce n'était pas seulement à Gourville et à Féterne, mais à Saint-Mars le Vieux et jusqu'à Criquetot que je pouvais aller avant de revenir la chercher. Tout en feignant d'être occupé d'autre

74

chose que d'elle, et d'être obligé de la délaisser pour
d'autres plaisirs, je ne pensais qu'à elle. Bien souvent je n'allais pas plus loin que la grande plaine
qui domine Gourville et comme elle ressemble un
peu à celle qui commence au-dessus de Combray,
dans la direction de Méséglise, même à une assez
grande distance d'Albertine, j'avais la joie de penser
que si mes regards ne pouvaient pas aller jusqu'à
elle, portant plus loin qu'eux, cette puissante et
douce brise marine qui passait à côté de moi, devait
dévaler, sans être arrêtée par rien jusqu'à Quetteholme, venir agiter les branches des arbres qui ense-
velissent Saint-Jean de la Haise sous leur feuillage,
en caressant la figure de mon amie, et jeter ainsi un
double lien d'elle à moi dans cette retraite indéfiniment agrandie, mais sans risques, comme dans
ces jeux où deux enfants se trouvent par moments hors de la portée de la voix et de la vue
l'un de l'autre, et où tout en étant éloignés ils
restent réunis. Je revenais par ces chemins d'où
l'on aperçoit la mer, et où autrefois, avant qu'elle
apparût entre les branches, je fermais les yeux
pour bien penser que ce que j'allais voir, c'était
bien la plaintive aïeule de la terre, poursuivant
comme au temps qu'il n'existait pas encore d'êtres
vivants sa démente et immémoriale agitation.
Maintenant, ils n'étaient plus pour moi que le
moyen d'aller rejoindre Albertine, quand je les
reconnaissais tout pareils, sachant jusqu'où ils
allaient filer droit, où ils tourneraient, je me rap-
pelais que je les avais suivis en pensant à Mlle de
Stermaria, et aussi que la même hâte de retrouver
Albertine, je l'avais eue à Paris en descendant les
rues par où passait Mme de Guermantes ; ils prenaient

pour moi la monotonie profonde, la signification morale d'une sorte de ligne que suivait mon caractère. C'était naturel, et ce n'était pourtant indifférent ; ils me rappelaient que mon sort était de ne poursuivre que des fantômes, des êtres dont la réalité pour une bonne part était dans mon imagination ; il y a des êtres en effet — et ç'avait été dès la jeunesse, mon cas, pour qui tout ce qui a une valeur fixe, constatable par d'autres, la fortune, le succès, les hautes situations, ne comptent pas ; ce qu'il leur faut, ce sont des fantômes. Ils y sacrifient tout le reste, mettent tout en œuvre, font tout servir à rencontrer tel fantôme. Mais celui-ci ne tarde pas à s'évanouir ; alors on court après tel autre, quitte à revenir ensuite au premier. Ce n'était pas la première fois que je recherchais Albertine, la jeune fille vue la première année devant la mer. D'autres femmes, il est vrai, avaient été intercalées entre Albertine aimée la première fois, et celle que je ne quittais guère en ce moment ; d'autres femmes, notamment la duchesse de Guermantes. Mais, dira-t-on, pourquoi se donner tant de soucis au sujet de Gilberte, prendre tant de peine pour Madame de Guermantes, si, devenu l'ami de celle-ci, c'est à seule fin de n'y plus penser, mais seulement à Albertine. Swann, avant sa mort aurait pu répondre, lui qui avait été amateur de fantômes. De fantômes poursuivis, oubliés, recherchés à nouveau quelquefois pour une seule entrevue et afin de toucher à une vie irréelle laquelle aussitôt s'enfuyait, ces chemins de Balbec en étaient pleins. En pensant que leurs arbres, poiriers, pommiers, tamaris, me survivraient, il me semblait recevoir d'eux le conseil de me mettre enfin au travail pendant que

76

n'avait pas encore sonné l'heure du repos éternel.

Je descendais de voiture à Quetteholme, courais dans la raide cavée, passais le ruisseau sur une planche et trouvais Albertine qui peignait devant l'église tout en clochetons, épineuse et rouge, fleurissant comme un rosier. Le tympan seul était uni ; et à la surface riante de la pierre affleuraient des anges qui continuaient, devant notre couple du xxᵉ siècle, à célébrer, cierges en mains, les cérémonies du xiiiᵉ. C'était eux dont Albertine cherchait à faire le portrait sur sa toile préparée, et imitant Elstir, elle donnait de grands coups de pinceau, tâchant d'obéir au noble rythme qui faisait, lui avait dit le grand maître, ces anges-là si différents de tous ceux qu'il connaissait. Puis elle reprenait ses affaires. Appuyés l'un sur l'autre nous remontions la cavée, laissant la petite église aussi tranquille que si elle ne nous avait pas vus, écouter le bruit perpétuel du ruisseau. Bientôt l'auto filait, nous faisait prendre pour le retour un autre chemin qu'à l'aller. Nous passions devant Marcouville l'orgueilleuse. Sur son église, moitié neuve, moitié restaurée, le soleil déclinant étendait sa patine aussi belle que celle des siècles. A travers elle les grands bas-reliefs semblaient n'être vus que sous une couche fluide, moitié liquide, moitié lumineuse, la Sainte Vierge, sainte Élisabeth, saint Joachim, nageaient encore dans l'impalpable remous, presque à sec, à fleur d'eau ou fleur de soleil. Surgissant dans une chaude poussière, les nombreuses statues modernes se dressaient sur des colonnes jusqu'à mi-hauteur des voiles dorés du couchant. Devant l'église un grand cyprès semblait dans une sorte d'enclos consacré. Nous descendions un instant pour le regarder et faisions quelques pas.

77

Tout autant que de ses membres, Albertine avait une conscience directe de sa toque de paille d'Italie et de l'écharpe de soie (qui n'étaient pas pour elle le siège de moindres sensations de bien être), et recevait d'elle, tout en faisant le tour de l'église, un autre genre d'impulsion, traduite par un contentement inerte mais auquel je trouvais de la grâce ; écharpe et toque qui n'étaient qu'une partie récente, adventice de mon amie, mais qui m'était déjà chère et dont je suivais des yeux le sillage, le long du cyprès, dans l'air du soir. Elle-même ne pouvait le voir, mais se doutait que ces élégances faisaient bien, car elle me souriait tout en harmonisant le port de sa tête avec la coiffure qui la complétait : « Elle ne me plaît pas, elle est restaurée, » me dit-elle en me montrant l'église et se souvenant de ce qu'Elstir lui avait dit sur la précieuse, sur l'inimitable beauté des vieilles pierres. Albertine savait reconnaître tout de suite une restauration. On ne pouvait que s'étonner de la sûreté de goût qu'elle avait déjà en architecture, au lieu du déplorable qu'elle gardait en musique. Pas plus qu'Elstir, je n'aimais cette église, c'est sans me faire plaisir que sa façade ensoleillée était venue se poser devant mes yeux, et je n'étais descendu la regarder que pour être agréable à Albertine. Et pourtant je trouvais que le grand impressionniste était en contradiction avec lui-même ; pourquoi ce fétichisme attaché à la valeur architecturale objective, sans tenir compte de la transfiguration de l'église dans le couchant. « Non décidément, me dit Albertine, je ne l'aime pas ; j'aime son nom d'orgueilleuse. Mais ce qu'il faudra penser à demander à Brichot, c'est pourquoi Saint-Mars s'appelle le Vêtu. On ira la prochaine

SODOME ET GOMORRHE

fois, n'est-ce pas ? » me disait-elle en me regardant
de ses yeux noirs sur lesquels sa toque était abaissée
comme autrefois son petit polo. Son voile flottait.
Je remontais en auto avec elle, heureux que nous
dussions le lendemain aller ensemble à Saint-Mars,
dont par ces temps ardents où on ne pensait qu'au
bain, les deux antiques clochers d'un rose saumon,
aux tuiles en losange, légèrement infléchis et comme
palpitants, avaient l'air de vieux poissons aigus,
imbriqués d'écailles, moussus et roux, qui sans avoir
l'air de bouger s'élevaient dans une eau transparente
et bleue. En quittant Marcouville, pour raccourcir,
nous bifurquions, à une croisée de chemin où il
y a une ferme. Quelquefois Albertine y faisait
arrêter et me demandait d'aller seul chercher, pour
qu'elle pût le boire dans la voiture, du calvados
ou du cidre, qu'on assurait n'être pas mousseux
et par lequel nous étions tout arrosés. Nous étions
pressés l'un contre l'autre. Les gens de la ferme
apercevaient à peine Albertine dans la voiture
fermée, je leur rendais les bouteilles ; nous repar-
tions, comme afin de continuer cette vie à nous
deux, cette vie d'amants qu'ils pouvaient supposer
que nous avions, et dont cet arrêt pour boire
n'eût été qu'un moment insignifiant ; supposition
qui eut paru d'autant moins invraisemblable si on
nous avait vus après qu'Albertine avait bu sa bouteille de cidre ; elle semblait alors en effet ne plus
pouvoir supporter entre elle et moi un intervalle
qui d'habitude ne la gênait pas ; sous sa jupe de
toile ses jambes se serraient contre mes jambes, elle
approchait de mes joues ses joues qui étaient devenues blêmes, chaudes et rouges aux pommettes,
avec quelque chose d'ardent et de fané comme en ont

les filles de faubourgs. A ces moments-là, presque aussi vite que de personnalité, elle changeait de voix, perdait la sienne pour en prendre une autre, enrouée, hardie, presque crapuleuse. Le soir tombait. Quel plaisir de la sentir contre moi, avec son écharpe et sa toque, me rappelant que c'est ainsi toujours côte à côte qu'on rencontre ceux qui s'aiment. J'avais peut-être de l'amour pour Albertine, mais n'osant pas le lui laisser apercevoir, bien que s'il existait en moi, ce ne pouvait être que comme une vérité sans valeur jusqu'à ce qu'on ait pu la contrôler par l'expérience ; or il me semblait irréalisable et hors du plan de la vie. Quant à ma jalousie, elle me poussait à quitter le moins possible Albertine, bien que je susse qu'elle ne guérirait tout à fait qu'en me séparant d'elle à jamais. Je pouvais même l'éprouver auprès d'elle, mais alors m'arrangeais pour ne pas laisser se renouveler la circonstance qui l'avait éveillée en moi. C'est ainsi qu'un jour de beau temps nous allâmes déjeuner à Rivebelle. Les grandes portes vitrées de la salle à manger de ce hall en forme de couloir qui servait pour les thés, étaient ouvertes de plain-pied avec les pelouses dorées par le soleil et desquelles le vaste restaurant lumineux semblait faire partie. Le garçon, à la figure rose, aux cheveux noirs tordus comme une flamme, s'élançait dans toute cette vaste étendue moins vite qu'autrefois, car il n'était plus commis mais chef de rang ; néanmoins à cause de son activité naturelle, parfois au loin, dans la salle à manger, parfois plus près, mais au dehors, servant des clients qui avaient préféré déjeuner dans le jardin, on l'apercevait tantôt ici, tantôt là, comme des statues successives d'un jeune dieu courant, les unes à l'intérieur, d'ailleurs bien éclairé, d'une demeure qui se prolongeait en gazons verts, tantôt sous les feuillages, dans la clarté de la vie en plein air. Il fut un moment à côté de nous. Albertine répondit distraitement à ce que je lui disais. Elle le regardait avec des yeux agrandis. Pendant quelques minutes je sentis qu'on peut être près de la personne qu'on aime et cependant ne pas l'avoir avec soi. Ils avaient l'air d'être dans un tête-à-tête mystérieux, rendu muet par ma présence, et suite peut-être de rendez-vous anciens que je ne connaissais pas, ou seulement d'un regard qu'il lui avait jeté — et dont j'étais le tiers gênant et de qui on se cache. Même quand, rappelé avec violence par son patron, il se fut éloigné, Albertine tout en continuant à déjeuner n'avait plus l'air de considérer le restaurant et les jardins que comme une piste illuminée, où apparaissait çà et là, dans des décors variés, le dieu coureur aux cheveux noirs. Un instant je m'étais demandé si pour le suivre, elle n'allait pas me laisser seul à ma table. Mais dès les jours suivants je commençai à oublier pour toujours cette impression pénible car j'avais décidé de ne jamais retourner à Rivebelle, j'avais fait promettre à Albertine, qui m'assura y être venue pour la première fois, qu'elle n'y retournerait jamais. Et je niai que le garçon aux pieds agiles n'eût eu d'yeux que pour elle, afin qu'elle ne crut pas que ma compagnie l'avait privée d'un plaisir. Il m'arriva parfois de retourner à Rivebelle, mais seul, de trop boire, comme j'y avais déjà fait. Tout en vidant une dernière coupe je regardais une rosace peinte sur le mur blanc, je reportais sur elle le plaisir que j'éprouvais. Elle seule au monde existait pour moi ; je la poursuivais, la touchais, et la perdais tour à tour de mon regard fuyant, et j'étais indifférent à l'avenir, me contentant de ma rosace comme un papillon qui tourne autour d'un papillon posé avec lequel il va finir sa vie, dans un acte de volupté suprême. Le moment était peut-être particulièrement bien choisi pour renoncer à une femme à qui aucune souffrance bien récente et bien vive ne m'obligeait à demander ce baume contre un mal que possèdent celles qui l'ont causé. J'étais calmé par ces promenades même, qui bien que je ne les considérasse au moment, que comme une attente d'un lendemain qui lui-même, malgré le désir qu'il m'inspirait, ne devait pas être différent de la veille, avaient le charme d'être arrachées aux lieux où s'était trouvée jusque là Albertine et où je n'étais pas avec elle, chez sa tante, chez ses amies. Charme non d'une joie positive, mais seulement de l'apaisement d'une inquiétude, et bien fort pourtant. Car à quelques jours de distance, quand je repensais à la ferme devant laquelle nous avions bu du cidre, ou simplement aux quelques pas que nous avions faits devant Saint-Mars le Vêtu, me rappelant qu'Albertine marchait à côté de moi sous sa toque, le sentiment de sa présence ajoutant tout d'un coup une telle vertu à l'image indifférente de l'église neuve, qu'au moment où la façade ensoleillée venait se poser ainsi d'elle-même dans mon souvenir, c'était comme une grande compresse calmante qu'on eût appliquée à mon cœur. Je déposais Albertine à Parville, mais pour la retrouver le soir et aller m'étendre à côté d'elle, dans l'obscurité, sur la grève. Sans doute je ne la voyais pas tous les jours, mais pourtant je pouvais me dire : « Si elle racontait l'emploi de son temps, de sa vie, c'est encore moi qui y tiendrais le plus de

place ; » et nous passions ensemble de longues heures
de suite qui mettaient dans mes journées un enivre-
ment si doux que même quand à Parville, elle
sautait de l'auto que j'allais lui renvoyer une heure
après, je ne me sentais pas plus seul dans la voiture
que si, avant de la quitter, elle y eût laissé des fleurs.
J'aurais pu me passer de la voir tous les jours ; j'allais la quitter heureux, je sentais que l'effet calmant
de ce bonheur pouvait se prolonger plusieurs jours.
Mais alors j'entendais Albertine en me quittant dire
à sa tante ou à une amie : « Alors, demain à 8 heures 1/2. Il ne faut pas être en retard, ils seront prêts
dès 8 heures 1/4. » La conversation d'une femme
qu'on aime ressemble à un sol qui recouvre une
eau souterraine et dangereuse ; on sent à tout moment derrière les mots la présence, le froid pénétrant
d'une nappe invisible ; on aperçoit çà et là son
suintement perfide, mais elle-même reste cachée.
Aussitôt la phrase d'Albertine entendue, mon calme
était détruit. Je voulais lui demander de la voir le
lendemain matin, afin de l'empêcher d'aller à ce
mystérieux rendez-vous de 8 heures 1/2 dont on
n'avait parlé devant moi qu'à mots couverts. Elle
m'eût sans doute obéi les premières fois, regrettant
pourtant de renoncer à ses projets ; puis elle eût
découvert mon besoin permanent de les déranger ;
j'eus été celui pour qui l'on se cache de tout. Et d'ailleurs, il est probable que ces fêtes dont j'étais exclu
consistaient en fort peu de chose, et que c'était
peut-être par peur que je trouvasse telle invitée
vulgaire ou ennuyeuse qu'on ne me conviait pas.
Malheureusement cette vie si mêlée à celle d'Albertine n'exerçait pas d'action que sur moi ; elle me
donnait du calme ; elle causait à ma mère des in-

quiétudes dont la confession le détruisit. Comme je rentrais content, décidé à terminer d'un jour à l'autre une existence dont je croyais que la fin dépendait de ma seule volonté, ma mère me dit, entendant que je faisais dire au chauffeur d'aller chercher Albertine : « Comme tu dépenses de l'argent. (Françoise dans son langage simple et expressif disait avec plus de force : « L'argent file. ») Tâche, continua maman, de ne pas devenir comme Charles de Sévigné, dont sa mère disait : « Sa main est un creuset où l'argent se fond. » Et puis je crois que tu es vraiment assez sorti avec Albertine. Je t'assure que c'est exagéré, que même pour elle cela peut sembler ridicule. J'ai été enchantée que cela te distraie, je ne te demande pas de ne plus la voir, mais enfin qu'il ne soit pas impossible de vous rencontrer l'un sans l'autre. » Ma vie avec Albertine, vie dénuée de grands plaisirs, — au moins de grands plaisirs perçus, — cette vie que je comptais changer d'un jour à l'autre, en choisissant une heure de calme, me redevint tout d'un coup pour un temps nécessaire, quand par ces paroles de maman, elle se trouva menacée. Je dis à ma mère que ses paroles venaient de retarder de deux mois peut-être la décision qu'elles demandaient et qui sans elles eût été prise avant la fin de la semaine. Maman se mit à rire (pour ne pas m'attrister), de l'effet qu'avaient produit instantanément ses conseils, et me promit de ne pas m'en reparler pour ne pas empêcher que renaquît ma bonne intention. Mais depuis la mort de ma grand'-mère chaque fois que maman se laissait aller à rire, le rire commencé s'arrêtait net et s'achevait sur une expression presque sanglotante de souffrance, soit par le remords d'avoir pu un instant oublier, soit par

84

la recrudescence dont cet oubli si bref avait ravivé encore sa cruelle préoccupation. Mais à celle que lui causait le souvenir de ma grand'mère, installé en ma mère comme une idée fixe, je sentis que cette fois s'en ajoutait une autre, qui avait trait à moi, à ce que ma mère redoutait des suites de mon intimité avec Albertine ; intimité qu'elle n'osa pourtant pas entraver à cause de ce que je venais de lui dire. Mais elle ne parut pas persuadée que je ne me trompais pas. Elle se rappelait pendant combien d'années ma grand'mère et elle ne m'avaient plus parlé de mon travail et d'une règle de vie plus hygiénique que, disais-je, l'agitation où me mettaient leurs exhortations m'empêchait seule de commencer, et que malgré leur silence obéissant, je n'avais pas poursuivie. Après le dîner l'auto ramenait Albertine ; il faisait encore un peu jour ; l'air était moins chaud, mais après une brûlante journée, nous rêvions tous deux de fraîcheurs inconnues ; alors à nos yeux enfiévrés la lune tout étroite parut d'abord (telle le soir où j'étais allé chez la Princesse de Guermantes et où Albertine m'avait téléphoné), comme la légère et mince pelure, puis comme le frais quartier d'un fruit qu'un invisible couteau commençait à écorcer dans le ciel. Quelquefois aussi, c'était moi qui allais chercher mon amie, un peu plus tard alors, elle devait m'attendre devant les arcades du marché à Maineville. Aux premiers moments je ne la distinguais pas ; je m'inquiétais déjà qu'elle ne dût pas venir, qu'elle eût mal compris. Alors je la voyais dans sa blouse blanche à pois bleus, sauter à côté de moi dans la voiture avec le bond léger plus d'un jeune animal que d'une jeune fille. Et c'est comme une chienne encore qu'elle commençait aussitôt à me caresser sans fin. Quant la nuit était tout à fait venue et que, comme me disait le directeur de l'hôtel, le ciel était tout parcheminé d'étoiles, si nous n'allions pas nous promener en forêt avec une bouteille de champagne, sans nous inquiéter des promeneurs déambulant encore sur la digue faiblement éclairée, mais qui n'auraient rien distingué à deux pas sur le sable noir, nous nous étendions en contrebas des dunes ; ce même corps dans la souplesse duquel vivait toute la grâce féminine, marine et sportive, des jeunes filles que j'avais vu passer la première fois devant l'horizon du flot, je le tenais serré contre le mien, sous une même couverture, tout au bord de la mer immobile divisée par un rayon tremblant ; et nous l'écoutions sans nous lasser et avec le même plaisir, soit quand elle retenait sa respiration, assez longtemps suspendue pour qu'on crut le reflux arrêté, soit quand elle exhalait enfin à nos pieds le murmure attendu et retardé. Je finissais par ramener Albertine à Parville. Arrivé devant chez elle, il fallait interrompre nos baisers de peur qu'on ne nous vît ; n'ayant pas envie de se coucher elle revenait avec moi jusqu'à Balbec, d'où je la ramenais une dernière fois à Parville ; les chauffeurs de ces premiers temps de l'automobile étaient des gens qui se couchaient à n'importe quelle heure. Et de fait je ne rentrais à Balbec qu'avec la première humidité matinale, seul cette fois, mais encore tout entouré de la présence de mon amie, gorgé d'une provision de baisers longue à épuiser. Sur ma table je trouvais un télégramme ou une carte postale. C'était d'Albertine encore ! Elle les avait écrits à Quetteholme pendant que j'étais parti seul en auto et pour me dire qu'elle pensait à moi. Je me

mettais au lit en les relisant. Alors j'apercevais
au-dessus des rideaux la raie du grand jour et je me
disais que nous devions nous aimer tout de même
pour avoir passé la nuit à nous embrasser. Quand le
lendemain matin je voyais Albertine sur la digue,
j'avais si peur qu'elle me répondît qu'elle n'était
pas libre ce jour-là et ne pouvait acquiescer à ma
demande de nous promener ensemble, que cette
demande je retardais le plus que je pouvais de la lui
adresser. J'étais d'autant plus inquiet qu'elle avait
l'air froid, préoccupé ; des gens de sa connaissance
passaient ; sans doute avait-elle formé pour l'après-
midi des projets dont j'étais exclu. Je la regardais,
je regardais ce corps charmant, cette tête rose d'Albertine, dressant en face de moi l'énigme de ses intentions, la décision inconnue qui devait faire le
bonheur ou le malheur de mon après-midi. C'était
tout un état d'âme, tout un avenir d'existence qui
avait pris devant moi la forme allégorique et fatale
d'une jeune fille. Et quand enfin je me décidais,
quand de l'air le plus indifférent que je pouvais, je
demandais : « Est-ce que nous nous promenons ensemble tantôt et ce soir ? » et qu'elle me répondait :
« Très volontiers, » alors tout le brusque remplacement, dans la figure rose, de ma longue inquiétude
par une quiétude délicieuse, me rendait encore plus
précieuses, ces formes auxquelles je devais perpé-
tuellement le bien-être, l'apaisement qu'on éprouve
après qu'un orage a éclaté. Je me répétais :
« Comme elle est gentille, quel être adorable ! »
dans une exaltation moins féconde que celle due à
l'ivresse, à peine plus profonde que celle de l'amitié,
mais très supérieure à celle de la vie mondaine.
Nous ne décommandions l'automobile que les jours

où il y avait un dîner chez les Verdurin, et ceux où Albertine n'étant pas libre de sortir avec moi, j'en eusse profité pour prévenir les gens qui désiraient me voir que je resterais à Balbec. Je donnais à Saint-Loup autorisation de venir ces jours-là, mais ces jours-là seulement. Car une fois qu'il était arrivé à l'improviste, j'avais préféré me priver de voir Albertine plutôt que de risquer qu'il la rencontrât, que fût compromis l'état de calme heureux où je me trouvais depuis quelque temps et que fût ma jalousie renouvelée. Et je n'avais été tranquille qu'une fois Saint-Loup reparti. Aussi s'astreignait-il avec regret, mais scrupule, à ne jamais venir à Balbec sans appel de ma part. Jadis songeant avec envie aux heures que Mme de Guermantes passait avec lui, j'attachais un tel prix à le voir ! Les êtres ne cessent pas de changer de place par rapport à nous. Dans la marche insensible mais éternelle du monde, nous les considérons comme immobiles dans un instant de vision, trop court pour que le mouvement qui les entraîne soit perçu. Mais nous n'avons qu'à choisir dans notre mémoire deux images prises d'eux à des moments différents, assez rapprochés cependant pour qu'ils n'aient pas changé en eux-mêmes, du moins sensiblement, et la différence des deux images mesure le déplacement qu'ils ont opéré par rapport à nous. Il m'inquiéta affreusement en me parlant des Verdurin, j'avais peur qu'il ne me demandât à y être reçu, ce qui eût suffi, à cause de la jalousie que je n'eusse cessé de ressentir, à gâter tout le plaisir que j'y trouvais avec Albertine. Mais heureusement Robert m'avoua tout au contraire qu'il désirait par-dessus tout ne pas les connaître. « Non, me dit-il, je trouve ce genre de milieux cléricaux exaspérants. » Je ne compris pas d'abord l'adjectif clérical appliqué aux Verdurin, mais la fin de la phrase de Saint-Loup m'éclaira sa pensée, ses concessions à des modes de langage qu'on est souvent étonné de voir adopter par des hommes intelligents. « Ce sont des milieux, me dit-il, où on fait tribu, où on fait congrégation et chapelle. Tu ne me diras pas que ce n'est pas une petite secte ; on est tout miel pour les gens qui en sont, on n'a pas assez de dédain pour les gens qui n'en sont pas. La question n'est pas comme pour Hamlet d'être ou de ne pas être, mais d'en être ou de ne pas en être. Tu en es, mon oncle Charlus en est. Que veux-tu, moi je n'ai jamais aimé ça, ce n'est pas ma faute. »

Bien entendu la règle que j'avais imposée à Saint-Loup, de ne me venir voir que sur un appel de moi, je l'édictai aussi stricte pour n'importe laquelle des personnes avec qui je m'étais peu à peu lié à la Raspelière, à Féterne, à Montsurvent, et ailleurs ; et quand j'apercevais de l'hôtel la fumée du train de trois heures qui dans l'anfractuosité des falaises de Parville laissait son panache stable qui restait longtemps accroché au flanc des pentes vertes, je n'avais aucune hésitation sur le visiteur qui allait venir goûter avec moi et m'était encore, à la façon d'un Dieu, dérobé sous ce petit nuage. Je suis obligé d'avouer que ce visiteur, préalablement autorisé par moi à venir, ne fut presque jamais Saniette, et je me le suis bien souvent reproché. Mais la conscience que Saniette avait d'ennuyer (naturellement encore bien plus en venant faire une visite qu'en racontant une histoire) faisait que bien qu'il fût plus instruit, plus intelligent et meilleur que bien d'autres, il semblait impossible d'éprouver auprès de lui, non seulement aucun plaisir, mais autre chose qu'un spleen presque intolérable et qui vous gâtait votre après-midi. Probablement si Saniette avait avoué franchement cet ennui qu'il craignait de causer, on n'eût pas redouté ses visites. L'ennui est un des maux les moins graves qu'on ait à supporter, le sien n'existait peut-être que dans l'imagination des autres, ou lui avait été inoculé grâce à une sorte de suggestion par eux, laquelle avait trouvé prise sur son agréable modestie. Mais il tenait tant à ne pas laisser voir qu'il n'était pas recherché, qu'il n'osait pas s'offrir. Certes il avait raison de ne pas faire comme les gens qui sont si contents de donner des coups de chapeau dans un lieu public, que ne vous ayant pas vu depuis long-temps et vous apercevant dans une loge avec des personnes brillantes qu'ils ne connaissent pas, vous jettent un bonjour furtif et retentissant en s'excu-sant sur le plaisir, sur l'émotion qu'ils ont eus à vous apercevoir, à constater que vous renouez avec les plaisirs, que vous avez bonne mine, etc. Mais Saniette, au contraire, manquait par trop d'au-dace. Il aurait pu, chez Mme Verdurin ou dans le petit tram, me dire qu'il aurait grand plaisir à venir me voir à Balbec s'il ne craignait pas de me déranger. Une telle proposition ne m'eût pas effrayé. Au con-traire il n'offrait rien, mais avec un visage torturé et un regard aussi indestructible qu'un émail cuit, mais dans la composition duquel entrait avec un désir pantelant de vous voir — à moins qu'il ne trouvât quelqu'un d'autre de plus amusant — la volonté de ne pas laisser voir ce désir, il me disait d'un air détaché : « Vous ne savez pas ce que vous faites ces jours-ci, parce que j'irai sans doute près de Balbec. Mais non cela ne fait rien, je vous le demandais par hasard. » Cet air ne trompait pas, et les signes inverses à l'aide desquels nous exprimons nos sentiments par leur contraire, sont d'une lecture si claire qu'on se demande comment il y a encore des gens qui disent par exemple : « J'ai tant d'invitations que je ne sais où donner de la tête » pour dissimuler qu'ils ne sont pas invités. Mais de plus cet air détaché, à cause probablement de ce qui entrait dans sa composition trouble, vous causait ce que n'eût jamais pu faire la crainte de l'ennui ou le franc aveu du désir de vous voir, c'est-à-dire cet espèce de malaise, de répulsion, qui dans l'ordre des relations de simple politesse sociale est l'équivalent de ce qu'est dans l'amour, l'offre déguisée que fait à une dame l'amoureux qu'elle n'aime pas, de la voir le lendemain, tout en protestant qu'il n'y tient pas, ou même pas cette offre, mais une attitude de fausse froideur. Aussitôt émanait de la personne de Saniette je ne sais quoi qui faisait qu'on lui répondait de l'air le plus tendre du monde : « Non, malheureusement, cette semaine, je vous expliquerai... » Et je laissais venir à la place des gens qui étaient loin de le valoir mais qui n'avaient pas son regard chargé de la mélancolie, et sa bouche plissée de toute l'amertume de toutes les visites qu'il avait envie, en la leur taisant, — de faire aux uns et aux autres. Malheureusement il était bien rare que Saniette ne rencontrât pas dans le tortillard l'invité qui venait me voir, si même celui-ci ne m'avait pas dit chez les Verdurin : « N'oubliez pas que je vais vous voir jeudi », jour où j'avais précisément dit à Saniette ne pas être libre. De sorte qu'il finissait par imaginer la vie comme remplie de divertissements organisés à son insu, sinon même contre lui. D'autre part, comme on n'est jamais tout un, ce trop discret était maladivement indiscret. La seule fois où par hasard il vint me voir malgré moi, une lettre, je ne sais de qui, traînait sur la table. Au bout d'un instant je vis qu'il n'écoutait que distraitement ce que je lui disais. La lettre, dont il ignorait complètement la provenance, le fascinait et je croyais à tout moment que ses prunelles émaillées allaient se détacher de leur orbite pour rejoindre la lettre quelconque mais que sa curiosité aimantait. On aurait dit un oiseau qui va se jeter fatalement sur un serpent. Finalement il n'y put tenir, la changea de place d'abord comme pour mettre de l'ordre dans ma chambre. Cela ne lui suffisant plus, il la prit, la tourna, la retourna, comme machinalement. Une autre forme de son indiscrétion, c'était que rivé à vous il ne pouvait partir. Comme j'étais souffrant ce jour-là, je lui demandai de reprendre le train suivant et de partir dans une demi-heure. Il ne doutait pas que je souffrisse, mais me répondit : « Je resterai une heure un quart et après je partirai. » Depuis j'ai souffert de ne pas lui avoir dit, chaque fois où je le pouvais, de venir. Qui sait ? Peut-être eussè-je conjuré son mauvais sort, d'autres l'eussent invité pour qui il m'eût immédiatement lâché, de sorte que mes invitations auraient eu le double avantage de lui rendre la joie et de me débarrasser de lui.

Les jours qui suivaient ceux où j'avais reçu, je n'attendais naturellement pas de visites et l'automobile revenait nous chercher, Albertine et moi. Et quand nous rentrions, Aimé sur le premier degré de l'hôtel, ne pouvait s'empêcher, avec des yeux passionnés, curieux et gourmands, de

regarder quel pourboire je donnais au chauffeur.
J'avais beau enfermer ma pièce ou mon billet dans
ma main close, les regards d'Aimé écartaient mes
doigts. Il détournait la tête au bout d'une seconde
car il était discret, bien élevé et même se contentait
lui-même de bénéfices relativement petits. Mais
l'argent qu'un autre recevait excitait en lui une
curiosité incompressible et lui faisait venir l'eau à
la bouche. Pendant ces courts instants il avait l'air
attentif et fiévreux d'un enfant qui lit un roman de
Jules Verne, ou d'un dîneur assis non loin de vous,
dans un restaurant, et qui voyant qu'on vous dé-
coupe un faisan que lui-même ne peut pas ou ne veut
pas s'offrir, délaisse un instant ses pensées sérieuses
pour attacher sur la volaille un regard que font
sourire l'amour et l'envie.

Ainsi se succédaient quotidiennement ces promenades en automobile. Mais une fois, au moment où
je remontais par l'ascenseur, le lift me dit : « Ce Monsieur est venu, il m'a laissé une commission pour
vous. » Le lift me dit ces mots d'une voix absolument cassée et en me toussant et crachant à la
figure. « Quel rhume que je tiens ! » ajouta-t-il,
comme si je n'étais pas capable de m'en apercevoir
tout seul. « Le docteur dit que c'est la coqueluche, » et
il recommença à tousser et à cracher sur moi. « Ne
vous fatiguez pas à parler », lui dis-je d'un air de
bonté, lequel était feint. Je craignais de prendre la
coqueluche qui, avec ma disposition aux étouffements, m'eut été fort pénible. Mais il mit sa gloire,
comme un virtuose qui ne veut pas se faire porter
malade, à parler et à cracher tout le temps. « Non,
ça ne fait rien, dit-il (pour vous peut-être, pensai-je,
mais pas pour moi). Du reste je vais bientôt rentrer

à Paris (tant mieux pourvu qu'il ne me la passe pas avant). Il paraît, reprit-il, que Paris c'est très superbe. Cela doit être encore plus superbe qu'ici et qu'à Monte-Carlo, quoique des chasseurs, même des clients, et jusqu'à des maîtres d'hôtel qui allaient à Monte-Carlo pour la saison, m'aient souvent dit que Paris était moins superbe que Monte-Carlo. Ils se gouraient peut-être, et pourtant pour être maître d'hôtel, il ne faut pas être un imbécile ; pour prendre toutes les commandes, retenir les tables, il en faut une tête ! On m'a dit que c'était encore plus terrible que d'écrire des pièces et des livres. » Nous étions presque arrivés à mon étage quand le lift me fit redescendre jusqu'en bas parce qu'il trouvait que le bouton fonctionnait mal, et en un clin d'œil il l'arrangea. Je lui dis que je préférais remonter à pieds, ce qui voulait dire et cacher que je préférais ne pas prendre la coqueluche. Mais d'un accès de toux cordial et contagieux, le lift me rejeta dans l'ascenseur. « Ça ne risque plus rien, maintenant, j'ai arrangé le bouton. » Voyant qu'il ne cessait pas de parler, préférant connaître le nom du visiteur et la commission qu'il avait laissée, au parallèle entre les beautés de Balbec, Paris et Monte-Carlo, je lui dis (comme à un ténor qui vous excède avec Benjamin Godard, chantez-moi de préférence du Debussy). « Mais, qui est-ce qui est venu pour me voir ? » « C'est le Monsieur avec qui vous êtes sorti hier. Je vais aller chercher sa carte qui est chez mon concierge. » Comme la veille j'avais déposé Robert de Saint-Loup à la station de Doncières, avant d'aller chercher Albertine, je crus que le lift voulait parler de Saint-Loup, mais c'était le chauffeur. Et en le désignant par ces mots : « Le monsieur avec qui vous êtes

94

sorti », il m'apprenait par la même occasion qu'un
ouvrier est tout aussi bien un monsieur que ne l'est
un homme du monde. Leçon de mots seulement.
Car pour la chose je n'avais jamais fait de distinction entre les classes. Et si j'avais, à entendre
appeler un chauffeur un monsieur, le même étonnement que le comte X qui ne l'était que depuis
huit jours et à qui, ayant dit : la Comtesse a l'air
fatiguée, je fis tourner la tête derrière lui pour
voir de qui je voulais parler, c'était simplement
par manque d'habitude du vocabulaire ; je n'avais
jamais fait de différence entre les ouvriers, les
bourgeois et les grands seigneurs, et j'aurais pris
indifféremment les uns et les autres pour amis.
Avec une certaine préférence pour les ouvriers, et
après cela pour les grands seigneurs, non par goût,
mais sachant qu'on peut exiger d'eux plus de politesse envers les ouvriers qu'on ne l'obtient de la part
des bourgeois, soit que les grands seigneurs ne dédai-
gnent pas les ouvriers comme font les bourgeois, ou
bien parce qu'il sont volontiers polis envers n'importe qui, comme les jolies femmes heureuses de
donner un sourire qu'elles savent accueilli avec tant
de joie. Je ne peux du reste pas dire que cette façon
que j'avais de mettre les gens du peuple sur le pied
d'égalité avec les gens du monde, s'il fût très bien admis de ceux-ci, satisfît en revanche toujours pleine-
ment ma mère. Non qu'humainement elle fît une différence quelconque entre les êtres, et si jamais Françoise avait du chagrin ou était souffrante, elle était
toujours consolée et soignée par maman avec la même
amitié, avec le même dévouement que sa meilleure
amie. Mais ma mère était trop la fille de mon grand-
père pour ne pas faire socialement acception des

castes. Les gens de Combray avaient beau avoir du
cœur, de la sensibilité, acquérir les plus belles théories sur l'égalité humaine, ma mère, quand un valet
de chambre s'émancipait, disait une fois vous, et
glissait insensiblement à ne plus me parler à la
troisième personne, avait de ces usurpations, le
même mécontentement qui éclate dans les « mémoires » de Saint-Simon, chaque fois qu'un seigneur
qui n'y a pas droit saisit un prétexte de prendre la
qualité d' « Altesse » dans un acte authentique, ou de
ne pas rendre aux ducs ce qu'il leur devait et ce dont
peu à peu il se dispense. Il y avait un « esprit de
Combray » si réfractaire qu'il faudra des siècles de
bonté (celle de ma mère était infinie), de théories
égalitaires, pour arriver à le dissoudre. Je ne peux
pas dire que chez ma mère certaines parcelles de
cet esprit ne fussent pas restées insolubles. Elle eût
donné aussi difficilement la main à un valet de
chambre qu'elle lui donnait aisément dix francs
(lesquels lui faisaient du reste beaucoup plus de
plaisir). Pour elle, qu'elle l'avouât ou non, les maîtres
étaient les maîtres et les domestiques étaient les
gens qui mangeaient à la cuisine. Quand elle voyait
un chauffeur d'automobile dîner avec moi dans la
salle à manger, elle n'était pas absolument contente
et me disait : « il me semble que tu pourrais avoir
mieux comme ami qu'un mécanicien, » comme elle
aurait dit, s'il se fut agi de mariage : « Tu pourrais
trouver mieux comme parti. » Le chauffeur (heureusement je ne songeai jamais à inviter celui-là) était
venu me dire que la Compagnie d'autos qui l'avait
envoyé à Balbec pour la saison lui faisait rejoindre
Paris dès le lendemain. Cette raison, d'autant plus
que le chauffeur était charmant et s'exprimait si

simplement qu'on eût toujours dit paroles d'évangile,
nous sembla devoir être conforme à la vérité. Elle
ne l'était qu'à demi. Il n'y avait en effet plus rien à
faire à Balbec. Et en tous cas la Compagnie n'ayant
qu'à demi confiance dans la véracité du jeune évan-
géliste, appuyé sur sa roue de consécration, désirait
qu'il revînt au plus vite à Paris. Et en effet si le
jeune apôtre accomplissait miraculeusement la mul-
tiplication des kilomètres quand il les comptait
à M. de Charlus, en revanche dès qu'il s'agissait de
rendre compte à sa Compagnie, il divisait par 6 ce
qu'il avait gagné. En conclusion de quoi la Compagnie pensant, ou bien que personne ne faisait plus
de promenades à Balbec, ce que la saison rendait
vraisemblable, soit qu'elle était volée, trouvait dans
l'une et l'autre hypothèse que le mieux était de
le rappeler à Paris où on ne faisait d'ailleurs pas
grand'chose. Le désir du chauffeur était d'éviter
si possible la morte-saison. J'ai dit — ce que j'ignorais alors et ce dont la connaissance m'eût évité
bien des chagrins qu'il était très lié (sans qu'ils
eussent jamais l'air de se connaître devant les
autres) avec Morel. A partir du jour où il fut rappelé sans savoir encore qu'il avait un moyen de ne
pas partir, nous dûmes nous contenter pour nos
promenades de louer une voiture, ou quelquefois,
pour distraire Albertine et comme elle aimait
l'équitation, de chevaux de selle. Les voitures étaient
mauvaises. « Quel tacot, » disait Albertine. J'aurais
d'ailleurs souvent aimé d'y être seul. Sans vouloir
me fixer une date je souhaitais que prît fin cette
vie à laquelle je reprochais de me faire renoncer,
non pas même tant au travail qu'au plaisir. Pourtant il arrivait aussi que les habitudes qui me rete-

naient fussent soudain abolies, le plus souvent quand
quelque ancien moi, plein du désir de vivre avec
allégresse, remplaçait pour un instant le moi actuel.
J'éprouvai notamment ce désir d'évasion un jour
qu'ayant laissé Albertine chez sa tante, j'étais allé
à cheval voir les Verdurin et que j'avais pris dans
les bois une route sauvage dont ils m'avaient vanté
la beauté. Épousant les formes de la falaise, tour à
tour elle montait, puis resserrée entre des bouquets
d'arbres épais, elle s'enfonçait en gorges sauvages.
Un instant, les rochers dénudés dont j'étais entouré,
la mer qu'on apercevait par leurs déchirures, flot-
tèrent devant mes yeux, comme des fragments
d'un autre univers : j'avais reconnu le paysage
montagneux et marin qu'Elstir a donné pour cadre
à ces deux admirables aquarelles : « Poète rencontrant
une Muse » — « Jeune homme rencontrant un Cen-
taure » que j'avais vus chez la duchesse de Guermantes. Leur souvenir replaçait les lieux où je me
trouvais tellement en dehors du monde actuel
que je n'aurais pas été étonné si comme le jeune
homme de l'âge anté-historique que peint Elstir,
j'avais au cours de ma promenade, croisé un personnage mythologique. Tout à coup mon cheval
se cabra ; il avait entendu un bruit singulier, j'eus
peine à le maîtriser et à ne pas être jeté à terre,
puis je levai vers le point d'où semblait venir ce
bruit, mes yeux pleins de larmes, et je vis à une cin-
quantaine de mètres au-dessus de moi, dans le soleil,
entre deux grandes ailes d'acier étincelant qui l'em-
portaient, un être dont la figure peu distincte me
parut ressembler à celle d'un homme. Je fus aussi
ému que pouvait l'être un Grec qui voyait pour la
première fois un demi-Dieu. Je pleurais aussi,

car j'étais prêt à pleurer du moment que j'avais
reconnu que le bruit venait d'au-dessus de ma tête,
— les aéroplanes étaient encore rares à cette époque
— à la pensée que ce que j'allais voir pour la première fois c'était un aéroplane. Alors comme quand
on sent venir dans un journal une parole émouvante,
je n'attendais que d'avoir aperçu l'avion pour fondre
en larmes. Cependant l'aviateur sembla hésiter
sur sa voie ; je sentais ouvertes devant lui — devant
moi si l'habitude ne m'avait pas fait prisonnier —
toutes les routes de l'espace, de la vie ; il poussa
plus loin, plana quelques instants, au-dessus de la
mer, puis prenant brusquement son parti, semblant
céder à quelque attraction inverse de celle de la
pesanteur, comme retournant dans sa patrie, d'un
léger mouvement de ses ailes d'or, il piqua droit
vers le ciel.

Pour revenir au mécanicien il demanda non seulement à Morel que les Verdurin remplaçassent leur
breack par une auto (ce qui, étant donné la générosité des Verdurin à l'égard des fidèles, était
relativement facile), mais chose plus malaisée, leur
principal cocher, le jeune homme sensible et porté
aux idées noires par lui, le chauffeur. Cela fut exécuté
en quelques jours de la façon suivante. Morel avait
commencé par faire voler au cocher tout ce qui lui
était nécessaire pour atteler. Un jour il ne trouvait
pas le mors, un jour la gourmette. D'autres fois
c'était son coussin de siège qui avait disparu, jusqu'à
son fouet, sa couverture, le martinet, l'éponge, la
peau de chamois. Mais il s'arrangea toujours, avec
des voisins ; seulement il arrivait en retard, ce qui
agaçait contre lui M. Verdurin et le plongeait dans
un état de tristesse et d'idées noires. Le chauffeur

pressé d'entrer, déclara à Morel qu'il allait revenir à Paris. Il fallait frapper un grand coup. Morel persuada aux domestiques de M. Verdurin que le jeune cocher avait déclaré qu'il les ferait tous tomber dans un guet-apens et se faisait fort d'avoir raison d'eux six et il leur dit qu'ils ne pouvaient pas laisser passer cela. Pour sa part il ne pouvait pas s'en mêler, mais les prévenait afin qu'ils prissent les devants. Il fut convenu que pendant que M. et Mme Verdurin et leurs amis seraient en promenade, ils tomberaient tous à l'écurie sur le jeune homme. Je rapporterai, bien que ce ne fut que l'occasion ce de qui allait avoir lieu, mais parce que les personnages m'ont intéressé plus tard, qu'il y avait ce jour-là un ami des Verdurin en villégiature chez eux et à qui on voulait faire faire une promenade à pied avant son départ fixé au soir même.

Ce qui me surprit beaucoup quand on partit en promenade, c'est que ce jour-là Morel qui venait avec nous en promenade à pied, où il devait jouer du violon dans les arbres, me dit : « Écoutez, j'ai mal au bras, je ne veux pas le dire à Mme Verdurin, mais priez-là d'emmener un de ses valets, par exemple Howsler, il portera mes instruments. » « Je crois qu'un autre serait mieux choisi, répondis-je. On a besoin de lui pour le dîner. » Une expression de colère passa sur le visage de Morel. « Mais non, je ne veux pas confier mon violon à n'importe qui. » Je compris plus tard la raison de cette préférence. Howsler était le frère très aimé du jeune cocher et s'il était resté à la maison, aurait pu lui porter secours. Pendant la promenade, assez bas pour que Howsler aîné ne put nous entendre : « Voilà un bon garçon, dit Morel. Du reste son frère l'est aussi. S'il n'avait pas cette funeste habitude de boire... — Comment boire, dit Mme Verdurin, pâlissant à l'idée d'avoir un cocher qui buvait. — Vous ne vous en apercevez pas. Je me dis toujours que c'est un miracle qu'il ne lui soit pas arrivé d'accident pendant qu'il vous conduisait. — Mais il conduit donc d'autres personnes ? — Vous n'avez qu'à voir combien de fois il a versé, il a aujourd'hui la figure pleine d'ecchymoses. Je ne sais pas comment il ne s'est pas tué, il a cassé ses brancards. — Je ne l'ai pas vu aujourd'hui, dit Mme Verdurin tremblante à la pensée de ce qui aurait pu lui arriver à elle, vous me désolez. » Elle voulut abréger la promenade pour rentrer, Morel choisit un air de Bach avec des variations infinies pour la faire durer. Dès le retour elle alla à la remise, vit le brancard neuf et Howsler en sang. Elle allait lui dire, sans lui faire aucune observation, qu'elle n'avait plus besoin de cocher et lui remettre de l'argent, mais de lui-même, ne voulant pas accuser ses camarades à l'animosité de qui il attribuait rétrospectivement le vol quotidien de toutes les selles, etc., et voyant que sa patience ne conduisait qu'à se faire laisser pour mort sur le carreau, demanda à s'en aller, ce qui arrangea tout. Le chauffeur entra le lendemain et, plus tard, Mme Verdurin (qui avait été obligé d'en prendre un autre) fut si satisfaite de lui, qu'elle me le recommanda chaleureusement comme homme d'absolue confiance. Moi qui ignorais tout, je le pris à la journée à Paris, mais je n'ai que trop anticipé, tout cela se retrouvera dès l'histoire d'Albertine. En ce moment nous sommes à la Raspelière où je viens dîner pour la première fois avec mon amie, et M. de Charlus avec Morel, fils supposé d'un « Intendant » qui gagnait trente

mille francs par an de fixe, avait une voiture et
nombre de majordomes, subalternes, de jardiniers,
de régisseurs et de fermiers sous ses ordres. Mais
puisque j'ai tellement anticipé, je ne veux cependant
pas laisser le lecteur sous l'impression d'une méchanceté absolue qu'aurait eue Morel. Il était plutôt
plein de contradictions, capable à certains jours
d'une gentillesse véritable.

Je fus naturellement bien étonné d'apprendre que
le cocher avait été mis à la porte, et bien plus de
reconnaître dans son remplaçant, le chauffeur qui
nous avait promenés, Albertine et moi. Mais il me
débita une histoire compliquée, selon laquelle il
était censé être rentré à Paris d'où on l'avait demandé pour les Verdurin, et je n'eus pas une seconde
de doute. Le renvoi du cocher fut cause que Morel
causa un peu avec moi, afin de m'exprimer sa tristesse relativement au départ de ce brave garçon.
Du reste, même en dehors des moments où j'étais seul
et où il bondissait littéralement vers moi avec une
expansion de joie, Morel voyant que tout le monde
me faisait fête à la Raspelière et sentant qu'il s'ex-
cluait volontairement de la familiarité de quelqu'un
qui était sans danger pour lui, puisqu'il m'avait fait
couper les ponts et ôté toute possibilité d'avoir
envers lui des airs protecteurs (que je n'avais d'ailleurs nullement songé à prendre), cessa de se tenir
éloigné de moi. J'attribuai son changement d'attitude à l'influence de M. de Charlus, laquelle en effet
le rendait sur certains points, moins borné, plus
artiste, mais sur d'autres où il appliquait à la lettre
les formules éloquentes, mensongères, et d'ailleurs
momentanées du maître, le bêtifiait encore davantage. Ce qu'avait pu lui dire M. de Charlus, ce fut

en effet la seule chose que je supposai. Comment
aurais-je pu deviner alors ce qu'on me dit ensuite
(et dont je n'ai jamais été certain, les affirmations
d'Andrée sur tout ce qui touchait Albertine, surtout plus tard, m'ayant toujours semblé fort sujettes
à caution car, comme nous l'avons vu autrefois,
elle n'aimait pas sincèrement mon amie et était
jalouse d'elle), ce qui en tous cas, si c'était vrai,
me fut remarquablement caché par tous les deux :
qu'Albertine connaissait beaucoup Morel. La nouvelle
attitude que vers ce moment du renvoi du cocher,
Morel adopta à mon égard, me permit de changer
d'avis sur son compte. Je gardai de son caractère
la vilaine idée que m'en avait fait concevoir la
bassesse que ce jeune homme m'avait montrée
quand il avait eu besoin de moi, suivie, tout aussitôt le service rendu, d'un dédain jusqu'à sembler
ne pas me voir. A cela il fallait l'évidence de ses rapports de vénalité avec M. de Charlus, et aussi des
instincts de bestialité sans suite dont la non satisfaction (quand cela arrivait), ou les complications
qu'ils entraînaient, causaient ses tristesses ; mais
ce caractère n'était pas si uniformément laid et
plein de contradictions. Il ressemblait à un vieux
livre du moyen-âge, plein d'erreurs, de traditions
absurdes, d'obscénités, il était extraordinairement
composite. J'avais cru d'abord que son art, où il était
vraiment passé maître, lui avait donné des supériorités qui dépassaient la virtuosité de l'exécutant.
Une fois que je disais mon désir de me mettre au travail : « Travaillez, devenez illustre », me dit-il. De
qui est cela », lui demandai-je. « De Fontanes à
Chateaubriand. » Il connaissait aussi une correspon-
dance amoureuse de Napoléon. Bien, pensai-je, il est

lettré. Mais cette phrase qu'il avait lue je ne sais pas où, était sans doute la seule qu'il connût de toute la littérature ancienne et moderne, car il me la répétait chaque soir. Une autre qu'il répétait davantage pour m'empêcher de rien dire de lui à personne, c'était celle-ci, qu'il croyait également littéraire, qui est à peine française ou du moins n'offre aucune espèce de sens, sauf peut-être pour un domestique cachotier : « Méfions-nous des méfiants. » Au fond en allant de cette stupide maxime jusqu'à la phrase de Fontanes à Châteaubriand, on eût parcouru toute une partie, variée mais moins contradictoire qu'il ne semble du caractère de Morel. Ce garçon qui, pour peu qu'il y trouvât de l'argent, eût fait n'importe quoi, et sans remords — peut-être pas sans une contrariété bizarre, allant jusqu'à la surexcitation nerveuse, mais à laquelle le nom de remords irait fort mal — qui eût, s'il y trouvait son intérêt, plongé dans la peine, voire dans le deuil des familles entières, ce garçon qui mettait l'argent au-dessus de tout, et sans parler de bonté, au-dessus des sentiments de simple humanité les plus naturels, ce même garçon mettait pourtant au-dessus de l'argent son diplôme de 1er prix du Conservatoire et qu'on ne pût tenir aucun propos désobligeant sur lui à la classe de flûte ou de contrepoint. Aussi ses plus grandes colères, ses plus sombres et plus injustifiables accès de mauvaise humeur venaient-il de ce qu'il appelait (en généralisant sans doute quelques cas particuliers où il avait rencontré des malveillants), la fourberie universelle. Il se flattait d'y échapper en ne parlant jamais de personne, en cachant son jeu, en se méfiant de tout le monde. (Pour mon malheur, à cause de ce qui devait

SODOME ET GOMORRHE

en résulter après mon retour à Paris, sa méfiance n'avait pas « joué » à l'égard du chauffeur de Balbec, en qui il avait sans doute reconnu un pareil, c'est-à-dire contrairement à sa maxime, un méfiant dans la bonne acception du mot, un méfiant qui se tait obstinément devant les honnêtes gens et a tout de suite partie liée avec une crapule). Il lui semblait — et ce n'était pas absolument faux — que cette méfiance lui permettrait de tirer toujours son épingle du jeu, de glisser, insaisissable, à travers les plus dangereuses aventures, et sans qu'on pût rien, non pas même prouver, mais avancer contre lui, dans l'établissement de la rue Bergère. Il travaillerait, deviendrait illustre, serait peut-être un jour, avec une respectabilité intacte, maître du jury de violon, aux concours de ce prestigieux Conservatoire.

Mais c'est peut-être encore trop de logique dans la cervelle de Morel que d'y faire sortir les unes des autres les contradictions. En réalité sa nature était vraiment comme un papier sur lequel on a fait tant de plis dans tous les sens qu'il est impossible de s'y retrouver. Il semblait avoir des principes assez élevés et avec une magnifique écriture, déparée par les plus grossières fautes d'orthographe, passait des heures à écrire à son frère qu'il avait mal agi avec ses sœurs, qu'il était leur aîné, leur appui, à ses sœurs qu'elles avaient commis une inconvenance vis-à-vis de lui-même.

Bientôt même, l'été finissant, quand on descendait du train à Douville, le soleil amorti par la brume n'était déjà plus dans le ciel uniformément mauve, qu'un bloc rouge. A la grande paix qui descend le soir sur ces prés drus et salins et qui avait conseillé à beaucoup de parisiens, peintres pour la plupart, d'aller villégiaturer à Douville, s'ajoutait une humidité qui les faisait rentrer de bonne heure dans les petits chalets. Dans plusieurs de ceux-ci la lampe était déjà allumée. Seules quelques vaches restaient dehors à regarder la mer en meuglant, tandis que d'autres s'intéressant plus à l'humanité tournaient leur attention vers nos voitures. Seul un peintre qui avait dressé son chevalet sur une mince éminence travaillait à essayer de rendre ce grand calme, cette lumière apaisée. Peut-être les vaches allaient-elles lui servir inconsciemment et bénévolement de modèles, car leur air contemplatif et leur présence solitaire quand les humains sont rentrés, contribuaient à leur manière à la puissante impression de repos que dégage le soir. Et quelques semaines plus tard la transposition ne fut pas moins agréable quand, l'automne s'avançant, les jours devinrent tout à fait courts et qu'il fallut faire ce voyage dans la nuit. Si j'avais été faire un tour dans l'après-midi, il fallait rentrer au plus tard s'habiller à cinq heures, où maintenant le soleil rond et rouge était déjà descendu au milieu de la glace oblique, jadis détestée, et comme quelque feu grégeois, incendiait la mer dans les vitres de toutes mes bibliothèques. Quelque geste incantateur ayant suscité, pendant que je passais mon smoking, le moi alerte et frivole qui était le mien quand j'allais avec Saint-Loup dîner à Rivebelle et le soir où j'avais cru emmener Mlle de Stermaria dîner dans l'île du bois, je fredonnais inconsciemment le même air qu'alors ; et c'est seulement en m'en apercevant qu'à la chanson je reconnaissais le chanteur intermittent, lequel en effet ne savait que celle-là. La première fois que je l'avais chantée, je commençais d'aimer Albertine,

SODOME ET GOMORRHE

mais je croyais que je ne la connaîtrais jamais.
Plus tard à Paris, c'était quand j'avais cessé de
l'aimer et quelques jours après l'avoir possédée
pour la première fois. Maintenant c'était en l'aimant
de nouveau et au moment d'aller dîner avec elle,
au grand regret du directeur qui croyait que je
finirais par habiter la Raspelière et lâcher son hôtel,
et qui assurait avoir entendu dire qu'il régnait
par là des fièvres dues aux marais du Bac et à leurs
eaux « accroupies ». J'étais heureux de cette multi-
plicité que je voyais ainsi à ma vie déployée sur trois
plans ; et puis, quand on redevient pour un instant
un homme ancien, c'est-à-dire différent de celui
qu'on est depuis longtemps, la sensibilité n'étant
plus amortie par l'habitude reçoit des moindres
chocs des impressions si vives qui font pâlir tout ce
qui les a précédées et auxquelles à cause de leur
intensité nous nous attachons avec l'exaltation
passagère d'un ivrogne. Il faisait déjà nuit quand
nous montions dans l'omnibus où la voiture qui
allait nous mener à la gare prendre le petit chemin
de fer. Et dans le hall le premier président nous
disait : « Ah ! vous allez à la Raspelière ! Sapristi,
elle a du toupet, Mme Verdurin, de vous faire faire
une heure de chemin de fer dans la nuit, pour dîner
seulement. Et puis recommencer le trajet à dix
heures du soir dans un vent de tous les diables.
On voit bien qu'il faut que vous n'ayiez rien à faire »,
ajoutait-il en se frottant les mains. Sans doute
parlait-il ainsi par mécontentement de ne pas être
invité et aussi à cause de la satisfaction qu'ont les
hommes « occupés » — fût-ce par le travail le plus
sot — de « ne pas avoir le temps » de faire ce que vous
faites.

A LA RECHERCHE DU TEMPS PERDU

Certes il est légitime que l'homme qui rédige des rapports, aligne des chiffres, répond à des lettres d'affaires, suit les cours de la bourse, éprouve quand il vous dit en ricanant : « C'est bon pour vous qui n'avez rien à faire », un agréable sentiment de sa supériorité. Mais celle-ci s'affirmerait tout aussi dédaigneuse, davantage même (car dîner en ville l'homme occupé le fait aussi) si votre divertissement était d'écrire Hamlet ou seulement de le lire. En quoi les hommes occupés manquent de réflexion. Car la culture désintéressée qui leur paraît comique passe-temps d'oisifs quand ils la surprennent au moment qu'on la pratique, ils devraient songer que c'est la même qui dans leur propre métier met hors de pair des hommes qui ne sont peut-être pas meilleurs magistrats ou administrateurs qu'eux, mais devant l'avancement rapide desquels ils s'inclinent en disant : « Il paraît que c'est un grand lettré, un individu tout à fait distingué. » Mais surtout le premier Président ne se rendait pas compte que ce qui me plaisait dans ces dîners à la Raspelière, c'est que comme il le disait avec raison, quoique par critique, ils « représentaient un vrai voyage », un voyage dont le charme me paraissait d'autant plus vif qu'il n'était pas son but à lui-même, qu'on n'y cherchait nullement le plaisir — celui-ci étant affecté à la réunion vers laquelle on se rendait et qui ne laissait pas d'être fort modifié par toute l'atmosphère qui l'entourait. Il faisait déjà nuit maintenant quand j'échangeais la chaleur de l'hôtel — de l'hôtel devenu mon foyer — pour le wagon où nous montions avec Albertine et où le reflet de la lanterne sur la vitre apprenait, à certains arrêts du petit train poussif, qu'on était arrivé à une gare.

SODOME ET GOMORRHE

Pour ne pas risquer que Cottard ne nous aperçût pas, et n'ayant pas entendu crier la station, j'ouvrais la portière, mais ce qui se précipitait dans le wagon ce n'était pas les fidèles, mais le vent, la pluie, le froid. Dans l'obscurité je distinguais les champs, j'entendais la mer, nous étions en rase campagne. Albertine, avant que nous rejoignions le petit noyau, se regardait dans un petit miroir, extrait d'un nécessaire en or qu'elle emportait avec elle. En effet les premières fois, Mme Verdurin l'ayant fait monter dans son cabinet de toilette pour qu'elle s'arrangeât avant le dîner, j'avais au sein du calme profond où je vivais depuis quelque temps, éprouvé un petit mouvement d'inquiétude et de jalousie à être obligé de laisser Albertine au pied de l'escalier, et je m'étais senti si anxieux pendant que j'étais seul au salon, au milieu du petit clan et me demandais ce que mon amie faisait en haut, que j'avais le lendemain, par dépêche, après avoir demandé des indications à M. de Charlus sur ce qui se faisait de plus élégant, commandé chez Cartier un nécessaire qui était la joie d'Albertine et aussi la mienne. Il était pour moi un gage de calme et aussi de la sollicitude de mon amie. Car elle avait certainement deviné que je n'aimais pas qu'elle restât sans moi chez Mme Verdurin et s'arrangeait à faire en wagon toute la toilette préalable au dîner.

Au nombre des habitués de Mme Verdurin et le plus fidèle de tous, comptait maintenant depuis plusieurs mois M. de Charlus. Régulièrement, trois fois par semaine, les voyageurs qui stationnaient dans les salles d'attente ou sur le quai de Doncières-Ouest voyaient passer ce gros homme aux cheveux gris, aux moustaches noires, les lèvres rougies d'un fard qui se remarque moins à la fin de la saison que l'été où le grand jour le rendait plus crû et la chaleur à demi-liquide. Tout en se dirigeant vers le petit chemin de fer, il ne pouvait s'empêcher, (seulement par habitude de connaisseur, puisque maintenant il avait un sentiment qui le rendait chaste ou du moins, la plupart du temps, fidèle), de jeter sur les hommes de peine, les militaires, les jeunes gens en costume de tennis, un regard furtif à la fois inquisitorial et timoré, après lequel il baissait aussitôt ses paupières sur ses yeux presque clos avec l'onction d'un ecclésiastique en train de dire son chapelet, avec la réserve d'une épouse vouée à son unique amour ou d'une jeune fille bien élevée. Les fidèles étaient d'autant plus persuadés qu'il ne les avait pas vus, qu'il montait dans un compartiment autre que le leur, (comme faisait souvent aussi la Princesse Sherbatoff), en homme qui ne sait point si l'on sera content ou non d'être vu avec lui et qui vous laisse la faculté de venir le trouver si vous en avez l'envie. Celle-ci n'avait pas été éprouvée les toutes premières fois par le Docteur qui avait voulu que nous le laissions seul dans son compartiment. Portant beau son caractère hésitant depuis qu'il avait une grande situation médicale, c'est en souriant, en se renversant en arrière, en regardant Ski par-dessus le lorgnon, qu'il dit par malice ou pour surprendre de biais l'opinion des « camarades « Vous comprenez si j'étais seul, garçon, mais à cause de ma femme, je me demande si je peux le laisser voyager avec nous après ce que vous m'avez dit, » chuchota le Docteur. « Qu'est-ce que tu dis ? demandanda Mᵐᵉ Cottard. — Rien, cela ne te regarde pas, ce n'est pas pour les femmes, » répondit en clignant de l'œil le docteur avec une majestueuse satisfaction de lui-même qui tenait le milieu entre l'air pince-sans-rire qu'il gardait devant ses élèves et ses malades et l'inquiétude qui accompagnait jadis ses traits d'esprit chez les Verdurin, et il continua à parler tout bas. Mme Cottard ne distingua que les mots « de la confrérie » et « tapette » et comme dans le langage du docteur le premier désignait la race juive et le second les langues bien pendues, Mme Cottard conclut que M. de Charlus devait être un israélite bavard. Elle ne comprit pas qu'on tînt le Baron à l'écart à cause de cela, trouva de son devoir de doyenne du clan d'exiger qu'on ne le laissât pas seul et nous nous acheminâmes tous vers le compartiment de M. de Charlus, guidé par Cottard, toujours perplexe. Du coin où il lisait un volume de Balzac, M. de Charlus perçut cette hésitation ; il n'avait pourtant pas levé les yeux. Mais comme les sourds-muets reconnaissent à un courant d'air insensible pour les autres, que quelqu'un arrive derrière eux, il avait pour être averti de la froideur qu'on avait à son égard, une véritable hyperacuité sensorielle. Celle-ci, comme elle a coutume de faire dans tous les domaines, avait engendré chez M. de Charlus des souffrances imaginaires. Comme ces névropathes qui sentant une légère fraîcheur, induisent qu'il doit y avoir une fenêtre ouverte à l'étage au-dessus, entrent en fureur et commencent à éternuer, M. de Charlus, si une personne avait devant lui montré un air préoccupé, concluait qu'on avait répété à cette personne un propos qu'il avait tenu sur elle. Mais il n'y avait même pas besoin qu'on eût l'air distrait, ou l'air sombre, ou l'air rieur, il les inventait. En revanche la cordialité lui masquait aisément les médisances qu'il ne connaissait pas. Ayant deviné la première fois l'hésitation de Cottard, si au grand étonnement des fidèles qui ne se croyaient pas aperçus encore par le liseur aux yeux baissés, il leur tendit la main quand ils furent à distance convenable, il se contenta d'une inclinaison de tout le corps aussitôt vivement redressé pour Cottard, sans prendre avec sa main gantée de Suède la main que le Docteur lui avait tendue. « Nous avons tenu absolument à faire route avec vous, Monsieur, et à ne pas vous laisser comme cela seul dans votre petit coin. C'est un grand plaisir pour nous, » dit avec bonté Mme Cottard au Baron. « Je suis très honoré, récita le Baron en s'inclinant d'un air froid. — J'ai été très heureuse d'apprendre que vous aviez définitivement choisi ce pays pour y fixer vos tabern... » Elle allait dire tabernacles, mais ce mot lui sembla hébraïque et désobligeant pour un juif qui pourrait y voir une allusion. Aussi se reprit-elle pour choisir une autre des expressions qui lui étaient familières, c'est-à-dire une expression solennelle « pour y fixer, je voulais dire « vos pénates » (il est vrai que ces divinités n'appartiennent pas à la religion chrétienne non plus, mais à une qui est morte depuis si longtemps qu'elle n'a plus d'adeptes qu'on puisse craindre de froisser). « Nous, malheureusement, avec la rentrée des classes, le service d'hôpital du Docteur, nous ne pouvons jamais bien longtemps élire domicile dans un même endroit. Et lui montrant un carton : Voyez d'ailleurs comme nous autres femmes nous sommes moins heureuses que le sexe fort, pour aller aussi près que chez nos amis Verdurin, nous sommes obligées d'emporter avec nous toute une gamme d'impedimenta ». Moi je regar-

dais pendant ce temps là le volume de Balzac du
Baron. Ce n'était pas un exemplaire broché, acheté
au hasard comme le volume de Bergotte qu'il m'a-
vait prêté la première année. C'était un livre de sa
bibliothèque et comme tel portant la devise : « Je
suis au Baron de Charlus », à laquelle faisaient place
parfois, pour montrer le goût studieux des Guermantes : « *In prœliis non semper* », et une autre encore :
« *Non sine labore* ». Mais nous les verrons bientôt
remplacées par d'autres, pour tâcher de plaire à
Morel. Mme Cottard, au bout d'un instant, prit un
sujet qu'elle trouvait plus personnel au Baron. « Je
ne sais pas si vous êtes de mon avis, Monsieur, lui
dit-elle au bout d'un instant, mais je suis très large
d'idées et selon moi, pourvu qu'on les pratique sincèrement, toutes les religions sont bonnes. Je ne suis
pas comme les gens que la vue d'un... protestant
rend hydrophobes. — On m'a appris que la mienne
était la vraie, » répondit M. de Charlus. « C'est un
fanatique, pensa Mme Cottard, Swann, sauf sur la
fin, était plus tolérant, il est vrai qu'il était con-
verti. » Or tout au contraire, le Baron était non
seulement chrétien comme on le sait, mais pieux
à la façon du moyen-âge. Pour lui, comme pour les
sculpteurs du XIIIe siècle, l'Église chrétienne était,
au sens vivant du mot, peuplée d'une foule d'êtres,
crus parfaitement réels, prophètes, apôtres, anges,
saints personnages de toute sorte, entourant le
Verbe incarné, sa mère et son époux, le Père Éternel,
tous les martyrs et docteurs, tel que leur peuple
en plein relief, chacun d'eux se presse au porche ou
remplit le vaisseau des cathédrales. Entre eux tous
M. de Charlus avait choisi comme patrons intercos-
seurs les archanges Michel, Gabriel et Raphaël

avec lesquels il avait de fréquents entretiens pour qu'ils communiquassent ses prières au Père Éternel, devant le trône de qui ils se tiennent. Aussi l'erreur de Mme Cottard m'amusa-t-elle beaucoup.

Pour quitter le terrain religieux, disons que le Docteur venu à Paris avec le maigre bagage de conseils d'une mère paysanne, puis absorbé par les études presque purement matérielles, auxquelles ceux qui veulent pousser loin leur carrière médicale sont obligés de se consacrer pendant un grand nombre d'années, il ne s'était jamais cultivé, il avait acquis plus d'autorité, mais non pas d'expérience, il prit à la lettre ce mot d' « honoré », en fut à la fois satisfait parce qu'il était vaniteux et affligé parce qu'il était bon garçon. « Ce pauvre de Charlus, dit-il le soir à sa femme, il m'a fait de la peine quand il m'a dit qu'il était honoré de voyager avec nous. On sent, le pauvre diable, qu'il n'a pas de relations, qu'il s'humilie. »

Mais bientôt sans avoir besoin d'être guidés par la charitable Mme Cottard, les fidèles avaient réussi à dominer la gêne qu'ils avaient tous plus ou moins éprouvée au début, à se trouver à côté de M. de Charlus. Sans doute en sa présence ils gardaient sans cesse à l'esprit le souvenir des révélations de Ski et l'idée de l'étrangeté sexuelle qui était incluse en leur compagnon de voyage. Mais cette étrangeté même exerçait sur eux une espèce d'attrait. Elle donnait pour eux à la conversation du Baron, d'ailleurs remarquable mais en des parties qu'ils ne pouvaient guère apprécier, une saveur qui faisait paraître à côté la conversation des plus intéressants, de Brichot lui-même, comme un peu fade. Dès le début d'ailleurs, on s'était plu à reconnaître qu'il

114

était intelligent. « Le génie peut être voisin de la folie, » énonçait le Docteur et si la Princesse avide de s'instruire, insistait, il n'en disait pas plus, cet axiome étant tout ce qu'il savait sur le génie et ne lui paraissant pas d'ailleurs aussi démontré que tout ce qui a trait à la fièvre typhoïde et à l'arthritisme. Et comme il était devenu superbe et resté mal élevé : « Pas de questions, Princesse, ne m'interrogez pas, je suis au bord de la mer pour me reposer. D'ailleurs vous ne me comprendriez pas, vous ne savez pas la médecine ». Et la Princesse se taisait en s'excusant, trouvant Cottard un homme charmant et comprenant que les célébrités ne sont pas toujours abordables. A cette première période on avait donc fini par trouver M. de Charlus intelligent malgré son vice (ou ce que l'on nomme généralement ainsi). Maintenant c'était sans s'en s'en rendre compte à cause de ce vice qu'on le trouvait plus intelligent que les autres. Les maximes les plus simples que, adroitement provoqué par l'universitaire ou le sculpteur, M. de Charlus énonçait sur l'amour, la jalousie, la beauté, à cause de l'expérience singulière, secrète, raffinée et monstrueuse, où il les avait puisées, prenaient pour les fidèles ce charme du dépaysement qu'une psychologie, analogue à celle que nous a offert de tout temps notre littérature dramatique, revêt dans une pièce russe ou japonaise, jouée par des artistes de là-bas. On risquait encore, quand il n'entendait pas, une mauvaise plaisanterie : « Oh ! chuchotait le sculpteur en voyant un jeune employé aux longs cils de bayadère et que M. de Charlus n'avait pu s'empêcher de dévisager, si le Baron se met à faire de l'œil au contrôleur, nous ne sommes pas prêts d'arriver, le

train va aller à reculons. Regardez-moi la manière
dont il le regarde, ce n'est plus un petit chemin de
fer où nous sommes, c'est un funiculeur. » Mais au
fond, si M. de Charlus ne venait pas, on était presque
déçu de voyager seulement entre gens comme tout
le monde et de n'avoir pas auprès de soi ce personnage peinturluré, pansu et clos, semblable à quelque
boîte de provenance exotique et suspecte qui laisse
échapper la curieuse odeur de fruits auxquels l'idée
de goûter seulement vous soulèverait le cœur. A ce
point de vue, les fidèles de sexe masculin avaient des
satisfactions plus vives, dans la courte partie du
trajet qu'on faisait entre Saint-Martin-du-Chêne, où
montait M. de Charlus et Doncières, station où on
était rejoint par Morel. Car tant que le violoniste
n'était pas là (et si les dames et Albertine, faisant
bande à part pour ne pas gêner la conversation,
se tenaient éloignées) M. de Charlus ne se gênait
pas pour ne pas avoir l'air de fuir certains sujets
et parler de « ce qu'on est convenu d'appeler les
mauvaises mœurs ». Albertine ne pouvait le gêner,
car elle était toujours avec les dames par grâce de
jeune fille qui ne veut pas que sa présence restreigne
la liberté de la conversation. Or je supportais
aisément de ne pas l'avoir à côté de moi, à condition
toutefois qu'elle restât dans le même wagon.
Car moi qui n'éprouvais plus de jalousie ni guère
d'amour pour elle, ne pensais pas à ce qu'elle faisait
les jours où je ne la voyais pas ; en revanche, quand
j'étais là, une simple cloison qui eût pu à la rigueur
dissimuler une trahison m'était insupportable et si
elle allait avec les dames dans le compartiment
voisin, au bout d'un instant ne pouvant plus tenir
en place, au risque de froisser celui qui parlait,

SODOME ET GOMORRHE

Brichot, Cottard ou Charlus, et à qui je ne pouvais expliquer la raison de ma fuite, je me levais, les plantais là, et pour voir s'il ne s'y faisait rien d'anormal, passais à côté. Et jusqu'à Doncières, M. de Charlus, ne craignant pas de choquer, parlait parfois fort crûment de mœurs qu'il déclarait ne trouver pour son compte ni bonnes ni mauvaises. Il le faisait par habileté, pour montrer sa largeur d'esprit, persuadé qu'il était que les siennes n'éveillaient guère de soupçon dans l'esprit des fidèles. Il pensait bien qu'il y avait dans l'univers quelques personnes qui étaient, selon une expression qui lui devint plus tard familière, « fixées sur son compte ». Mais il se figurait que ces personnes n'étaient pas plus de trois ou quatre et qu'il n'y en avait aucune sur la côte normande. Cette illusion peut étonner de la part de quelqu'un d'aussi fin, d'aussi inquiet. Même pour ceux qu'il croyait plus ou moins renseignés, il se flattait que ce ne fût que dans le vague, et avait la prétention, selon qu'il leur dirait telle ou telle chose, de mettre telle personne en dehors des suppositions d'un interlocuteur qui par politesse faisait semblant d'accepter ses dires. Même se doutant de ce que je pouvais savoir ou supposer sur lui, il se figurait que cette opinion, qu'il croyait beaucoup plus ancienne de ma part qu'elle ne l'était en réalité, était toute générale, et qu'il lui suffisait de nier tel ou tel détail pour être cru, alors qu'au contraire, si la connaissance de l'ensemble précède toujours celle des détails, elle facilite infiniment l'investigation de ceux-ci et ayant détruit le pouvoir d'invisibilité ne permet plus au dissimulateur de cacher ce qu'il lui plaît. Certes quand M. de Charlus, invité à un dîner par tel fidèle ou tel ami des fidèles, prenait les détours les plus

compliqués pour amener au milieu des noms de
dix personnes qu'il citait, le nom de Morel, il ne se
doutait guère qu'aux raisons toujours différentes
qu'il donnait du plaisir ou de la commodité qu'il
pourrait trouver ce soir-là à être invité avec lui, ses
hôtes en ayant l'air de le croire parfaitement en
substituaient une seule, toujours la même et qu'il
croyait ignorée d'eux, à savoir qu'il l'aimait. De
même Mme Verdurin semblant toujours avoir l'air
d'admettre entièrement les motifs mi-artistiques, mi-
humanitaires que M. de Charlus lui donnait de
l'intérêt qu'il portait à Morel, ne cessait de remercier
avec émotion le Baron des bontés touchantes, disait-
elle, qu'il avait pour le violoniste. Or, quel étonnement aurait eu M. de Charlus si, un jour que Morel et
lui étaient en retard et n'étaient pas venus par le
chemin de fer, il avait entendu la Patronne dire :
« Nous n'attendons plus que ces demoiselles. » Le
Baron eût été d'autant plus stupéfait que ne bougeant guère de la Raspelière, il y faisait figure de
chapelain, d'abbé du répertoire, et quelquefois
(quand Morel avait 48 heures de permission) y cou-
chait deux nuits de suite. Mme Verdurin leur donnait
alors deux chambres communiquantes et pour les
mettre à l'aise disait : « Si vous avez envie de faire de
la musique, ne vous gênez pas, les murs sont comme
ceux d'une forteresse, vous n'avez personne à votre
étage, et mon mari a un sommeil de plomb. » Ces
jours-là M. de Charlus relayait la Princesse en
allant chercher les nouveaux à la gare, excusait
Mme Verdurin de ne pas être venue à cause d'un
état de santé qu'il décrivait si bien que les invités
entraient avec une figure de circonstance, et
poussaient un cri d'étonnement en trouvant la

SODOME ET GOMORRHE

Patronne alerte et debout en robe à demi-décolletée.

Car M. de Charlus était momentanément devenu pour Mme Verdurin, le fidèle des fidèles, une seconde Princesse Sherbatoff. De sa situation mondaine elle était beaucoup moins sûre que de celle de la Princese, se figurant que si celle-ci ne voulait voir que le petit noyau, c'était par mépris des autres et prédilection pour lui. Comme cette feinte était justement le propre des Verdurin, lesquels traitaient d'ennuyeux tous ceux qu'il ne pouvait fréquenter, il est incroyable que la Patronne pût croire la Princesse une âme d'acier, détestant le chic. Mais elle n'en démordait pas et était persuadée, que pour la grande dame aussi, c'était sincèrement et par goût d'intellectualité qu'elle ne fréquentait pas les ennuyeux. Le nombre de ceux-ci diminuait du reste à l'égard des Verdurin. La vie de bains de mer ôtait à une présentation les conséquences pour l'avenir qu'on eût pu redouter à Paris. Des hommes brillants venus à Balbec sans leur femme, ce qui facilitait tout, à la Raspelière faisaient des avances et d'ennuyeux devenaient exquis. Ce fut le cas pour le Prince de Guermantes que l'absence de la Princesse n'aurait pourtant pas décidé à aller « en garçon » chez les Verdurin, si l'aimant du dreyfusisme n'eût été si puissant qu'il lui fît monter d'un seul trait les pentes qui mènent à la Raspelière, malheureusement, un jour où la Patronne était sortie. Mme Verdurin du reste n'était pas certaine que lui et M. de Charlus fussent du même monde. Le baron avait bien dit que le duc de Guermantes était son frère, mais c'était peut-être le mensonge d'un aventurier. Si élégant, se fût-il montré, si aimable, si « fidèle » envers les Verdurin, la patronne hésitait presque à l'inviter avec le Prince de Guermantes. Elle consulta Ski et Brichot : « Le Baron et le Prince de Guermantes, est-ce que ça marche ? — Mon Dieu, Madame, pour l'un des deux je crois pouvoir dire. — Mais l'un des deux, qu'est-ce que ça peut me faire, avait repris Mme Verdurin irritée ? Je vous demande s'ils marchent ensemble ? — Ah ! Madame, voilà des choses qui sont bien difficiles à savoir. » Madame Verdurin n'y mettait aucune malice. Elle était certaine des mœurs du Baron, mais quand elle s'exprimait ainsi, elle n'y pensait nullement, mais seulement à savoir si on pouvait inviter ensemble le Prince et M. de Charlus, si cela corderait. Elle ne mettait aucune intention malveillante dans l'emploi de ces expressions toutes faites et que les « petits clans » artistiques favorisent. Pour se parer de M. de Guermantes, elle voulait l'emmener l'après-midi qui suivrait le déjeuner, à une fête de charité et où des marins de la côte figureraient un appareillage. Mais n'ayant pas le temps de s'occuper de tout, elle délégua ses fonctions au fidèle des fidèles, au Baron. « Vous comprenez, il ne faut pas qu'ils restent immobiles comme des moules, il faut qu'ils aillent, qu'ils viennent, qu'on voie le branle-bas, je ne sais pas le nom de tout ça. Mais vous qui allez souvent au port du Balbec-Plage, vous pourriez bien faire faire une répétition sans vous fatiguer. Vous devez vous y entendre mieux que moi, M. de Charlus, à faire marcher des petits marins. Mais après tout nous nous donnons bien du mal pour M. de Guermantes. C'est peut-être un imbécile du Jockey. Oh ! nom Dieu, je dis du mal du Jockey, et il me semble me rappeler que vous en êtes. Hé baron, vous ne me répondez pas, est-ce que vous en êtes ? Vous ne voulez pas sortir avec nous ?

SODOME ET GOMORRHE

Tenez, voici un livre que j'ai reçu, je pense qu'il vous intéressera. C'est de Roujon. Le titre est joli : « Parmi les hommes ».

Pour ma part, j'étais d'autant plus heureux que M. de Charlus fût assez souvent substitué à la Princesse Scherbatoff, que j'étais très mal avec celle-ci, pour une raison à la fois insignifiante et profonde. Un jour que j'étais dans le petit train, comblant de mes prévenances, comme toujours, la Princesse Sherbatoff, j'y vis monter Mme de Villeparisis. Elle était en effet venue passer quelques semaines chez la Princesse de Luxembourg, mais enchaîné à ce besoin quotidien de voir Albertine, je n'avais jamais répondu aux invitations multipliées de la marquise et de son hôtesse royale. J'eus du remords en voyant l'amie de ma grand'mère, et, par pur devoir (sans quitter la Princesse Sherbatoff), je causai assez longtemps avec elle. J'ignorais du reste absolument que Mme de Villeparisis savait très bien qui était ma voisine mais ne voulait pas la connaître. A la station suivante, Mme de Villeparisis quitta le wagon, je me reprochai même de ne pas l'avoir aidée à descendre ; j'allai me rasseoir à côté de la Princesse. Mais on eût dit — cataclysme fréquent chez les personnes dont la situation est peu solide et qui craignent qu'on n'ait entendu parler d'elles en mal, qu'on les méprise — qu'un changement à vue s'était opéré. Plongée dans sa *Revue des Deux-Mondes*, Madame Sherbatoff répondit à peine du bout des lèvres à mes questions et finit par me dire que je lui donnais la migraine. Je ne comprenais rien à mon crime. Quand je dis au revoir à la Princesse, le sourire habituel n'éclaira pas son visage, un salut sec abaissa son menton, elle ne me tendit même pas la main et ne

m'a jamais reparlé depuis. Mais elle dut parler —
mais je ne sais pas pour dire quoi — aux Verdurin ;
car dès que je demandais à ceux-ci si je ne ferais
pas bien de faire une politesse à la Princesse Sherbatoff, tous en chœur se précipitaient : « Non, Non !
Non ! Surtout pas ! Elle n'aime pas les amabilités ! »
On ne le faisait pas pour me brouiller avec elle,
mais elle avait réussi à faire croire qu'elle était
insensible aux prévenances, une âme inaccessible aux
vanités de ce monde. Il faut avoir vu l'homme
politique qui passe pour le plus entier, le plus intran-
sigeant, le plus inapprochable depuis qu'il est au
pouvoir, il faut l'avoir vu au temps de sa disgrâce,
mendier timidement, avec un sourire brillant d'amoureux le salut hautain d'un journaliste quelconque,
il faut avoir vu le redressement de Cottard (que ses
nouveaux malades prenaient pour une barre de fer),
et savoir de quels dépits amoureux, de quels échecs
de snobisme était faits l'apparente hauteur, l'anti-
snobisme universellement admis de la Princesse
Sherbatoff, pour comprendre que dans l'humanité la
règle — qui comporte des exceptions naturellement,
est que les durs sont des faibles dont on n'a pas
voulu, et que les forts, se souciant peu qu'on veuille
ou non d'eux, ont seuls cette douceur que le vulgaire
prend pour de la faiblesse.

Au reste je ne dois pas juger sévèrement la Princesse Shebatoff. Son cas est si fréquent ! Un jour,
à l'enterrement d'un Guermantes, un homme remarquable placé à côté de moi me montra un Monsieur élancé et pourvu d'une jolie figure. « De tous
les Guermantes, me dit mon voisin, celui-là est le
plus inouï, le plus singulier. C'est le frère du duc. »
Je lui répondis imprudemment qu'il se trompait,

que ce Monsieur, sans parenté aucune avec les Guermantes, s'appelait Journier-Sarlovèze. L'homme remarquable me tourna le dos et ne m'a plus jamais salué depuis.

Un grand musicien, membre de l'Institut, haut dignitaire officiel et qui connaissait Ski, passa par Harembouville où il avait une nièce et vint à un mercredi des Verdurin. M. de Charlus fut particulièrement aimable avec lui (à la demande de Morel) et surtout pour qu'au retour à Paris l'académicien lui permît d'assister à différentes séances privées, répétitions, etc., où jouait le violoniste. L'académicien flatté et d'ailleurs homme charmant, promit, et tint sa promesse. Le Baron fut très touché de toutes les amabilités que ce personnage (d'ailleurs, en ce qui le concernait, aimant uniquement et profondément les femmes) eut pour lui, de toutes les facilités qu'il lui procura pour voir Morel, dans les lieux officiels où les profanes n'entrent pas, de toutes les occasions données par le célèbre artiste au jeune virtuose de se produire, de se faire connaître, en le désignant, de préférence à d'autres, à talent égal, pour des auditions qui devaient avoir un retentissement particulier. Mais M. de Charlus ne se doutait pas qu'il en devait au maître d'autant plus de reconnaissance que celui-ci, doublement méritant, ou si l'on aime mieux, deux fois coupable, n'ignorait rien, des relations du violoniste et de son noble protecteur. Il les favorisa, certes sans sympathie pour elles, ne pouvant comprendre d'autre amour que celui de la femme qui avait inspiré toute sa musique, mais par indifférence morale, complaisance et serviabilité professionnelles, amabilité mondaine, snobisme. Quant à des doutes sur le caractère de ces relations,

il en avait si peu, que dès le premier dîner à la Raspelière, il avait demandé à Ski en parlant de M. de
Charlus et de Morel, comme il eût fait d'un homme
et de sa maîtresse : « Est-ce qu'il y a longtemps
qu'ils sont ensemble ? » Mais trop homme du monde
pour en laisser rien voir aux intéressés, prêt, si parmi
les camarades de Morel il s'était produit quelques
commérages, à les réprimer, et à rassurer Morel en lui
disant paternellement : « On dit cela de tout le monde
aujourd'hui, » il ne cessa de combler le baron de
gentillesses que celui-ci trouva charmantes, mais naturelles, incapable de supposer chez l'illustre maître
tant de vice ou tant de vertu. Car les mots qu'on
disait en l'absence de M. de Charlus, les « à peu
près » sur Morel, personne n'avait l'âme assez basse
pour les lui répéter. Et pourtant cette simple situation suffit à montrer que même cette chose universellement décriée, qui ne trouverait nulle part un
défenseur : le « potin », lui aussi, soit qu'il ait pour
objet nous-même et nous devienne ainsi particulièrement désagréable, soit qu'il nous apprenne sur
un tiers quelque chose que nous ignorions, a sa valeur
psychologique. Il empêche l'esprit de s'endormir sur
la vue factice qu'il a de ce qu'il croit les choses et
qui n'est que leur apparence. Il retourne celle-ci
avec la dextérité magique d'un philosophe idéa-
liste et nous présente rapidement un coin insoup-
çonné du revers de l'étoffe. M. de Charlus eût-il pu
imaginer ces mots dits par certaine tendre parente :
« Comment veux-tu que Mémé soit amoureux de
moi, tu oublies donc que je suis une femme ! » Et
pourtant elle avait un attachement véritable, profond, pour M. de Charlus. Comment alors s'étonner
que pour les Verdurin, sur l'affection et la bonté des-

quels il n'avait aucun droit de compter, les propos
qu'ils disaient loin de lui (et ce ne furent pas seulement, on le verra, des propos), fussent si différents
de ce qu'il les imaginait être, c'est-à-dire du simple
reflet de ceux qu'il entendait quand il était là.
Ceux-là seuls ornaient d'inscriptions affectueuses le
petit pavillon idéal où M. de Charlus venait parfois
rêver seul, quand il introduisait un instant son
imagination dans l'idée que les Verdurin avaient de
lui. L'atmosphère y était si sympathique, si cordiale, le repos si réconfortant, que quand M. de
Charlus, avant de s'endormir, était venu s'y délasser
un instant de ses soucis, il n'en sortait jamais sans
un sourire. Mais, pour chacun de nous, ce genre de
pavillon est double : en face de celui que nous
croyons être l'unique, il y a l'autre qui nous est
habituellement invisible, le vrai, symétrique avec
celui que nous connaissons, mais bien différent et
dont l'ornementation, où nous ne reconnaîtrions
rien de ce que nous nous attendions à voir, nous
épouvanterait comme faite avec les symboles odieux
d'une hostilité insoupçonnée. Quelle stupeur pour
M. de Charlus, s'il avait pénétré dans un de ces pavil-
lons adverses, grâce à quelque potin comme par un de
ces escaliers de service où des graffitti obscènes sont
charbonnés à la porte des appartements par des
fournisseurs mécontents ou des domestiques ren-
voyés. Mais, tout autant que nous sommes privés
de ce sens de l'orientation dont sont doués certains
oiseaux, nous manquons du sens de la visibilité
comme nous manquons de celui des distances, nous
imaginant toute proche l'attention intéressée des
gens qui au contraire ne pensent jamais à nous et ne
soupçonnant pas que nous sommes pendant ce

temps-là pour d'autres leur seul souci. Ainsi M. de Charlus vivait dupé comme le poisson qui croit que l'eau où il nage s'étend au delà du verre de son aquarium qui lui en présente le reflet, tandis qu'il ne voit pas à côté de lui dans l'ombre, le promeneur amusé qui suit ses ébats ou le pisciculteur tout-puissant qui, au moment imprévu et fatal, différé en ce moment à l'égard du Baron (pour qui le pisciculteur, à Paris, sera Mme Verdurin), le tirera sans pitié du milieu où il aimait vivre pour le rejeter dans un autre. Au surplus les peuples, en tant qu'ils ne sont que des collections d'individus, peuvent offrir des exemples plus vastes, mais identiques en chacune de leurs parties, de cette cécité profonde, obstinée et déconcertante. Jusqu'ici, si elle était cause que M. de Charlus tenait dans le petit clan des propos d'une habileté inutile ou d'une audace qui faisait sourire en cachette, elle n'avait pas encore eu pour lui ni ne devait avoir à Balbec de graves inconvénients. Un peu d'albumine, de sucre, d'arythmie cardiaque, n'empêche pas la vie de continuer normale, pour celui qui ne s'en aperçoit même pas, alors que seul le médecin y voit la prophétie de catastrophes. Actuellement le goût — platonique ou non — de M. de Charlus pour Morel poussait seulement le Baron à dire volontiers en l'absence de Morel qu'il le trouvait très beau, pensant que cela serait entendu en toute innocence, et agissant en cela comme un homme fin qui appelé à déposer devant un Tribunal ne craindra pas d'entrer dans des détails qui semblent en apparence désavantageux pour lui, mais qui à cause de cela même, ont plus de naturel et moins de vulgarité que les protestations conventionnelles d'un accusé de théâtre. Avec la même liberté, toujours entre

SODOME ET GOMORRHE

Doncières-Ouest et Saint-Martin du Chêne — ou le contraire au retour — M. de Charlus parlait volontiers de gens qui ont, paraît-il, des mœurs très étranges, et ajoutait même : « Après tout je dis étranges, je ne sais pas pourquoi, car cela n'a rien de si étrange », pour se montrer à soi-même combien il était à l'aise avec son public. Et il l'était en effet, à condition que ce fût lui qui eût l'initiative des opérations et qu'il sût la galerie muette et souriante, désarmée par la crédulité où la bonne éducation.

Quand M. de Charlus ne parlait pas de son admiration pour la beauté de Morel, comme si elle n'eût eu aucun rapport avec un goût — appelé vice — il traitait de ce vice, mais comme s'il n'avait été nullement le sien. Parfois même il n'hésitait pas à l'appeler par son nom. Comme après avoir regardé la belle reliure de son Balzac, je lui demandais ce qu'il préférait dans la *Comédie Humaine*, il me répondit, dirigeant sa pensée vers une idée fixe : « Tout l'un ou tout l'autre, les petites miniatures comme le *Curé de Tours* et la *Femme abandonnée*, ou les grandes fresques comme la série des *Illusions perdues*. Comment ! vous ne connaissez pas les *Illusions perdues ?* C'est si beau. Le moment où Carlos Herrera demande le nom du château devant lequel passe sa calèche, c'est Rastignac, la demeure du jeune homme qu'il a aimé autrefois. Et l'abbé alors de tomber dans une rêverie que Swann appelait, ce qui était bien spirituel, la *Tristesse d'Olympio* de la pédérastie. Et la mort de Lucien ! je ne me rappelle plus quel homme de goût avait eu cette réponse, à qui lui demandait quel événement l'avait le plus affligé dans sa vie : « La mort de Lucien de

A LA RECHERCHE DU TEMPS PERDU

Rubempré dans *Splendeurs et Misères*. — Je sais que Balzac se porte beaucoup cette année, comme l'an passé le pessimisme, interrompit Brichot. Mais au risque de contrister les âmes en mal de déférence balzacienne, sans prétendre, Dieu me damne, au rôle de gendarme de lettres et dresser procès-verbal pour fautes de grammaire, j'avoue que le copieux improvisateur dont vous me semblez surfaire singulièrement les élucubrations effarantes, m'a toujours paru un scribe insuffisamment méticuleux. J'ai lu ces *Illusions Perdues* dont vous nous parlez, Baron, en me torturant pour atteindre à une ferveur d'initié, et je confesse en toute simplicité d'âme que ces romans-feuilletons rédigés en pathos, en galimatias double et triple : (*Esther heureuse, Où mènent les mauvais chemins, A combien l'amour revient aux vieillards*), m'ont toujours fait effet des mystères de Rocambole, promu par inexplicable faveur à la situation précaire de chef-d'œuvre. — Vous dites cela parce que vous ne connaissez pas la vie, dit le baron doublement agacé, car il sentait que Brichot ne comprendrait ni ses raisons d'artiste ni les autres. — J'entends bien, répondit Brichot que, pour parler comme Maître François Rabelais, vous voulez dire que je suis moult sorbonagre, sorbonicole et sorboniforme. Pourtant tout autant que les camarades, j'aime qu'un livre donne l'impression de la sincérité et de la vie, je ne suis pas de ces clercs... — Le quart d'heure de Rabelais, interrompit le docteur Cottard avec un air non plus de doute, mais de spirituelle assurance. — Qui font vœu de littérature en suivant la règle de l'Abbaye-aux-Bois dans l'obédience de M. le vicomte de Chateaubriand, grand maître du chiqué, selon la règle stricte des

128

humanistes, M, le Vicomte de Châteaubriand... —
Châteaubriand aux pommes ? interrompit le docteur
Cottard. — C'est lui le patron de la confrérie, continua Brichot sans relever la plaisanterie du docteur,
lequel en revanche, alarmé par la phrase de l'universitaire, regarda M. de Charlus avec inquiétude.
Brichot avait semblé manquer de tact à Cottard,
duquel le calembour avait amené un fin sourire
sur les lèvres de la Princesse Sherbatoff. — Avec
le Professeur, l'ironie mordante du parfait sceptique
ne perd jamais ses droits, dit-elle par amabilité et pour montrer que le « mot » du médecin
n'avait pas passé inaperçu pour elle. — Le sage
est forcément sceptique, répondit le docteur. Que
sais-je ? γνῶθι σεαυτόν, disait Socrate. C'est très
juste, l'excès en tout est un défaut ? Mais je reste
bleu quand je pense que cela a suffi à faire durer le
nom de Socrate jusqu'à nos jours. Qu'est-ce qu'il y a
dans cette philosophie, peu de chose en somme.
Quand on pense que Charcot et d'autres ont fait des
travaux mille fois plus remarquables et qui s'ap-
puient, au moins, sur quelque chose, sur la suppres-
sion du réflexe pupillaire comme syndrôme de la
paralysie générale, et qu'ils sont presque oubliés.
En somme Socrate, ce n'est pas extraordinaire. Ce
sont des gens qui n'avaient rien à faire, qui passaient
toute leur journée à se promener, à discutailler.
C'est comme Jésus-Christ : Aimez-vous les uns les
autres, c'est très joli. — Mon ami, pria Mme Cottard. — Naturellement, ma femme proteste, ce sont
toutes des névrosées. — Mais, mon petit docteur, je
ne suis pas névrosée, murmura Mme Cottard. —
Comment, elle n'est pas névrosée, quand son fils
est malade, elle présente des phénomènes d'insom-

39

nie. Mais enfin, je reconnais que Socrate, et le reste, c'est nécessaire pour une culture supérieure, pour avoir des talents d'exposition. Je cite toujours le γνῶθι σεαυτόν à mes élèves pour le premier cours. Le Père Bouchard qui l'a su m'en a félicité. — Je ne suis pas des tenants de la forme pour la forme, pas plus que je ne thésauriserais en poésie la rime millionnaire, reprit Brichot. Mais tout de même la *Comédie Humaine* — bien peu humaine — est par trop le contraire de ces œuvres où l'art excède le fond, comme dit cette bonne rosse d'Ovide. Et il est permis de préférer un sentier à mi-côte, qui mène à la cure de Meudon ou à l'Ermitage de Ferney, à égale distance de la vallée aux Loups où René remplissait superbement les devoirs d'un pontificat sans mansuétude, et les Jardies, où Honoré de Balzac harcelé par les recors, ne s'arrêtait pas de cacographier pour une Polonaise, en apôtre zélé du charabia.

— Chateaubriand est beaucoup plus vivant que vous ne dites, et Balzac est tout de même un grand écrivain, répondit M. de Charlus, encore trop imprégné du goût de Swann pour ne pas être irrité par Brichot, et Balzac a connu jusqu'à ces passions que tout le monde ignore ou n'étudie que pour les flétrir. Sans reparler des immortelles *Illusions Perdues*, *Sarrazine*, la *Fille aux yeux d'or*, *Une passion dans le désert*, même l'assez énigmatique *Jaune Maîtresse*, viennent à l'appui de mon dire. Quand je parlais de ce côté « Hors de nature » Balzac, à Swann, il me disait : « Vous êtes du même avis que Taine. » Je n'avais pas l'honneur de connaître Monsieur Taine, ajouta M. de Charlus, avec cette irritante habitude du « Monsieur » inutile qu'ont les

gens du monde, comme s'ils croyaient en taxant de
Monsieur un grand écrivain, lui décerner un honneur, peut-être garder les distances, et bien faire savoir qu'ils ne le connaissent pas. « Je ne connaissais
pas Monsieur Taine, mais je me tenais pour fort
honoré d'être du même avis que lui. » D'ailleurs,
malgré ces habitudes mondaines ridicules, M. de
Charlus était très intelligent, et il est probable que
si quelque mariage ancien avait noué une parenté
entre sa famille et celle de Balzac, il eût ressenti
(non moins que Balzac d'ailleurs) une satisfaction
dont il n'eût pu cependant s'empêcher de se tar-
guer comme d'une marque de condescendance
admirable.

Parfois à la station qui suivait Saint-Martin-du-
Chêne, des jeunes gens montaient dans le train.
M. de Charlus ne pouvait pas s'empêcher de les
regarder, mais comme il abrégeait et dissimulait
l'attention qu'il leur prêtait, elle prenait l'air de
cacher un secret, plus particulier même que le véritable ; on aurait dit qu'il les connaissait, le laissait
malgré lui paraître après avoir accepté son sacrifice,
avant de se retourner vers nous, comme font ces
enfants à qui, à la suite d'une brouille entre parents,
on a défendu de dire bonjour à des camarades, mais
qui lorsqu'ils les rencontrent ne peuvent se priver
de lever la tête, avant de retomber sous la férule de
leur précepteur.

Au mot tiré du grec dont M. de Charlus parlant de
Balzac avait fait suivre l'allusion à la *Tristesse
d'Olympio* dans *Splendeurs et Misères*, Ski, Brichot
et Cottard s'étaient regardés avec un sourire peut-
être moins ironique qu'empreint de la satisfaction
qu'auraient des dîneurs qui réussiraient à faire parler

131

Dreyfus de sa propre affaire, ou l'Impératrice de son règne. On comptait bien le pousser un peu sur ce sujet, mais c'était déjà Doncières, où Morel nous rejoignait. Devant lui, M. de Charlus surveillait soigneusement sa conversation et quand Ski voulut le ramener à l'amour de Carlos Herrera pour Lucien de Rubempré, le Baron prit l'air contrarié, mystérieux, et finalement (voyant qu'on ne l'écoutait pas), sévère et justicier d'un père qui entendrait dire des indécences devant sa fille. Ski ayant mis quelque entêtement à poursuivre, M. de Charlus les yeux hors de la tête, élevant la voix, dit d'un ton significatif en montrant Albertine qui pourtant ne pouvait nous entendre, occupée à causer avec Mme Cottard et la Princesse Sherbatof, et sur le ton à double sens de quelqu'un qui veut donner une leçon à des gens mal élevés : « Je crois qu'il serait temps de parler de choses qui puissent intéresser cette jeune fille. » Mais je compris bien que pour lui, la jeune fille était non pas Albertine, mais Morel ; il témoigna du reste plus tard de l'exactitude de mon interprétation par les expressions dont il se servit quand il demanda qu'on n'eût plus de ces conversations devant Morel. « Vous savez, me dit-il en parlant du violoniste, qu'il n'est pas du tout ce que vous pourriez croire, c'est un petit très honnête qui est toujours resté sage, très sérieux. » Et on sentait à ces mots que M. de Charlus considérait l'inversion sexuelle comme un danger aussi menaçant pour les jeunes gens que la prostitution pour les femmes, et que s'il se servait pour Morel de l'épithète de « sérieux » c'était dans le sens qu'elle prend appliquée à une petite ouvrière. Alors Brichot pour changer la conversation me demanda si je comptais rester encore longtemps à Incarville. J'avais eu beau lui faire observer plusieurs fois que j'habitais non pas Incarville mais Balbec, il retombait toujours dans sa faute car c'est sous le nom d'Incarville ou de Balbec-Incarville qu'il désignait cette partie du littoral. Il y a ainsi des gens qui parlent des mêmes choses que nous en les appelant d'un nom un peu différent. Une certaine dame du faubourg Saint-Germain me demandait toujours quand elle voulait parler de la duchesse de Guermantes s'il y avait longtemps que je n'avais vu Zénaïde, ou Oriane-Zénaïde, ce qui fait qu'au premier moment je ne comprenais pas. Probablement il y avait eu un temps où une parente de Mme de Guermantes s'appelant Oriane on l'appelait, elle, pour éviter les confusions Oriane-Zénaïde. Peut-être aussi y avait-il eu d'abord une gare seulement à Incarville, et allait-on de là en voiture à Balbec. « De quoi parliez-vous donc, dit Albertine étonnée du ton solennel de père de famille que venait d'usurper M. de Charlus ? — De Balzac, se hâta de répondre le Baron et vous avez justement ce soir la toilette de la Princesse de Cadignan, pas la première, celle du dîner, mais la seconde. » Cette rencontre tenait à ce que, pour choisir des toilettes à Albertine, je m'inspirais du goût qu'elle s'était formé grâce à Elstir, lequel appréciait beaucoup une sobriété qu'on eût pu appeler britannique, s'il ne s'y était allié plus de douceur, de mollesse française. Le plus souvent les robes qu'il préférait offraient aux regards une harmonieuse combinaison de couleurs grises comme celle de Diane de Cadignan. Il n'y avait guère que M. de Charlus pour savoir apprécier à leur véritable valeur les toilettes d'Albertine ; tout de suite ses yeux découvraient ce qui en faisait la rareté, le prix ; il n'aurait jamais dit le nom d'une étoffe pour une autre et reconnaissait le faiseur. Seulement il aimait mieux — pour les femmes — un peu plus d'éclat et de couleur que n'en tolérait Elstir. Aussi ce soir-là me lança-t-elle un regard moitié souriant, moitié inquiet, en courbant son petit nez rose de chatte. En effet, croisant sur sa jupe de crêpe de chine gris, sa jaquette de cheviote grise laissait croire qu'Albertine était tout en gris. Mais me faisant signe de l'aider parce que ses manches bouffantes avaient besoin d'être aplaties ou relevées, pour entrer ou retirer sa jaquette elle ôta celle-ci, et comme ces manches étaient d'un écossais très doux, rose, bleu pâle, verdâtre, gorge de pigeon, ce fut comme si dans un ciel gris s'était formé un arc-en-ciel. Et elle se demandait si cela allait plaire à M. de Charlus. « Ah ! s'écria celui-ci ravi, voilà un rayon, un prisme de couleur. Je vous fais tous mes compliments. — Mais Monsieur seul en a mérité, répondit gentiment Albertine en me désignant, car elle aimait montrer ce qui lui venait de moi. — Il n'y a que les femmes qui ne savent pas s'habiller qui craignent la couleur, reprit M. de Charlus. On peut être éclatante sans vulgarité et douce sans fadeur. D'ailleurs vous n'avez pas les mêmes raisons que Mme de Cadignan de vouloir paraître détachée de la vie, car c'était l'idée qu'elle voulait inculquer à d'Arthez par cette toilette grise. » Albertine qu'intéressait ce muet langage des robes, questionna M. de Charlus sur la Princesse de Cadignan. « Oh ! c'est une nouvelle exquise, dit le Baron d'un ton rêveur. Je connais le petit jardin où Diane de Cadignan se promena avec M. d'Espard.

C'est celui d'une de mes cousines. — Toutes ces questions du jardin de sa cousine, murmura Brichot à Cottard, peuvent, de même que sa généalogie, avoir du prix pour cet excellent Baron. Mais quel intérêt cela a-t-il pour nous qui n'avons pas le privilège de nous y promener, ne connaissons pas cette dame et ne possédons pas de titres de noblesse. » Car Brichot ne soupçonnait pas qu'on pût s'intéresser à une robe et à un jardin comme à une œuvre d'art, et que c'est, comme dans Balzac, que M. de Charlus revoyait les petites allées de Mme de Cadignan. Le baron poursuivit : « Mais vous la connaissez, me dit-il, en parlant de cette cousine et pour me flatter en s'adressant à moi comme à quelqu'un qui, exilé dans le petit clan, pour M. de Charlus, sinon était de son monde, du moins allait dans son monde. En tous cas vous avez dû la voir chez Mme de Villeparisis. — La Marquise de Villeparisis à qui appartient le château de Baucreux ? demanda Brichot d'un air captivé. — Oui, vous la connaissez? demanda sèchement M. de Charlus. — Nullement, répondit Brichot, mais notre collègue Norpois passe tous les ans une partie de ses vacances à Baucreux. J'ai eu l'occasion de lui écrire là. » Je dis à Morel, pensant l'intéresser, que M. de Norpois était ami de mon père. Mais pas un mouvement de son visage en témoigna qu'il eût entendu, tant il tenait mes parents pour gens de peu et n'approchant pas de bien loin de ce qu'avait été mon grand-oncle chez qui son père avait été valet de chambre et qui du reste, contrairement au reste de la famille, aimant assez « faire des embarras », avait laissé un souvenir ébloui à ses domestiques. « Il paraît que Mme de Villeparisis est une femme supérieure ; mais je n'ai jamais été admis à en juger par moi-même, non plus du reste que mes collègues. Car Norpois, qui est d'ailleurs plein de courtoisie et d'affabilité à l'Institut, n'a présenté aucun de nous à la marquise. Je ne sais de reçu par elle que notre ami Thureau-Dangin, qui avait avec elle d'anciennes relations de famille et aussi Gaston Boissier, qu'elle a désiré connaître à la suite d'une étude qui l'intéressait tout particulièrement. Il y a dîné une fois et est revenu sous le charme. Encore Mme Boissier n'a-t-elle pas été invitée. « A ces noms, Morel sourit d'attendrissement. : « Ah ! Thureau-Dangin, me dit-il d'un air aussi intéressé que celui qu'il avait montré en entendant parler du marquis de Norpois et de mon père était resté indifférent. Thureau-Dangin, c'était une paire d'amis avec votre oncle. Quand une dame voulait une place de centre pour une réception à l'Académie, votre oncle disait : J'écrirai à Thureau-Dangin. Et naturellement la place était aussitôt envoyée, car vous comprenez bien que M. Thureau-Dangin ne se serait pas risqué de rien refuser à votre oncle qui l'aurait repincé au tournant. Cela m'amuse aussi d'entendre le nom de Boissier, car c'était là que votre grand-oncle faisait faire toutes ses emplettes pour les dames au moment du jour de l'an. Je le sais, car je connais la personne qui était chargée de la commission. » Il faisait plus que la connaître, c'était son père. Certaines de ces allusions affectueuses de Morel à la mémoire de mon oncle touchaient à ce que nous ne comptions pas rester toujours dans l'Hôtel de Guermantes, où nous n'étions venus loger qu'à cause de ma grand'mère. On parlait quelquefois d'un déménagement possible. Or pour comprendre les conseils que

136

me donnait à cet égard Charles Morel, il faut savoir qu'autrefois mon grand-oncle demeurait 40 *bis* boulevard Malesherbes. Il en était résulté que dans la famille, comme nous allions beaucoup chez mon oncle Adolphe jusqu'au jour fatal où je brouillai mes parents avec lui en racontant l'histoire de la dame en rose, au lieu de dire « chez votre oncle », on disait « au 40 *bis* ». Des cousines de maman lui disaient le plus naturellement du monde : « Ah ! dimanche on ne peut pas vous avoir, vous dînez au 40 *bis*. » Si j'allais voir une parente, on me recommandait d'aller d'abord «au 40 *bis*», afin que mon oncle ne pût être froissé qu'on n'eut commencé par lui. Il était propriétaire de la maison et se montrait, à vrai dire, très difficile sur le choix des locataires qui étaient tous des amis, ou le devenaient. Le colonel baron de Vatry venait tous les jours fumer un cigare avec lui pour obtenir plus facilement des réparations. La porte cochère était toujours fermée. Si à une fenêtre, mon oncle apercevait un linge, un tapis, il entrait en fureur et les faisait retirer plus rapidement qu'aujourd'hui les agents de police. Mais enfin il n'en louait pas moins une partie de la maison, n'ayant pour lui que deux étages et les écuries. Malgré cela, sachant lui faire plaisir en vantant le bon entretien de la maison, on célébrait le confort du « petit hôtel » comme si mon oncle en avait été le seul occupant, et il laissait dire, sans opposer le démenti formel qu'il aurait dû. Le « petit hôtel » était assurément confortable (mon oncle y introduisant toutes les inventions de l'époque). Mais il n'avait rien d'extraordinaire. Seul, mon oncle, tout en disant avec une modestie fausse, mon petit taudis, était persuadé, ou en tous

137

cas avait inculqué à son valet de chambre, à la femme de celui-ci, au cocher, à la cuisinière, l'idée que rien n'existait à Paris qui pour le confort, le luxe et l'agrément fut comparable au petit hôtel. Charles Morel avait grandi dans cette foi. Il y était resté. Aussi, même les jours où il ne causait pas avec moi, si dans le train je parlais à quelqu'un de la possibilité d'un déménagement, aussitôt il me souriait et clignant de l'œil d'un air entendu, me disait : « Ah ! ce qu'il vous faudrait, c'est quelque chose dans le genre du 40 *bis* ! C'est là que vous seriez bien ! On peut dire que votre oncle s'y entendait. Je suis bien sûr que dans tout Paris il n'existe rien qui vaille le 40 *bis*. »

A l'air mélancolique qu'avait pris en parlant de la Princesse de Cadignan, M. de Charlus, j'avais bien senti que cette nouvelle ne le faisait pas penser qu'au petit jardin d'une cousine assez indifférente. Il tomba dans une songerie profonde et comme se parlant à soi-même : « Les secrets de la Princesse de Cadignan ! s'écria-t-il, quel chef-d'œuvre ! comme c'est profond, comme c'est douloureux cette mauvaise réputation de Diane qui craint tant que l'homme qu'elle aime ne l'apprenne. Quelle vérité éternelle, et plus générale que cela n'en a l'air, comme cela va loin ! » M. de Charlus prononça ces mots avec une tristesse qu'on sentait pourtant qu'il ne trouvait pas sans charme. Certes M. de Charlus, ne sachant pas au juste dans quelle mesure ses mœurs étaient ou non connues, tremblait depuis quelque temps qu'une fois qu'il serait revenu à Paris et qu'on le verrait avec Morel, la famille de celui-ci n'intervînt et qu'ainsi son bonheur fût compromis. Cette éventualité ne lui était probablement apparue jusqu'ici que comme quelque chose de profondément désagréable et pénible. Mais le Baron était fort artiste. Et maintenant que depuis un instant il confondait sa situation avec celle décrite par Balzac, il se réfugiait en quelque sorte dans la nouvelle, et à l'infortune qui le menaçait peut-être et ne laissait pas en tout cas de l'effrayer, il avait cette consolation de trouver, dans sa propre anxiété, ce que Swann et aussi Saint-Loup eussent appelé quelque chose de « très balzacien ». Cette identification à la Princesse de Cadignan avait été rendue facile pour M. de Charlus grâce à la transposition mentale qui lui devenait habituelle et dont il avait déjà donné divers exemples. Elle suffisait d'ailleurs pour que le seul remplacement de la femme, comme objet aimé, par un jeune homme, déclenchât aussitôt autour de celui-ci tout le processus de complications sociales qui se développent autour d'une liaison ordinaire. Quand, pour une raison quelconque, on introduit une fois pour toutes un changement dans le calendrier, ou dans les horaires, si on fait commencer l'année quelques semaines plus tard, ou si l'on fait sonner minuit un quart d'heure plus tôt, comme les journées auront tout de même vingt-quatre heures, et les mois trente jours, tout ce qui découle de la mesure du temps restera identique. Tout peut avoir été changé sans amener aucun trouble puisque les rapports entre les chiffres sont toujours pareils. Ainsi des vies qui adoptent « l'heure de l'Europe Centrale » ou les calendriers orientaux. Il semble même que l'amour-propre qu'on a à entretenir une actrice jouât un rôle dans cette liaison-ci. Quand dès le premier jour M. de Charlus s'était enquis de ce qu'était Morel, certes il avait appris qu'il était d'une humble extraction, mais une demi-mondaine que nous aimons ne perd pas pour nous de son prestige parce qu'elle est la fille de pauvres gens. En revanche les musiciens connus à qui il avait fait écrire, — même pas par intérêt, comme les amis qui en présentant Swann à Odette la lui avaient dépeinte comme plus difficile et plus recherchée qu'elle n'était — par simple banalité d'hommes en vue surfaisant un débutant, avaient répondu au Baron : « Ah ! grand talent, grosse situation, étant donné naturellement qu'il est un jeune, très apprécié des connaisseurs, fera son chemin. » Et par la manie des gens qui ignorent l'inversion à parler de la beauté masculine : « Et puis il est joli à voir jouer ; il fait mieux que personne dans un concert ; il a de jolis cheveux, des poses distinguées ; la tête est ravissante, et il a l'air d'un violoniste de portrait. » Aussi, M. de Charlus, surexcité d'ailleurs par Morel qui ne lui laissait pas ignorer de combien de propositions il était l'objet, était-il flatté de le ramener avec lui, de lui construire un pigeonnier où il revînt souvent. Car le reste du temps, il le voulait libre, ce qui était rendu nécessaire par sa carrière que M. de Charlus désirait, tant d'argent qu'il dût lui donner, que Morel continuât, soit à cause de cette idée très Guermantes qu'il faut qu'un homme fasse quelque chose, qu'on ne vaut que par son talent, et que la noblesse ou l'argent sont simplement le zéro qui multiplie une valeur, soit qu'il eût peur qu'oisif et toujours auprès de lui le violoniste s'ennuyât. Enfin il ne voulait pas se priver du plaisir qu'il avait lors de certains grands concerts, à se dire : « Celui qu'on acclame en ce moment sera chez moi cette nuit. » Les gens élégants, quand ils sont

amoureux et de quelque façon qu'ils le soient, mettent
leur vanité à ce qui peut détruire les avantages anté-
rieurs où leur vanité eût trouvé satisfaction.

Morel me sentant sans méchanceté pour lui, sincèrement attaché à M. de Charlus, et d'autre part
d'une indifférence physique absolue à l'égard de tous
les deux, finit par manifester à mon endroit les
mêmes sentiments de chaleureuse sympathie qu'une
cocotte qui sait qu'on ne la désire pas, et que son
amant a en vous un ami sincère qui ne cherchera
pas à le brouiller avec elle. Non seulement il me parlait exactement comme autrefois Rachel, la maîtresse
de Saint-Loup, mais encore, d'après ce que me répétait M. de Charlus, lui disait de moi en mon absence
les mêmes choses que Rachel disait de moi à Robert.
Enfin M. de Charlus me disait : « Il vous aime
beaucoup, » comme Robert : « Elle t'aime beaucoup. » Et comme le neveu de la part de sa maîtresse, c'est de la part de Morel que l'oncle me demandait souvent de venir dîner avec eux. Il n'y
avait d'ailleurs pas moins d'orages entre eux qu'entre
Robert et Rachel. Certes quand Charlie (Morel)
était parti, M. de Charlus ne tarissait pas d'éloges
sur lui, répétant, ce dont il était flatté, que le violoniste était si bon pour lui. Mais il était pourtant
visible que souvent Charlie, même devant tous les
fidèles, avait l'air irrité au lieu de paraître toujours
heureux et soumis comme eût souhaité le Baron. Cette
irritation alla même plus tard, par suite de la faiblesse qui poussait M. de Charlus à pardonner ses
inconvenances d'attitude à Morel, jusqu'au point que
le violoniste ne cherchait pas à la cacher, ou même
l'affectait. J'ai vu M. de Charlus entrant dans un
wagon où Charlie était avec des militaires de ses

amis, accueilli par des haussements d'épaules du
musicien, accompagnés d'un clignement d'yeux à
ses camarades. Ou bien il faisait semblant de dormir comme quelqu'un que cette arrivée excède
d'ennui. Ou il se mettait à tousser, les autres
riaient, affectaient pour se moquer le parler mièvre
des hommes pareils à M. de Charlus ; attiraient dans
un coin Charlie qui finissait par revenir, comme
forcé, auprès de M. de Charlus, dont le cœur était
percé par tous ces traits. Il est inconcevable qu'il les
ait supportés ; et ces formes chaque fois différentes
de souffrance posaient à nouveau pour M. de Charlus le problème du bonheur, le forçaient non seulement à demander davantage, mais à désirer autre
chose, la précédente combinaison se trouvant viciée
par un affreux souvenir. Et pourtant si pénibles que
furent ensuite ces scènes, il faut reconnaître que les
premiers temps le génie de l'homme du peuple de
France dessinait pour Morel, lui faisait revêtir des
formes charmantes de simplicité, de franchise apparente, même d'une indépendante fierté qui semblait inspirée par le désintéressement. Cela était
faux, mais l'avantage de l'attitude était d'autant
plus en faveur de Morel que, tandis que celui qui
aime est toujours forcé de revenir à la charge, d'en-
chérir, il est au contraire aisé pour celui qui n'aime
pas de suivre une ligne droite, inflexible et gracieuse.
Elle existait de par le privilège de la race dans le
visage si ouvert de ce Morel au cœur si fermé, ce
visage paré de la grâce néo-hellénique qui fleurit
aux basiliques champenoises. Malgré sa fierté factice, souvent apercevant M. de Charlus au moment
où il ne s'y attendait pas, il était gêné pour le petit
clan, rougissait, baissait les yeux, au ravissement du

SODOME ET GOMORRHE

Baron, qui voyait là tout un roman. C'était simplement un signe d'irritation et de honte. La première
s'exprimait parfois ; car si calme et énergiquement
décente que fut habituellement l'attitude de Morel,
elle n'allait pas sans se démentir souvent. Parfois
même à quelque mot que lui disait le Baron, éclatait
de la part de Morel, sur un ton dur, une réplique
insolente, dont tout le monde était choqué. M. de
Charlus baissait la tête d'un air triste, ne répondait
rien, et avec la faculté de croire que rien n'a été
remarqué de la froideur, de la dureté de leurs enfants qu'ont les pères idolâtres, n'en continuait pas
moins à chanter les louanges du violoniste. M. de
Charlus n'était d'ailleurs pas toujours aussi soumis,
mais ses rébellions n'atteignaient généralement pas
leur but, surtout parce qu'ayant vécu avec des gens
du monde, dans le calcul des réactions qu'il pouvait
éveiller, il tenait compte de la bassesse, sinon ori-
ginelle, du moins acquise par l'éducation. Or, à la
place, il rencontrait chez Morel quelque velléité
plébéienne d'indifférence momentanée. Malheureusement pour M. de Charlus, il ne comprenait pas
que pour Morel tout cédait devant les questions où
le Conservatoire (et la bonne réputation au Conservatoire, mais ceci qui devait être plus grave, ne se
posait pas pour le moment) entraient en jeu. Ainsi
par exemple les bourgeois changent aisément de
nom par vanité, les grands seigneurs par avantage.
Pour le jeune violoniste, au contraire, le nom de
Morel était indissolublement lié à son 1er prix de
violon, donc impossible à modifier. M. de Charlus
aurait voulu que Morel tînt tout de lui, même son
nom. S'étant avisé que le prénom de Morel était
Charles, qui ressemblait à Charlus et que la pro-

143

priété où ils se voyaient s'appelait les Charmes, il
voulut persuader à Morel qu'un joli nom agréable à
dire étant la moitié d'une réputation artistique, le virtuose devait sans hésiter prendre le nom de Charmel,
allusion discrète au lieu de leurs rendez-vous. Morel
haussa les épaules. En dernier argument M. de
Charlus eut la malheureuse idée d'ajouter qu'il
avait un valet de chambre qui s'appelait ainsi.
Il ne fit qu'exciter la furieuse indignation du jeune
homme. « Il y eut un temps où mes ancêtres étaient
fiers du titre de valet de chambre, de maîtres d'hôtel
du roi. — Il y en eut un autre, répondit fièrement
Morel, où mes ancêtres firent couper le cou aux
vôtres. » M. de Charlus eût été bien étonné s'il eût
pu supposer que, à défaut de « Charmel », résigné à
adopter Morel et à lui donner un des titres de la
famille de Guermantes desquels il disposait, mais
que les circonstances, comme on le verra, ne lui
permirent pas d'offrir au violoniste, celui-ci eût
refusé en pensant à la réputation artistique atta-
chée à son nom de Morel, et aux commentaires
qu'on eût faits à « la classe ». Tant au-dessus du
faubourg St-Germain, il plaçait la rue Bergère.
Force fut à M. de Charlus de se contenter pour l'instant de faire faire à Morel des bagues symboliques
avec des inscriptions portant l'antique inscription :
Plvs vltra carol's. Certes devant un adversaire
d'une sorte qu'il ne connaissait pas, M. de Charlus
aurait dû changer de tactique. Mais qui en est
capable ? Du reste si M. de Charlus avait des
maladresses, il n'en manquait pas non plus à
Morel. Bien plus que la circonstance même qui
amena la rupture, ce qui devait au moins provisoi-
rement (mais ce provisoire se trouva être défini-

tif), le perdre auprès de M. de Charlus, c'est qu'il
n'y avait pas en lui que la bassesse qui le faisait
être plat devant la dureté et répondre par l'insolence à la douceur. Parallèlement à cette bassesse de
nature, il y avait une neurasthénie compliquée de
mauvaise éducation, qui s'éveillant dans toute circonstance où il était en faute ou devenait à charge,
faisait qu'au moment même où il aurait eu besoin
de toute sa gentillesse, de toute sa douceur, de toute
sa gaieté pour désarmer le baron, il devenait sombre,
hargneux, cherchait à entamer des discussions où il
savait qu'on n'était pas d'accord avec lui, soutenait
son point de vue hostile avec une faiblesse de raisons
et une violence tranchante qui augmentait cette
faiblesse même. Car bien vite à court d'arguments, il
en inventait quand même, dans lesquels se dé-
ployait toute l'étendue de son ignorance et de sa
bêtise. Elles perçaient à peine quand il était aimable
et ne cherchait qu'à plaire. Au contraire on ne voyait
plus qu'elles dans ses accès d'humeur sombre où,
d'inoffensives, elles devenaient haïssables. Alors M. de
Charlus se sentait excédé, ne mettait son espoir que
dans un lendemain meilleur, tandis que Morel
oubliant que le Baron le faisait vivre fastueusement,
avait un sourire ironique, de pitié supérieure, et
disait : « Je n'ai jamais rien accepté de personne.
Comme cela je n'ai personne à qui je doive un
seul merci. »

En attendant et comme s'il eût eu affaire à un
homme du monde, M. de Charlus continuait à exercer
ses colères, vraies ou feintes, mais devenues inutiles.
Elles ne l'étaient pas toujours cependant. Ainsi un
jour (qui se place d'ailleurs après cette première
période) où le Baron revenait avec Charlie et

moi d'un déjeuner chez les Verdurin, croyant passer la fin de l'après-midi et la soirée avec le violoniste à Doncières, l'adieu de celui-ci, dès au sortir du train, qui répondit : « Non, j'ai à faire », causa à M. de Charlus une déception si forte, que bien qu'il eût essayé de faire contre mauvaise fortune bon cœur, je vis des larmes faire fondre le fard de ses cils, tandis qu'il restait hébété devant le train. Cette douleur fut telle que, comme nous comptions elle et moi, finir la journée à Doncières, je dis à Albertine, à l'oreille, que je voudrais bien que nous ne laissions pas seul M. de Charlus qui me semblait, je ne savais pourquoi chagriné. La chère petite accepta de grand cœur. Je demandai alors à M. de Charlus s'il ne voulait pas que je l'accompagnasse un peu. Lui aussi accepta, mais refusa de déranger pour cela ma cousine. Je trouvai une certaine douceur (et sans doute pour une dernière fois, puisque j'étais résolu de rompre avec elle), à lui ordonner doucement, comme si elle avait été ma femme : « Rentre de ton côté, je te retrouverai ce soir, » et à l'entendre comme une épouse aurait fait, me donner la permission de faire comme je voudrais, et m'approuver, si M. de Charlus qu'elle aimait bien avait besoin de moi, de me mettre à sa disposition. Nous allâmes, le Baron et moi, lui, dandinant son gros corps, ses yeux de jésuite baissés, moi le suivant, jusqu'à un café où on nous apporta de la bière. Je sentis les yeux de M. de Charlus attachés par l'inquiétude à quelque projet. Tout à coup il demanda du papier et de l'encre et se mit à écrire avec une vitesse singulière. Pendant qu'il couvrait feuille après feuille, ses yeux étincelaient d'une rêverie rageuse. Quand il eut écrit huit pages : « Puis-je vous

demander un grand service ? me dit-il. Excusez-moi
de fermer ce mot. Mais il le faut. Vous allez prendre
une voiture, une auto si vous pouvez, pour aller plus
vite. Vous trouverez certainement encore Morel dans
sa chambre où il est allé se changer. Pauvre garçon,
il a voulu faire le fendant au moment de nous
quitter, mais soyez sûr qu'il a le cœur plus gros que
moi. Vous allez lui donner ce mot et, s'il vous
demande où vous m'avez vu, vous lui direz que vous
vous étiez arrêté à Doncières (ce qui est du reste la
vérité) pour voir Robert, ce qui ne l'est peut-être
pas, mais que vous m'avez rencontré avec quelqu'un
que vous ne connaissez pas, que j'avais l'air très en
colère, que vous avez cru surprendre les mots d'envoi
de témoins (je me bats demain en effet). Surtout ne
lui dites pas que je le demande, ne cherchez pas à
le ramener, mais s'il veut venir avec vous, ne l'em-
pêchez pas de le faire. Allez, mon enfant, c'est pour
son bien, vous pouvez éviter un gros drame. Pendant
que vous serez parti, je vais écrire à mes témoins.
Je vous ai empêché de vous promener avec votre
cousine. J'espère qu'elle ne m'en aura pas voulu et
même je le crois. Car c'est une âme noble et je sais
qu'elle est de celles qui savent ne pas refuser la
grandeur des circonstances. Il faudra que vous la
remerciiez pour moi. Je lui suis personnellement rede-
vable et il me plaît que ce soit ainsi. » J'avais grand'
pitié de M. de Charlus ; il me semblait que Charlie
aurait pu empêcher ce duel dont il était peut-être
la cause, et j'étais révolté si cela était ainsi, qu'il
fût parti avec cette indifférence au lieu d'assister
son protecteur. Mon indignation fut plus grande
quand, en arrivant à la maison où logeait Morel, je
reconnus la voix du violoniste, lequel, par le besoin

147

qu'il avait d'épandre de la gaîté, chantait de tout
cœur : « Le samedi soir, après le turrbin ! » Si le pauvre M. de Charlus l'avait entendu, lui qui voulait
qu'on crût et croyait sans doute que Morel avait
en ce moment le cœur gros ! Charlie se mit à danser
de plaisir en m'apercevant. « Oh ! mon vieux (par-
donnez-moi de vous appeler ainsi, avec cette sacrée
vie militaire, on prend de sales habitudes) quelle
veine de vous voir ! Je n'ai rien à faire de ma soirée.
Je vous en prie, passons-la ensemble. On restera
ici si ça vous plaît, on ira en canot si vous aimez
mieux, on fera de la musique, je n'ai aucune préférence. « Je lui dis que j'étais obligé de dîner à Balbec,
il avait bonne envie que je l'y invitasse, mais je ne
le voulais pas. « Mais si vous êtes si pressé, pourquoi
êtes-vous venu ? — Je vous apporte un mot de
M. de Charlus. » A ce moment toute sa gaîté disparut ; sa figure se contracta. « Comment ! il faut
qu'il vienne me relancer jusqu'ici. Alors je suis un
esclave. Mon vieux, soyez gentil. Je n'ouvre pas la
lettre. Vous lui direz que vous ne m'avez pas trouvé.
— Ne feriez-vous pas mieux d'ouvrir, je me figure
qu'il y a quelque chose de grave. — Cent fois non,
vous ne connaissez pas les mensonges, les ruses infer-
nales de ce vieux forban. C'est un truc pour que
j'aille le voir. Hé bien ! je n'irai pas, je veux la paix
ce soir. — Mais est-ce qu'il n'y a pas un duel demain ?
demandai-je à Morel, que je supposais aussi au
courant. — Un duel ? me dit-il d'un air stupéfait.
Je ne sais pas un mot de ça. Après tout, je m'en fous,
ce vieux dégoûtant peut bien se faire zigouiller si ça
lui plaît. Mais tenez, vous m'intriguez, je vais tout
de même voir sa lettre. Vous lui direz que vous
l'avez laissée à tout hasard pour le cas où je rentre-

rais. » Tandis que Morel me parlait, je regardais avec stupéfaction les admirables livres que lui avait donnés M. de Charlus et qui encombraient la chambre. Le violoniste ayant refusé ceux qui portaient : « Je suis au baron, etc... » devise qui lui semblait insultante pour lui-même, comme un signe d'appartenance, le Baron, avec l'ingéniosité sentimentale où se comblait l'amour malheureux, en avait varié d'autres, provenant d'ancêtres, mais commandées au relieur selon les circonstances d'une mélancolique amitié. Quelquefois elles étaient brèves et confiantes, comme « *Spes mea* », ou comme « *Expectata non eludet* ». Quelquefois seulement résignées comme « J'attendrai ». Certaines galantes : « Mesmes plaisir du mestre », ou conseillant la chasteté comme celle empruntée aux Simiane, semée de tours d'azur et de fleurs de lis et détournée de son sens : « *Sustendant lilia turres* ». D'autres enfin désespérée et donnant rendez-vous au ciel à celui qui n'avait pas voulu de lui sur la terre : « *Manet ultima cœlo* » et (trouvant trop verte la grappe qu'il ne pouvait atteindre, feignant de n'avoir pas recherché ce qu'il n'avait pas obtenu, M. de Charlus disait dans l'une : « *Non mortale quod opto.* » Mais je n'eus pas le temps de les voir toutes.

Si M. de Charlus en jetant sur le papier cette lettre avait paru en proie au démon de l'inspiration qui faisait courir sa plume, dès que Morel eût ouvert le cachet : *Atavis et armis*, chargé d'un léopard accompagné de deux roses de gueules, il se mit à lire avec une fièvre aussi grande qu'avait eue M. de Charlus en écrivant, et sur ces pages noircies à la diable, ses regards ne couraient pas moins vite que la

plume du Baron. « Ah ! mon Dieu ! s'écria-t-il, il
ne manquait plus que cela ! mais où le trouver ?
Dieu sait où il est maintenant. » J'insinuai qu'en se
pressant on le trouverait peut-être encore à une
brasserie où il avait demandé de la bière pour se
remettre. « Je ne sais pas si je reviendrai, dit-il à
sa femme de ménage, et il ajouta *in-petto*, cela
dépendra de la tournure que prendront les choses. »
Quelques minutes après nous arrivions au café.
Je remarquai l'air de M. de Charlus au moment où
il m'aperçut. En voyant que je ne revenais pas seul,
je sentis que la respiration, que la vie lui étaient
rendues. Étant d'humeur ce soir-là à ne pouvoir se
passer de Morel, il avait inventé qu'on lui avait
rapporté que deux officiers du régiment avaient mal
parlé de lui à propos du violoniste et qu'il allait leur
envoyer des témoins. Morel avait vu le scandale, sa
vie au régiment impossible, il était accouru. En quoi
il n'avait pas absolument eu tort. Car pour rendre
son mensonge plus vraisemblable, M. de Charlus
avait déjà écrit à deux amis (l'un était Cottard)
pour leur demander d'être ses témoins. Et si le
violoniste n'était pas venu, il est certain que fou
comme était M. de Charlus (et pour changer sa
tristesse en fureur), il les eût envoyés au hasard à un
officier quelconque avec lequel ce lui eût été un
soulagement de se battre. Pendant ce temps, M. de
Charlus se rappelant qu'il était de race plus pure que
la maison de France, se disait qu'il était bien bon
de se faire tant de mauvais sang pour le fils d'un
maître d'hôtel, dont il n'eût pas daigné fréquenter
le maître. D'autre part, s'il ne se plaisait plus guère
que dans la fréquentation de la crapule, la profonde
habitude qu'a celle-ci de ne pas répondre à une

SODOME ET GOMORRHE

lettre, de manquer à un rendez-vous sans prévenir,
sans s'excuser après, lui donnait, comme il s'agissait
souvent d'amours, tant d'émotions, et le reste du
temps lui causait tant d'agacement, de gêne et de
rage, qu'il en arrivait parfois à regretter la multi-
plicité de lettres pour un rien, l'exactitude scrupuleuse
des ambassadeurs et des princes, lesquels s'ils lui
étaient malheureusement indifférents, lui donnaient
malgré tout une espèce de repos. Habitué aux
façons de Morel et sachant combien il avait peu
de prise sur lui et était incapable de s'insinuer
dans une vie où des camaraderies vulgaires mais
consacrées par l'habitude prenaient trop de place et
de temps pour qu'on gardât une heure au grand
seigneur évincé, orgueilleux et vainement implorant,
M. de Charlus était tellement persuadé que le musicien ne viendrait pas, il avait tellement peur de
s'être à jamais brouillé avec lui en allant trop loin,
qu'il eût peine à retenir un cri en le voyant. Mais se
sentant vainqueur, il tint à dicter les conditions de
la paix et à en tirer lui-même les avantages qu'il
pouvait. « Que venez-vous faire ici, lui dit-il. Et
vous ? ajouta-t-il en me regardant, je vous avais
recommandé surtout de ne pas le ramener. — Il ne
voulait pas me ramener, dit Morel en roulant vers
M. de Charlus, dans la naïveté de sa coquetterie,
des regards conventionnellement tristes et langou-
reusement démodés, avec un air, jugé sans doute
irrésistible, de vouloir embrasser le Baron et d'avoir
envie de pleurer. C'est moi qui suis venu malgré lui.
Je viens au nom de notre amitié, pour vous supplier
à deux genoux de ne pas faire cette folie. » M. de
Charlus délirait de joie. La réaction était bien forte
pour ses nerfs ; malgré cela il en resta le maître.

« L'amitié que vous invoquez assez inopportuné-
ment, répondit-il d'un ton sec, devrait au contraire
me faire approuver de vous quand je ne crois pas
devoir laisser passer les impertinences d'un sot.
D'ailleurs si je voulais obéir aux prières d'une
affection que j'ai connue mieux inspirée, je n'en
aurais plus le pouvoir, mes lettres pour mes témoins
sont parties et je ne doute pas de leur acceptation.
Vous avez toujours agi avec moi comme un petit
imbécile et, au lieu de vous enorgueillir comme vous
en aviez le droit de la prédilection que je vous avais
marquée, au lieu de faire comprendre à la tourbe
d'adjudants ou de domestiques au milieu desquels
la loi militaire vous force de vivre, quel motif d'in-
comparable fierté était pour vous une amitié comme
la mienne, vous avez cherché à vous excuser, presque
à vous faire un mérite stupide de ne pas être assez
reconnaissant. Je sais qu'en cela, ajouta-t-il, pour
ne pas laisser voir combien certaines scènes l'avaient
humilié, vous n'êtes coupable que de vous être laissé
mener par la jalousie des autres. Mais comment à
votre âge êtes-vous assez enfant (et enfant assez
mal élevé) pour n'avoir pas deviné tout de suite
que votre élection par moi et tous les avantages qui
devaient en résulter pour vous allaient exciter des
jalousies, que tous vos camarades pendant qu'ils
vous excitaient à vous brouiller avec moi, allaient
travailler à prendre votre place. Je n'ai pas cru devoir
vous avertir des lettres que j'ai reçues à cet égard de
tous ceux à qui vous vous fiez le plus. Je dédaigne
autant les avances de ces larbins que leurs inopé-
rantes moqueries. La seule personne dont je me
soucie, c'est vous parce que je vous aime bien, mais
l'affection a des bornes et vous auriez dû vous en dou-

ter. » Si dur que le mot de larbin pût être aux oreilles
de Morel dont le père l'avait été, mais justement
parce que son père l'avait été, l'explication de toutes
les mésaventures sociales par la « jalousie », explication simpliste et absurde, mais inusable et qui dans
une certaine classe « prend » toujours d'une façon
aussi infaillible que les vieux trucs auprès du public
des théâtres, ou la menace du péril clérical dans
les assemblées, trouvait chez lui une créance presque
aussi forte que chez Françoise ou les domestiques de
Mme de Guermantes, pour qui c'était la seule cause
des malheurs de l'humanité. Il ne douta pas que ses
camarades n'eussent essayé de lui chiper sa place
et ne fut que plus malheureux de ce duel calamiteux
et d'ailleurs imaginaire. « Oh ! quel désespoir, s'écria
Charlie. Je n'y survivrai pas. Mais ils ne doivent pas
vous voir avant d'aller trouver cet officier ? — Je ne
sais pas, je pense que si. J'ai fait dire à l'un d'eux que
je resterais ici ce soir et je lui donnerai mes instruc-
tions. — J'espère d'ici sa venue vous faire entendre
raison ; permettez-moi seulement de rester auprès
de vous, lui demanda tendrement Morel. » C'était
tout ce que voulait M. de Charlus. Il ne céda pas du
premier coup. « Vous auriez tort d'appliquer ici le
qui aime bien châtie bien du proverbe, car c'est
vous que j'aimais bien et j'entends châtier même
après notre brouille ceux qui ont lâchement essayé
de vous faire du tort. Jusqu'ici à leurs insinuations
questionneuses, osant me demander comment un
homme comme moi pouvait frayer avec un gigolo
de votre espèce et sorti de rien, je n'ai répondu que
par la devise de mes cousins La Rochefoucauld :
« C'est mon plaisir ». Je vous ai même marqué plusieurs fois que ce plaisir était susceptible de devenir

mon plus grand plaisir, sans qu'il résultât de votre
arbitraire élévation un abaissement pour moi. Et
dans un mouvement d'orgueil presque fou, il s'écria
en levant les bras : *Tantus ab uno splendor !* Con-
descendre n'est pas descendre, ajouta-t-il avec plus
de calme, après ce délire de fierté et de joie. J'espère
au moins que mes deux adversaires, malgré leur
rang inégal, sont d'un sang que je peux faire couler
sans honte. J'ai pris à cet égard quelques renseignements discrets qui m'ont rassuré. Si vous gardiez
pour moi quelque gratitude, vous devriez être fier
au contraire de voir qu'à cause de vous je reprends
l'humeur belliqueuse de mes ancêtres, disant comme
eux, au cas d'une issue fatale, maintenant que j'ai
compris le petit drôle que vous êtes, « Mort m'est
vie. » Et M. de Charlus le disait sincèrement, non
seulement par amour pour Morel, mais parce qu'un
goût batailleur qu'il croyait naïvement tenir de ses
aïeux, lui donnait tant d'allégresse à la pensée de se
battre, que ce duel machiné d'abord seulement pour
faire venir Morel, il eut éprouvé maintenant du
regret à y renoncer. Il n'avait jamais eu d'affaire
sans se croire aussitôt valeureux, et identifié à l'illustre connétable de Guermantes, alors que pour
tout autre ce même acte d'aller sur le terrain lui
paraissait de la dernière insignifiance. « Je crois que
ce sera bien beau, nous dit-il sincèrement, en psal-
modiant chaque terme. Voir Sarah Bernhardt dans
l'*Aiglon*, qu'est-ce que c'est, du caca. Mounet-Sully
dans *Œdipe*, caca. Tout au plus prend-il une certaine
pâleur de transfiguration quand cela se passe dans
les Arènes de Nîmes. Mais qu'est-ce que c'est à côté
de cette chose inouïe, voir batailler le propre descendant du Connétable. » Et à cette seule pensée,

SODOME ET GOMORRHE

M. de Charlus ne se tenant pas de joie, se mit à faire
des contre-de-quarte qui rappelaient Molière, nous
firent rapprocher prudemment de nous nos bocks,
et craindre que les premiers croisements de fer bles-
sassent les adversaires, le médecin et les témoins.
« Quel spectacle tentant ce serait pour un peintre.
Vous qui connaissez Monsieur Elstir, me dit-il, vous
devriez l'amener. » Je répondis qu'il n'était pas
sur la côte. M. de Charlus m'insinua qu'on pourrait lui télégraphier. « Oh ! je dis cela pour lui,
ajouta-t-il devant mon silence. C'est toujours intéressant pour un maître — à mon avis il en est un
— de fixer un exemple de pareille reviviscence
ethnique. Et il n'y en a peut-être pas un par siècle. »
Mais si M. de Charlus s'enchantait à la pensée d'un
combat qu'il avait cru d'abord tout fictif, Morel
pensait avec terreur aux potins qui de la « musique »
du régiment pouvaient être colportés, grâce au bruit
que ferait ce duel jusqu'au temple de la rue Bergère.
Voyant déjà la « classe » informée de tout, il devenait
de plus en plus pressant auprès de M. de Charlus,
lequel continuait à gesticuler devant l'enivrante
idée de se battre. Il supplia le baron de lui permettre de ne pas le quitter jusqu'au surlendemain,
jour supposé du duel, pour le garder à vue et tâcher de lui faire entendre la voix de la raison.
Une si tendre proposition triompha des dernières
hésitations de M. de Charlus. Il dit qu'il allait
essayer de trouver un échappatoire, qu'il ferait
remettre au surlendemain une résolution définitive. De cette façon, en n'arrangeant pas l'affaire
tout d'un coup, M. de Charlus savait garder Charlie
au moins deux jours et en profiter pour obtenir de
lui des engagements pour l'avenir en échange de sa

155

renonciation au duel, exercice, disait-il, qui par
soi-même l'enchantait, et dont il ne se priverait pas
sans regret. Et en cela d'ailleurs il était sincère,
car il avait toujours pris plaisir à aller sur le terrain
quand il s'agissait de croiser le fer ou d'échanger
des balles avec un adversaire. Cottard arriva enfin
quoique mis très en retard, car ravi de servir de
témoin, mais plus ému encore, il avait été obligé
de s'arrêter à tous les cafés ou fermes de la route,
en demandant qu'on voulut bien lui indiquer « le
n° 100 » ou le « petit endroit ». Aussitôt qu'il fût là,
le Baron l'emmena dans une pièce isolée, car il trouvait plus réglementaire que Charlie et moi n'assis-
tions pas à l'entrevue et il excellait à donner à une
chambre quelconque l'affectation provisoire de salle
du trône ou des délibérations. Une fois seul avec
Cottard, il le remercia chaleureusement, mais lui
déclara qu'il semblait probable que le propos répété
n'avait en réalité pas été tenu, et que dans ces conditions le Docteur voulût bien avertir le second témoin
que, sauf complications possibles, l'incident était
considéré comme clos. Le danger s'éloignant, Cottard
fut désappointé. Il voulut même un instant manifester de la colère, mais il se rappela qu'un de ses maîtres, qui avait fait la plus belle carrière médicale de
son temps, ayant échoué la première fois à l'Académie pour deux voix seulement, avait fait contre mauvaise fortune bon cœur et était allé serrer la main du
concurrent élu. Aussi le docteur se dispensa-t-il
d'une expression de dépit qui n'eût plus rien changé
et après avoir murmuré, lui, le plus peureux des
hommes, qu'il y a certaines choses qu'on ne peut
laisser passer, il ajouta que c'était mieux ainsi, que
cette solution le réjouissait. M. de Charlus désireux de

témoigner sa reconnaissance au docteur de la même façon que M. le Duc son frère eût arrangé le col du paletot de mon père, comme une Duchesse surtout eût tenu la taille à une plébéienne, approcha sa chaise tout près de celle du docteur, malgré le dégoût que celui-ci lui inspirait. Et non seulement sans plaisir physique, mais surmontant une répulsion physique, en Guermantes, non en inverti, pour dire adieu au docteur, il lui prit la main et la lui caressa un moment avec une bonté de maître flattant le museau de son cheval et lui donnant du sucre. Mais Cottard qui n'avait jamais laissé voir au Baron qu'il eût même entendu courir de vagues mauvais bruits sur ses mœurs, et ne l'en considérait pas moins, dans son for intérieur, comme faisant partie de la classe des « anormaux » (même avec son habituelle impropriété de termes et sur le ton le plus sérieux, il disait d'un valet de chambre de M. Verdurin : « Est-ce que ce n'est pas la maîtresse du Baron ? ») personnages dont il avait peu l'expérience, il se figura que cette caresse de la main était le prélude immédiat d'un viol pour l'accomplissement duquel il avait été, le duel n'ayant servi que de prétexte, attiré dans un guet-apens et conduit par le Baron dans ce salon solitaire où il allait être pris de force. N'osant quitter sa chaise où la peur le tenait cloué, il roulait des yeux d'épouvante, comme tombé aux mains d'un sauvage dont il n'était pas bien assuré qu'il ne se nourrît pas de chair humaine. Enfin M. de Charlus lui lâchant la main et voulant être aimable jusqu'au bout : Vous allez prendre quelque chose avec nous, comme on dit, ce qu'on appelait autrefois un mazagran ou un gloria, boissons qu'on ne trouve plus comme curiosités archéologiques, que dans les pièces de

Labiche et les cafés de Doncières. Un « gloria » serait
assez convenable au lieu, n'est-ce pas, et aux circonstances, qu'en dites-vous ? — Je suis président
de la ligue anti-alcoolique, répondit Cottard. Il
suffirait que quelque médicastre de province passât,
pour qu'on dise que je prêche pas d'exemple. *Os
homini sublime dedit cœlumque tueri* », ajouta-t-il,
bien que cela n'eut aucun rapport, mais parce que
son stock de citations latines était assez pauvre,
suffisant, d'ailleurs pour émerveiller ses élèves.
M. de Charlus haussa les épaules et ramena Cottard
auprès de nous, après lui avoir demandé un secret
qui lui importait d'autant plus que le motif du duel
avorté était purement imaginaire. Il fallait empêcher qu'il parvînt aux oreilles de l'officier arbitraire-
ment mis en cause. Tandis que nous buvions tous
quatre, Mme Cottard, qui attendait son mari dehors
devant la porte et que M. de Charlus avait très bien
vue, mais qu'il ne se souciait pas d'attirer, entra et
dit bonjour au Baron, qui lui tendit la main comme à
une chambrière, sans bouger de sa chaise, partie
en roi qui reçoit des hommages, partie en snob qui
ne veut pas qu'une femme peu élégante s'asseye à
sa table, partie en égoïste qui a du plaisir à être
seul avec ses amis et ne veut pas être embêté.
Mme Cottard resta donc debout à parler à M. de Charlus et à son mari. Mais peut-être parce que la politesse, ce qu'on a « à faire », n'est pas le privilège
exclusif des Guermantes, et peut tout d'un coup
illuminer et guider les cerveaux les plus incertains,
ou parce que, trompant beaucoup sa femme, Cottard
avait par moments, par une espèce de revanche, le
besoin de la protéger contre qui lui manquait, brusquement le docteur fronça le sourcil, ce que je ne

lui avais jamais vu faire, et sans consulter M. de
Charlus, en maître : « Voyons, Léontine, ne reste
donc pas debout, assieds-toi. — Mais est-ce que je ne
vous dérange pas ? » demanda timidement Mme Cottard à M. de Charlus, lequel surpris du ton du docteur
n'avait rien répondu. Et sans lui en donner cette
seconde fois le temps, Cottard reprit avec autorité :
« Je t'ai dit de t'asseoir. »

Au bout d'un instant on se dispersa et alors M. de
Charlus dit à Morel : « Je conclus de toute cette histoire, mieux terminée que vous ne méritiez, que vous
ne savez pas vous conduire et qu'à la fin de votre
service militaire je vous ramène moi-même à votre
père, comme fit l'archange Raphaël envoyé par
Dieu au jeune Tobie. » Et le Baron se mit à sourire
avec un air de grandeur et une joie que Morel,
à qui la perspective d'être ainsi ramené ne plaisait
guère, ne semblait pas partager. Dans l'ivresse de se
comparer à l'archange, et Morel au fils de Tobie,
M. de Charlus ne pensait plus au but de sa phrase
qui était de tâter le terrain pour savoir si, comme il
le désirait, Morel consentirait à venir avec lui à
Paris. Grisé par son amour ou par son amour-
propre le baron ne vit pas ou feignit de ne pas voir
la moue que fit le violoniste car ayant laissé celui-ci
seul dans le café, il me dit avec un orgueilleux
sourire : « Avez-vous remarqué quand je l'ai com-
paré au fils de Tobie comme il délirait de joie !
C'est parce que, comme il est très intelligent, il a
tout de suite compris que le Père auprès duquel
il allait désormais vivre, n'était pas son père selon
la chair qui doit être un affreux valet de chambre
à moustaches, mais son père spirituel, c'est-à-dire
Moi. Quel orgueil pour lui ! Comme il redressait

fièrement la tête ! Quelle joie il ressentait d'avoir
compris. Je suis sûr qu'il va redire tous les jours :
« O Dieu qui avez donné le bienheureux Archange
Raphaël pour *guide* à votre serviteur Tobie, dans
un long voyage, accordez-nous à nous, vos servi-
teurs, d'être toujours protégés par lui et munis de
son secours. » « Je n'ai même pas eu besoin », ajouta
le Baron, fort persuadé qu'il siégerait un jour
devant le trône de Dieu, « de lui dire que j'étais
l'envoyé céleste, il l'a compris de lui-même et en
était muet de bonheur ! » Et M. de Charlus (à qui
au contraire le bonheur n'enlevait pas la parole),
peu soucieux des quelques passants qui se retour-
nèrent, croyant avoir à faire à un fou, s'écria tout
seul et de toute sa force, en levant les mains : « Alle-
luia ! »

Cette réconciliation ne mit fin que pour un temps
aux tourments de M. de Charlus ; souvent Morel
parti en manœuvres trop loin pour que M. de
Charlus pût aller le voir ou m'envoyer lui parler,
écrivait au Baron des lettres désespérées et tendres,
où il lui assurait qu'il lui en fallait finir avec la vie
parce qu'il avait, pour une chose affreuse, besoin de
vingt-cinq mille francs. Il ne disait pas quelle était
la chose affreuse, l'eût-il dit qu'elle eût sans doute été
inventée. Pour l'argent même, M. de Charlus l'eût
envoyé volontiers s'il n'eût senti que cela donnait à
Charlie les moyens de se passer de lui et aussi d'avoir
les faveurs de quelque autre. Aussi refusait-il, et
ses télégrammes avaient le ton sec et tranchant de
sa voix. Quand il était certain de leur effet, il souhaitait que Morel fut à jamais brouillé avec lui, car
persuadé que ce serait le contraire qui se réaliserait,
il se rendait compte de tous les inconvénients qui

allaient renaître de cette liaison inévitable. Mais si aucune réponse de Morel ne venait, il ne dormait plus, il n'avait plus un moment de calme, tant le nombre est grand en effet des choses que nous vivons sans les connaître, et des réalités intérieures et profondes qui nous restent cachées. Il formait alors toutes les suppositions sur cette énormité qui faisait que Morel avait besoin de vingt-cinq mille francs, il lui donnait toutes les formes, y attachait tour à tour bien des noms propres. Je crois que dans ces moments-là, M. de Charlus (et bien qu'à cette époque son snobisme diminuant, eût été déjà au moins rejoint sinon dépassé, par la curiosité grandissante que le baron avait du peuple) devait se rappeler avec quelque nostalgie les gracieux tourbillons multicolores des réunions mondaines où les femmes et les hommes les plus charmants ne le recherchaient que pour le plaisir désintéressé qu'il leur donnait, où personne n'eût songé à « lui monter le coup »; à inventer une « chose affreuse », pour laquelle on est prêt à se donner la mort si on ne reçoit pas tout de suite vingt-cinq mille francs. Je crois qu'alors, et peut-être parce qu'il était resté tout de même plus de Combray que moi, et avait enté la fierté féodale sur l'orgueil allemand, il devait trouver qu'on n'est pas impunément l'amant de cœur d'un domestique, que le peuple n'est pas tout à fait le monde, qu'en somme il « ne faisait pas confiance » au peuple comme je lui ai toujours faite.

La station suivante du petit train, Maineville me rappelle justement un incident relatif à Morel et à M. de Charlus. Avant d'en parler, je dois dire que l'arrêt à Maineville (quand on condui-

sait à Balbec un arrivant élégant qui, pour ne pas
gêner, préférait ne pas habiter la Raspelière) était
l'occasion de scènes moins pénibles que celle que
je vais raconter dans un instant. L'arrivant, ayant
ses menus bagages dans le train, trouvait généralement le Grand Hôtel un peu éloigné, mais comme il n'y avait avant Balbec que de petites plages
aux villas inconfortables, était par goût de luxe et
de bien être, résigné au long trajet, quand, au moment où le train stationnait à Maineville, il voyait
brusquement se dresser le Palace dont il ne pouvait
pas se douter que c'était une maison de prostitution.
« Mais, n'allons pas plus loin, disait-il infailliblement
à Mme Cottard, femme connue comme étant d'esprit
pratique, et de bon conseil. Voilà tout à fait ce qu'il
me faut. A quoi bon continuer jusqu'à Balbec où ce
ne sera certainement pas mieux. Rien qu'à l'aspect,
je juge qu'il y a tout le confort ; je pourrai parfaitement faire venir là Mme Verdurin, car je compte, en
échange de ses politesses, donner quelques petites
réunions en son honneur. Elle n'aura pas tant de
chemin à faire que si j'habite Balbec. Cela me semble
tout à fait bien pour elle, et pour votre femme, mon
cher professeur. Il doit y avoir des salons, nous y
ferons venir ces dames. Entre nous je ne comprends
pas pourquoi au lieu de louer la Raspelière, Mme Verdurin n'est pas venue habiter ici. C'est beaucoup plus
sain que de vieilles maisons comme la Raspelière,
qui est forcément humide, sans être propre d'ailleurs, ils n'ont pas l'eau chaude, on ne peut pas se
laver comme on veut. Mainville me paraît bien plus
agréable. Mme Verdurin y eut joué parfaitement son
rôle de patronne. En tous cas chacun ses goûts, moi
je vais me fixer ici, Madame Cottard, ne voulez-vous

pas descendre avec moi en nous dépêchant, car le train ne vas pas tarder à repartir. Vous me piloteriez dans cette maison qui sera la vôtre et que vous devez avoir fréquentée souvent. C'est tout à fait un cadre fait pour vous. » On avait toutes les peines du monde à faire taire et surtout à empêcher de descendre, l'infortuné arrivant, lequel, avec l'obstination qui émane souvent des gaffes, insistait, prenait ses valises et ne voulait rien entendre jusqu'à ce qu'on lui eut assuré que jamais Mme Verdurin ni Mme Cottard ne viendraient le voir là. « En tous cas je vais y élire domicile. Mme Verdurin n'aura qu'à m'y écrire. »

Le souvenir relatif à Morel se rapporte à un incident d'un ordre plus particulier. Il y en eut d'autres, mais je me contente ici, au fur et à mesure que le tortillard s'arrête et que l'employé crie Doncières, Gralevast, Maineville, etc., de noter ce que la petite plage ou la garnison m'évoquent. J'ai déjà parlé de Maineville (media villa) et de l'importance qu'elle prenait à cause de cette somptueuse maison de femmes qui y avait été récemment construite, non sans éveiller les protestations inutiles des mères de famille. Mais avant de dire en quoi Maineville a quelque rapport dans ma mémoire avec Morel et M. de Charlus, il me faut noter la disproportion (que j'aurai plus tard à approfondir) entre l'importance que Morel attachait à garder libres certaines heures, et l'insignifiance des occupations auxquelles il prétendait les employer, cette même disproportion se retrouvant au milieu des explications d'un autre genre qu'il donnait à M. de Charlus. Lui qui jouait au désintéressé avec le Baron (et pouvait y jouer sans risques, vu la générosité de son protec-

teur), quand il désirait passer la soirée de son côté
pour donner une leçon, etc., il ne manquait pas
d'ajouter à son prétexte ces mots dits avec un sourire
d'avidité. « Et puis cela peut me faire gagner qua-
rante francs. Ce n'est pas rien. Permettez-moi d'y
aller, car vous voyez, c'est mon intérêt. Dame, je
n'ai pas de rentes comme vous, j'ai ma situation à
faire, c'est le moment de gagner des sous. » Morel
n'était pas en désirant donner sa leçon tout à fait
insincère. D'une part, que l'argent n'ait pas de
couleur est faux. Une manière nouvelle de le gagner
rend du neuf aux pièces que l'usage a ternies.
S'il était vraiment sorti pour une leçon, il est possible que deux louis remis au départ par une élève,
lui eussent produit un effet autre que deux louis
tombés de la main de M. de Charlus. Puis l'homme
le plus riche ferait pour deux louis des kilomètres
qui deviennent des lieues si l'on est fils d'un valet
de chambre. Mais souvent M. de Charlus avait
sur la réalité de la leçon de violon, des doutes d'autant plus grands que souvent le musicien invo-
quait des prétextes d'un autre genre, d'un ordre
entièrement désintéressé au point de vue matériel
et d'ailleurs absurdes. Morel ne pouvait ainsi s'empêcher de présenter une image de sa vie, mais
volontairement, et involontairement aussi, tellement
enténébrée, que certaines parties seules se laissaient
distinguer. Pendant un mois il se mit à la disposition de M. de Charlus, à condition de garder ses
soirées libres, car il désirait suivre avec continuité
des cours d'algèbre. Venir voir après M. de Charlus ? Ah, c'était impossible, les cours duraient
parfois fort tard. « Même après 2 heures du matin ?
demandait le baron. — Des fois. — Mais l'algèbre

s'apprend aussi facilement dans un livre. Même plus facilement, car je ne comprends pas grand'- chose aux cours. — Alors ? D'ailleurs l'algèbre ne peut te servir à rien. — J'aime bien cela. Ça dis- sipe ma neurasthénie. — Cela ne peut pas être l'algèbre qui lui fait demander des permissions de nuit, se disait M. de Charlus. Serait-il attaché à la police ? » En tous cas Morel, quelque objec- tion qu'on fît, réservait certaines heures tardives, que ce fut à cause de l'algèbre ou du violon. Une fois ce ne fut ni l'un ni l'autre, mais le Prince de Guermantes qui, venu passer quelques jours sur cette côte pour rendre visite à la Duchesse de Luxem- bourg, rencontra le musicien, sans savoir qui il était, sans être davantage connu de lui, et lui offrit cin- quante francs pour passer la nuit ensemble dans la maison de femmes de Maineville ; double plaisir pour Morel du gain reçu de M. de Guermantes et de la volupté d'être entouré de femmes dont les seins bruns se montraient à découvert. Je ne sais comment M. de Charlus eut l'idée de ce qui s'était passé et de l'endroit, mais non du séducteur. Fou de jalousie et pour connaître celui-ci, il télégraphia à Jupien qui arriva deux jours après, et quand au commencement de la semaine suivante, Morel annonça qu'il serait encore absent, le baron demanda à Jupien s'il se chargerait d'acheter la patronne de l'établissement et d'obtenir qu'on les cachât, lui et Jupien, pour assister à la scène. « C'est entendu. Je vais m'en occuper, ma petite gueule », répondit Jupien au Baron. On ne peut comprendre à quel point cette inquiétude agitait et par là même avait momenta- nément enrichi l'esprit de M. de Charlus. L'amour cause ainsi de véritables soulèvements géologiques

de la pensée. Dans celui de M. de Charlus qui,
il y a quelques jours, ressemblait à une plaine si
uniforme qu'au plus loin il n'aurait pu apercevoir
une idée au ras du sol, s'étaient brusquement dres-
sées, dures comme la pierre, un massif de montagnes,
mais de montagnes aussi sculptées, que si quelque
statuaire au lieu d'emporter le marbre l'avait ciselé
sur place et où se tordaient en groupes géants et
titaniques, la Fureur, la Jalousie, la Curiosité,
l'Envie, la Haine, la Souffrance, l'Orgueil, l'Épouvante et l'Amour.

Cependant le soir où Morel devait être absent
était arrivé. La mission de Jupien avait réussi. Lui
et le Baron devaient venir vers onze heures du soir
et on les cacherait. Trois rues avant d'arriver à cette
magnifique maison de prostitution (où on venait de
tous les environs élégants), M. de Charlus marchait
sur la pointe des pieds, dissimulait sa voix, suppliait
Jupien de parler moins fort, de peur que, de l'intérieur, Morel les entendît. Or, dès qu'il fût entré à
pas de loup dans le vestibule, M. de Charlus, qui
avait peu l'habitude de ce genre de lieux, à sa terreur et à sa stupéfaction, se trouva dans un endroit
plus bruyant que la Bourse ou l'Hôtel des Ventes.
C'est en vain qu'il recommandait de parler plus bas
à des soubrettes qui se pressaient autour de lui ;
d'ailleurs leur voix même était couverte par le bruit
de criées et d'adjudications que faisait une vieille
« sous-maîtresse » à la perruque fort brune, au visage
où craquelait là gravité d'un notaire ou d'un prêtre
espagnol et qui lançait à toutes minutes avec un
bruit de tonnerre, en laissant alternativement
ouvrir et refermer les portes, comme on règle la
circulation des voitures : « Mettez Monsieur au

vingt-huit, dans la chambre espagnole. » « On ne
passe plus. » « Rouvrez la porte, ces Messieurs de-
mandent Mademoiselle Noémie. Elle les attend
dans le salon persan. » M. de Charlus était effrayé
comme un provincial qui a à traverser les boule-
vards ; et pour prendre une comparaison infiniment
moins sacrilège que le sujet représenté dans les
chapiteaux du porche de la vieille église de Corle-
ville, les voix des jeunes bonnes répétaient en plus
bas, sans se lasser, l'ordre de la sous-maîtresse, comme
ces catéchismes qu'on entend les élèves psalmodier
dans la sonorité d'une église de campagne. Si peur
qu'il eût, M. de Charlus qui, dans la rue, tremblait d'être entendu, se persuadant que Morel était
à la fenêtre, ne fut peut-être pas tout de même
aussi effrayé dans le rugissement de ces escaliers im-
menses où on comprenait que des chambres rien ne
pouvait être aperçu. Enfin au terme de son cal-
vaire, il trouva Mlle Noémie qui devait les cacher
avec Jupien, mais commença par l'enfermer dans
un salon persan fort somptueux d'où il ne voyait
rien. Elle lui dit que Morel avait demandé à prendre
une orangeade et que dès qu'on la lui aurait servie, on
conduirait les deux voyageurs dans un salon transparent. En attendant, comme on la réclamait, elle
leur promit, comme dans un conte, que pour leur
faire passer le temps elle allait leur envoyer « une
petite dame intelligente ». Car elle, on l'appelait.
La petite dame intelligente avait un peignoir persan
qu'elle voulait ôter. M. de Charlus lui demanda de
n'en rien faire, et elle se fit monter du Champagne qui
coûtait 40 francs la bouteille. Morel, en réalité, pendant ce temps, était avec le Prince de Guermantes,
il avait, pour la forme, fait semblant de se tromper

de chambre, était entré dans une où il y avait deux
femmes, lesquelles s'étaient empressées de laisser
seuls les deux messieurs. M. de Charlus ignorait
tout cela, mais pestait, voulait ouvrir les portes, fit
redemander Mlle Noémie, et laquelle ayant entendu
la petite dame intelligente donner à M. de Charlus
des détails sur Morel, non concordants avec ceux
qu'elle-même avait donnés à Jupien, la fit déguerpir
et envoya bientôt pour remplacer la petite dame
intelligente, « une petite dame gentille », qui ne leur
montra rien de plus, mais leur dit combien la maison
était sérieuse et demanda, elle aussi, du Champagne.
Le Baron écumant fit revenir Mlle Noémie, qui leur
dit : « Oui, c'est un peu long, ces dames prennent
des poses, il n'a pas l'air d'avoir envie de rien faire ».
Enfin, devant les promesses du Baron, ses menaces,
Mlle Noémie s'en alla d'un air contrarié en les
assurant qu'ils n'attendraient pas plus de cinq minutes. Ces cinq minutes durèrent une heure, après
quoi Noémie conduisit à pas de loup M. de Charlus
ivre de fureur et Jupien désolé vers une porte entre-
bâillé en leur disant : « Vous allez très bien voir. Du
reste en ce moment ce n'est pas très intéressant, il est
avec trois dames, il leur raconte sa vie de régiment.
Enfin le Baron put voir par l'ouverture de la porte et
aussi dans les glaces. Mais une terreur mortelle le
força de s'appuyer au mur. C'était bien Morel qu'il
avait devant lui, mais comme si les mystères païens
et les Enchantements existaient encore, c'était
plutôt l'ombre de Morel, Morel embaumé, pas même
Morel ressuscité comme Lazare, une apparition de
Morel, un fantôme de Morel, Morel revenant ou
évoqué dans cette chambre (où partout les murs et
les divans répétaient des emblèmes de sorcellerie),

qui était à quelques mètres de lui, de profil. Morel
avait, comme après la mort, perdu toute couleur ;
entre ces femmes avec lesquelles il semblait qu'il eût
dû s'ébattre joyeusement, livide, il restait figé dans
une immobilité artificielle ; pour boire la coupe de
Champagne qui était devant lui, son bras sans force
essayait lentement de se tendre et retombait. On
avait l'impression de cette équivoque qui fait qu'une
religion parle d'immortalité, mais entend par là
quelque chose qui n'exclut pas le néant. Les femmes
le pressaient de questions : « Vous voyez, dit tout bas
Mlle Noémie au Baron, elles lui parlent de sa vie
de régiment, c'est amusant, n'est-ce pas — et elle
rit — vous êtes content? Il est calme, n'est-ce pas,
ajouta-t-elle, comme elle aurait dit d'un mourant. »
Les questions des femmes se pressaient mais Morel
inanimé n'avait pas la force de leur répondre.
Le miracle même d'une parole murmurée ne se
produisait pas. M. de Charlus n'eut qu'un instant
d'hésitation, il comprit la vérité et que, soit maladresse
de Jupien quand il était allé s'entendre, soit puis-
sance expansive des secrets confiés qui fait qu'on
ne les garde jamais, soit caractère indiscret de ces
femmes, soit crainte de la police, on avait prévenu
Morel que deux messieurs avaient payé fort cher
pour le voir, on avait fait sortir le prince de Guermantes métamorphosé en trois femmes, et placé le
pauvre Morel tremblant, paralysé par la stupeur de
telle façon que si M. de Charlus le voyait mal, lui
terrorisé, sans paroles, n'osant pas prendre son
verre de peur de le laisser tomber, voyant en plein
le Baron.

L'histoire au reste ne finit pas mieux pour le
Prince de Guermantes. Quand on l'avait fait sortir

pour que M. de Charlus ne le vît pas, furieux de sa
déconvenue sans soupçonner qui en était l'auteur,
il avait supplié Morel, sans toujours vouloir lui faire
connaître qui il était, de lui donner rendez-vous
pour la nuit suivante dans la toute petite villa qu'il
avait louée et que malgré le peu de temps qu'il devait
y rester, il avait, suivant la même maniaque habitude que nous avons autrefois remarquée chez
Mme de Villeparisis, décoré de quantité de souvenirs de famille, pour se sentir plus chez soi. Donc le
lendemain, Morel retournant la tête à toute minute,
tremblant d'être suivi et épié par M. de Charlus,
avait fini, n'ayant remarqué aucun passant suspect,
par entrer dans la villa. Un valet le fit entrer au
salon en lui disant qu'il allait prévenir Monsieur
(son maître lui avait recommandé de ne pas prononcer le nom de Prince de peur d'éveiller des soupçons). Mais quand Morel se trouva seul, et voulut
regarder dans la glace si sa mèche n'était pas dé-
rangée, ce fut comme une hallucination. Sur la
cheminée, les photographies, reconnaissables pour
le violoniste, car il les avait vues chez M. de Charlus,
de la Princesse de Guermantes, de la Duchesse de
Luxembourg, de Mme de Villeparisis, le pétrifièrent
d'abord d'effroi. Au même moment il aperçut celle
de M. de Charlus, laquelle était un peu en retrait.
Le Baron semblait immobiliser sur Morel un regard
étrange et fixe. Fou de terreur, Morel revenant
de sa stupeur première, ne doutant pas que ce
ne fut un guet-apens où M. de Charlus l'avait
fait tomber pour éprouver s'il était fidèle, dégrin-
gola quatre à quatre les quelques marches de la
villa, se mit à courir à toutes jambes sur la route
et quand le Prince de Guermantes (après avoir

cru faire faire à une connaissance de passage, le
stage nécessaire, non sans s'être demandé si c'était
bien prudent et si l'individu n'était pas dangereux,)
entra dans son salon, il n'y trouva plus personne.
Il eut beau avec son valet, par crainte de cam-
briolage, et revolver au poing, explorer toute la
maison qui n'était pas grande, les recoins du jar-
dinet, le sous-sol, le compagnon dont il avait cru la
présence certaine, avait disparu. Il le rencontra
plusieurs fois au cours de la semaine suivante. Mais
chaque fois c'était Morel, l'individu dangereux,
qui se sauvait comme si le Prince l'avait été plus
encore. Buté dans ses soupçons, Morel ne les dissipa
jamais, et même à Paris la vue du Prince de Guermantes suffisait à le mettre en fuite. Par où M. de
Charlus fut protégé d'une infidélité qui le déses-
pérait, et vengé, sans l'avoir jamais imaginé, ni
surtout comment.

Mais déjà les souvenirs de ce qu'on m'avait
raconté à ce sujet sont remplacés par d'autres, car
le B. C. N., reprenant sa marche de « tacot » continue
de déposer ou de prendre les voyageurs aux stations
suivantes.

A Grattevast, où habitait sa sœur avec laquelle il
était allé passer l'après-midi, montait quelquefois
M. Pierre de Verjus, comte de Crécy (qu'on appelait
seulement le Comte de Crécy), gentilhomme pauvre
mais d'une extrême distinction, que j'avais connu par
les Cambremer, avec qui il était d'ailleurs peu lié.
Réduit à une vie extrêmement modeste, presque misé-
rable, je sentais qu'un cigare, une « consommation »
étaient choses si agréables pour lui que je pris
l'habitude, les jours où je ne pouvais voir Albertine,
de l'inviter à Balbec. Très fin et s'exprimant à mer-

veille, tout blanc, avec de charmants yeux bleus, il parlait surtout du bout des lèvres, très délicatement, des conforts de la vie seigneuriale qu'il avait évidemment connus, et aussi de généalogies. Comme je lui demandais ce qui était gravé sur sa bague, il me dit avec un sourire modeste : « C'est une branche de verjus. » Et il ajouta avec un plaisir dégustateur : « Nos armes sont une branche de verjus — symbolique puisque je m'appelle Verjus — tigellée et feuillée de sinople. » Mais je crois qu'il aurait eu une déception si à Balbec je ne lui avais offert à boire que du verjus. Il aimait les vins les plus coûteux, sans doute par privation, par connaissance approfondie de ce dont il était privé, par goût, peut-être aussi par penchant exagéré. Aussi quand je l'invitais à dîner à Balbec, il commandait le repas avec une science raffinée, mais mangeait un peu trop, et surtout buvait, faisant chambrer les vins qui doivent l'être, frapper ceux qui exigent d'être dans de la glace. Avant le dîner et après, il indiquait la date ou le numéro qu'il voulait pour un porto ou une fine, comme il eût fait pour l'érection généralement ignorée d'un marquisat, mais qu'il connaissait aussi bien.

Comme j'étais pour Aimé un client préféré, il était ravi que je donnasse de ces dîners extras et criait aux garçons : « Vite, dressez la table 25 », il ne disait même pas dressez, mais dressez-moi, comme si ç'avait été pour lui. Et comme le langage des maîtres d'hôtel n'est pas tout à fait le même que celui des chefs de rang, demi-chefs, commis, etc., au moment où je demandais l'addition, il disait au garçon qui nous avait servis, avec un geste répété et apaisant du revers de la main, comme s'il voulait calmer un cheval prêt à prendre le mors aux dents : « N'allez pas trop fort (pour l'addition), allez doucement, très doucement. » Puis comme le garçon partait muni de cet aide-mémoire, Aimé craignant que ses recommandations ne fussent pas exactement suivies, le rappelait : « Attendez, je vais chiffrer moi-même. » Et comme je lui disais que cela ne faisait rien : « J'ai pour principe que, comme on dit vulgairement, on ne doit pas estamper le client. » Quant au directeur comme les vêtements simples, toujours les mêmes, et assez usés de mon invité, (et pourtant personne n'eût si bien pratiqué l'art de s'habiller fastueusement, comme un élégant de Balzac, s'il en avait eu les moyens), il se contentait, à cause de moi, d'inspecter de loin si tout allait bien, et d'un regard de faire mettre une cale sous un pied de la table qui n'était pas d'aplomb. Ce n'est pas qu'il n'eût su, bien qu'il cachât ses débuts comme plongeur, mettre la main à la pâte comme un autre. Il fallut pourtant une circonstance exceptionnelle pour qu'un jour il découpât lui-même les dindonneaux. J'étais sorti mais j'ai su qu'il l'avait fait avec une majesté sacerdotale, entouré, à distance respectueuse du dressoir, d'un cercle de garçons qui cherchaient par là, moins à apprendre qu'à se faire bien voir, et avaient un air béat d'admiration. Vus d'ailleurs par le directeur (plongeant d'un geste lent dans le flanc des victimes et n'en détachant pas plus ses yeux pénétrés de sa haute fonction que s'il avait dû y lire quelque augure) ils ne le furent nullement. Le sacrificateur ne s'aperçut même pas de mon absence. Quand il l'apprit, elle le désola. « Comment, vous ne m'avez pas vu découper moi-même les dindonneaux ? » Je lui répondis que n'ayant pu voir jusqu'ici Rome, Venise, Sienne, le Prado, le musée de Dresde, les Indes, Sarah dans *Phèdre*, je connaissais la résignation et que j'ajouterais son découpage des dindonneaux à ma liste. La comparaison avec l'art dramatique (Sarah dans *Phèdre*) fut la seule qu'il parut comprendre, car il savait par moi que les jours de grandes représentations, Coquelin aîné avait accepté des rôles de débutant, celui même d'un personnage qui ne dit qu'un mot ou ne dit rien. « C'est égal, je suis désolé pour vous. Quant est-ce que je découperai de nouveau. Il faudrait un événement, il faudrait une guerre. » (Il fallut en effet l'armistice). Depuis ce jour-là le calendrier fut changé, on compta ainsi, « C'est le lendemain du jour où j'ai découpé moi-même les dindonneaux. » « C'est juste, huit jours après que le directeur a découpé lui-même les dindonneaux. » Ainsi cette prosectomie donna-t-elle, comme la naissance du Christ ou l'Hégire, le point de départ d'un calendrier différent des autres, mais qui ne prit pas leur extension et n'égala pas leur durée.

La tristesse de la vie de M. de Crécy venait tout autant que de ne plus avoir de chevaux et une table succulente, de ne voisiner qu'avec des gens qui pouvaient croire que Cambremer et Guermantes étaient tout un. Quand il vit que je savais que Legrandin, lequel se faisait maintenant appeler Legrand de Méséglise, n'y avait aucune espèce de droit, allumé d'ailleurs par le vin qu'il buvait, il eut une espèce de transport de joie. Sa sœur me disait d'un air entendu : « Mon frère n'est jamais si heureux que quand il peut causer avec vous. » Il se sentait en effet exister depuis qu'il avait découvert quelqu'un qui savait la médiocrité des Cambremer, et la grandeur des Guermantes, quelqu'un pour qui l'univers social existait. Tels après l'incendie de toutes les bibliothèques du globe et l'ascension d'une race entièrement ignorante, un vieux latiniste reprendrait pied et confiance dans la vie, en entendant quelqu'un lui citer un vers d'Horace. Aussi s'il ne quittait jamais le wagon sans me dire : « A quand notre petite réunion ? » c'était, autant par avidité de parasite, par gourmandise d'érudit, et parce qu'il considérait les agapes de Balbec comme une occasion de causer, en même temps, des sujets qui lui étaient chers et dont il ne pouvait parler avec personne, et analogues en cela à ces dîners où se réunit à dates fixes, devant la table particulièrement succulente du Cercle de l'Union, la Société des bibliophiles. Très modeste, en ce qui concernait sa propre famille, ce ne fut pas par M. de Crécy que j'appris qu'elle était très grande, et un authentique rameau détaché en France de la famille anglaise qui porte le titre de Crécy. Quand je sus qu'il était un vrai Crécy, je lui racontai qu'une nièce de Mme de Guermantes avait épousé un Américain du nom de Charles Crécy et lui dis que je pensais qu'il n'avait aucun rapport avec lui. « Aucun, me dit-il. Pas plus — bien, du reste, que ma famille n'ait pas autant d'illustration — que beaucoup d'Américains qui s'appellent Montgommery, Berry, Chaudos ou Capel, n'ont de rapport avec les familles de Pembroke, de Buckingham, d'Essex, ou avec le duc de Berry. » Je pensai plusieurs fois à lui dire, pour l'amuser, que je connaissais Mme Swann qui, comme cocotte était connue autrefois sous le nom d'Odette de Crécy ; mais bien que le duc d'Alençon n'eût pu se froisser qu'on parlât avec lui d'Émilienne d'Alençon, je ne me sentis pas assez lié avec M. de Crécy pour conduire avec lui la plaisanterie jusque-là. « Il est d'une très grande famille, me dit un jour M. de Montsurvent. Son patronyme est Saylor ». Et il ajouta que sur son vieux castel au-dessus d'Incarville, d'ailleurs devenu presque inhabitable et que bien que né fort riche, il était aujourd'hui trop ruiné pour réparer, se lisait encore l'antique devise de la famille. Je trouvai cette devise très belle, qu'on l'appliquât soit à l'impatience d'une race de proie nichée dans cette aire d'où elle devait jadis prendre son vol, soit aujourd'hui, à la contemplation du déclin ; à l'attente de la mort prochaine, dans cette retraite dominante et sauvage. C'est en ce double sens en effet que joue avec le nom de Saylor cette devise qui est « : Ne sçais l'heure. »

A Hermenonville montait quelquefois M. de Chevrigny, dont le nom, nous dit Brichot, signifiait comme celui de Mgr de Cabrières, lieu où s'assemblent les chèvres. Il était parent des Cambremer, et à cause de cela, et par une fausse appréciation de l'élégance, ceux-ci l'invitaient souvent à Féterne, mais seulement quand ils n'avaient pas d'invités à éblouir. Vivant toute l'année à Beausoleil, M. de Chevrigny était resté plus provincial qu'eux. Aussi quand il allait passer quelques semaines à Paris, il n'y avait pas un seul jour de perdu pour tout ce qu' « il y avait à voir » ; c'était au point que parfois un peu étourdi par le nombre de spectacles trop rapidement digérés, quand on lui demandait s'il avait vu une certaine pièce, il lui arrivait de n'en être plus bien sûr. Mais ce vague était rare, car il connaissait les choses de Paris avec ce détail particulier aux gens qui y viennent rarement. Il me conseillait les « nouveautés » à aller voir (« Cela en vaut la peine »), ne les considérant du reste qu'au point de vue de la bonne soirée qu'elles font passer, et ignorant du point de vue esthétique jusqu'à ne pas se douter qu'elles pouvaient en effet constituer parfois une « nouveauté » dans l'histoire de l'art. C'est ainsi que parlant de tout sur le même plan il nous disait : « Nous sommes allés une fois à l'Opéra-Comique, mais le spectacle n'est pas fameux. Cela s'appelle *Pelléas et Mélisande.* C'est insignifiant. Périer joue toujours bien, mais il vaut mieux le voir dans autre chose. En revanche, au Gymnase on donne *La Châtelaine.* Nous y sommes retournés deux fois ; ne manquez pas d'y aller, cela mérite d'être vu ; et puis c'est joué à ravir ; vous avez Frévalles, Marie Magnier, Baron fils ; » il me citait même des noms d'acteur que je n'avais jamais entendu prononcer et sans les faire précéder de Monsieur, Madame ou Mademoiselle, comme eût fait le duc de Guermantes, lequel parlait du même ton cérémonieusement méprisant des « chansons de Mademoiselle Yvette Guilbert » et des « expériences de Monsieur Charcot ». M. de Chevrigny n'en usait pas ainsi, il disait Cornaglia et Dehelly, comme il eût dit Voltaire et Montesquieu. Car chez lui à l'égard des acteurs comme de tout ce qui était parisien, le désir de se montrer dédaigneux qu'avait l'aristocrate était vaincu par celui de paraître familier qu'avait le provincial.

Dès après le premier dîner que j'avais fait à la Raspelière avec ce qu'on appelait encore à Féterne « le jeune mariage », bien que M. et Mme de Cambremer ne fussent plus, tant s'en fallait, de la pre-

mière jeunesse, la vieille Marquise m'avait écrit une
de ces lettres dont on reconnaît l'écriture entre des
milliers. Elle me disait : « Amenez votre cousine
délicieuse — charmante — agréable. Ce sera un
enchantement, un plaisir », manquant toujours avec
une telle infaillibilité la progression attendue par
celui qui recevait sa lettre que je finis par changer
d'avis sur la nature de ces diminuendos, par les
croire voulus, et y trouver la même dépravation du
goût — transposée dans l'ordre mondain — qui
poussait Sainte-Beuve à briser toutes les alliances
de mot, à altérer toute expression un peu habituelle.
Deux méthodes enseignées sans doute par des
maîtres différents se contrariaient dans ce style
épistolaire, la deuxième faisant racheter à M. de
Cambremer la banalité des adjectifs multiples, en
les employant en gamme descendante, en évitant
de finir sur l'accord parfait. En revanche, je pen-
chais à voir dans ces gradations inverses, non
plus du raffinement comme quand elles étaient
l'œuvre de la Marquise douairière, mais de la maladresse toutes les fois qu'elles étaient employées par le
Marquis son fils ou par ses cousines. Car dans toute
la famille, jusqu'à un degré assez éloigné et par une
imitation admirative de tante Zélia, la règle des
trois adjectifs était très en honneur de même qu'une
certaine manière enthousiaste de reprendre sa respiration en parlant. Imitation passée dans le sang
d'ailleurs ; et quand dans la famille une petite fille,
dès son enfance, s'arrêtait en parlant pour avaler
sa salive, on disait : « Elle tient de tante Zélia. »,
on sentait que plus tard ses lèvres tendraient assez
vite à s'ombrager d'une légère moustache et on se
promettait de cultiver chez elle les dispositions

qu'elle aurait pour la musique. Les relations des Cambremer ne tardèrent pas à être moins parfaites avec Mme Verdurin, qu'avec moi, pour différentes raisons. Ils voulaient inviter celle-ci. La « jeune » marquise me disait dédaigneusement : « Je ne vois pas pourquoi nous ne l'inviterions pas cette femme, à la campagne on voit n'importe qui, ça ne tire pas à conséquence. » Mais au fond, assez impressionnés ils ne cessaient de me consulter sur la façon dont ils devaient réaliser leur désir de politesse. Je pensais que comme ils nous avaient invité à dîner, Albertine et moi, avec des amis de Saint-Loup, gens élégants de la région, propriétaires du château de Gourville et qui représentaient un peu plus que le gratin normand, dont Mme Verdurin, sans avoir l'air d'y toucher, était friande, je conseillai aux Cambremer d'inviter avec eux la Patronne. Mais les châtelains de Féterne par crainte (tant ils étaient timides) de mécontenter leurs nobles amis, ou (tant ils étaient naïfs) que M. et Mme Verdurin s'ennuyassent avec des gens qui n'étaient pas des intellectuels, ou encore (comme ils étaient imprégnés d'un esprit de routine que l'expérience n'avait pas fécondé), de mêler les genres, et de commettre un « impair », déclarèrent que cela ne corderait pas ensemble, que cela ne « bicherait » pas et qu'il valait mieux réserver Mme Verdurin (qu'on inviterait avec tout son petit groupe) pour un autre dîner. Pour le prochain — l'élégant, avec les amis de Saint-Loup — ils ne convièrent du petit noyau que Morel, afin que M. de Charlus fût indirectement informé des gens brillants qu'ils recevaient, et aussi que le musicien fût un élément de distraction pour les invités, car on lui demanderait d'apporter son violon. On lui adjoignit Cottard,

parce que M. de Cambremer déclara qu'il avait
de l'entrain et « faisait bien » dans un dîner ; puis
que cela pourrait être commode d'être en bons
termes avec un médecin si on avait jamais quelqu'un
de malade. Mais on l'invita seul, pour ne « rien commencer avec la femme ». Mme Verdurin fut outrée
quand elle apprit que deux membres du petit
groupe étaient invités sans elle à dîner à Féterne
« en petit comité ». Elle dicta au docteur, dont le
premier mouvement avait été d'accepter, une fière
réponse où il disait : « *Nous* dînons ce soir-là chez
Mme Verdurin. » pluriel qui devait être une leçon
pour les Cambremer et leur montrer qu'il n'était
pas séparable de Mme Cottard. Quant à Morel,
Mme Verdurin n'eût pas besoin de lui tracer une
conduite impolie, qu'il tint spontanément, voici
pourquoi. S'il avait, à l'égard de M. de Charlus, en
ce qui concernait ses plaisirs, une indépendance qui
affligeait le Baron, nous avons vu que l'influence de
ce dernier se faisait sentir davantage dans d'autres
domaines et qu'il avait par exemple élargi les con-
naissances musicales et rendu plus pur le style du
virtuose. Mais ce n'était encore, au moins à ce point
de notre récit, qu'une influence. En revanche, il y
avait un terrain sur lequel ce que disait M. de Charlus était aveuglément cru et exécuté par Morel. Aveuglément et follement, car non seulement les enseignements de M. de Charlus étaient faux, mais encore eussent-ils été valables pour un grand seigneur, appliqués
à la lettre par Morel, ils devenaient burlesques.
Le terrain où Morel devenait si crédule, et était si
docile à son maître, c'était le terrain mondain. Le
violoniste qui avant de connaître M. de Charlus
n'avait aucune notion du monde, avait pris à la lettre

l'esquisse hautaine et sommaire que lui en avait tracée le Baron : « Il y a un certain nombre de familles prépondérantes, lui avait dit M. de Charlus, avant tout les Guermantes, qui comptent quatorze alliances avec la Maison de France, ce qui est d'ailleurs surtout flatteur pour la Maison de France, car c'était à Aldonce de Guermantes et non à Louis le Gros, son frère consanguin mais puîné, qu'aurait dû revenir le trône de France. Sous Louis XIV, nous drapâmes à la mort de Monsieur, comme ayant la même grand'mère que le roi ; fort au-dessous des Guermantes, on peut cependant citer les La Trémoïlle descendants des rois de Naples et des Comtes de Poitiers ; les d'Uzès, peu anciens comme famille mais qui sont les plus anciens pairs ; les Luynes, tout à fait récents mais avec l'éclat de grandes alliances ; les Choiseul, les Harcourt, les La Rochefoucauld. Ajoutez encore les Noailles, malgré le Comte de Toulouse, les Montesquiou, les Castellane et, sauf oubli, c'est tout. Quant à tous les petits messieurs qui s'appellent marquis de Cambremerde ou de Vatefairefiche, il n'y a aucune différence entre eux et le dernier pioupiou de votre régiment. Que vous alliez faire pipi chez la Comtesse Caca, ou caca chez la Baronne Pipi, c'est la même chose, vous aurez compromis votre réputation et pris un torchon brenneux comme papier hygiénique. Ce qui est malpropre. » Morel avait recueilli pieusement cette leçon d'histoire, peut-être un peu sommaire, il jugeait les choses comme s'il était lui-même un Guermantes et souhaitait une occasion de se trouver avec les faux La Tour d'Auvergne pour leur faire sentir par une poignée de main dédaigneuse, qu'il ne les prenait guère au sérieux. Quant aux Cambremer, justement

voici qu'il pouvait leur témoigner qu'ils n'étaient
pas « plus que le dernier pioupiou de son régiment. »
Il ne répondit pas à leur invitation, et le soir du
dîner s'excusa à la dernière heure par un télégramme,
ravi comme s'il venait d'agir en prince du sang. Il
faut du reste ajouter qu'on ne peut imaginer combien, d'une façon plus générale, M. de Charlus
pouvait être insupportable, tatillon, et même, lui
si fin, bête, dans toutes les occasions où entraient
en jeu les défauts de son caractère. On peut dire en
effet que ceux-ci sont comme une maladie intermit-
tente de l'esprit. Qui n'a remarqué le fait sur des
femmes, et même des hommes, doués d'intelligence
remarquable, mais affligés de nervosité, quand ils
sont heureux, calmes, satisfaits de leur entourage, ils
font admirer leurs dons précieux, c'est à la lettre la
vérité qui parle par leur bouche. Une migraine, une
petite pique d'amour-propre suffit à tout changer.
La lumineuse intelligence, brusque, convulsive et
rétrécie ne reflète plus qu'un moi irrité, soupçonneux, coquet, faisant tout ce qu'il faut pour déplaire.
La colère des Cambremer fut vive ; et dans l'intervalle d'autres incidents amenèrent une certaine
tension dans leurs rapports avec le petit clan.
Comme nous revenions, les Cottard, Charlus, Brichot, Morel et moi d'un dîner à la Raspelière et
que les Cambremer qui avaient déjeuné chez des
amis à Harambouville avaient fait à l'aller une
partie du trajet avec nous : « Vous qui aimez
tant Balzac et savez le reconnaître dans la Société
contemporaine, avais-je dit à M. de Charlus,
vous devez trouver que ces Cambremer sont
échappés des Scènes de la Vie de province. » Mais
M. de Charlus, absolument comme s'il avait été

leur ami et si je l'eusse froissé par ma remarque,
me coupa brusquement la parole : « Vous dites cela
parce que la femme est supérieure au mari, me dit-
il d'un ton sec. — Oh ! je ne voulais pas dire que
c'était la Muse du département, ni Madame de
Bargeton bien que... » M. de Charlus m'interrompit encore : « Dites plutôt Mᵐᵉ de Mortsauf. »
Le train s'arrêta et Brichot descendit. « Nous
avions beau vous faire des signes, vous êtes terrible. — Comment cela ? — Voyons, ne vous
êtes-vous pas aperçu que Brichot est amoureux
fou de Mᵐᵉ de Cambremer ? » Je vis par l'attitude
des Cottard et de Charlie que cela ne faisait pas
l'ombre d'un doute dans le petit noyau. Je crus
qu'il y avait de la malveillance de leur part. « Voyons,
vous n'avez pas remarqué comme il a été troublé
quand vous avez parlé d'elle, » reprit M. de Charlus,
qui aimait montrer qu'il avait l'expérience des
femmes et parlait du sentiment qu'elles inspirent
d'un air naturel et comme si ce sentiment était celui
qu'il éprouvait lui-même habituellement. Mais un
certain ton d'équivoque paternité avec tous les
jeunes gens — malgré son amour exclusif pour
Morel — démentit par le ton, les vues d'homme à
femmes qu'il émettait : « Oh ! ces enfants, dit-il
d'une voix aiguë, mièvre et cadencée, il faut tout
leur apprendre, ils sont innocents comme l'enfant
qui vient de naître, ils ne savent pas reconnaître
quand un homme est amoureux d'une femme. A votre
âge j'étais plus dessalé que cela », ajouta-t-il, car il
aimait employer les expressions du monde apache,
peut-être par goût, peut-être pour ne pas avoir l'air,
en les évitant, d'avouer qu'il fréquentait ceux dont
c'était le vocabulaire courant. Quelques jours plus

tard, il fallut bien me rendre à l'évidence et reconnaître que Brichot était épris de la Marquise. Malheureusement il accepta plusieurs déjeuners chez
elle. Mme Verdurin estima qu'il était temps de
mettre le holà. En dehors de l'utilité qu'elle voyait
à une intervention, pour la politique du petit noyau,
elle prenait à ces sortes d'explications et aux drames
qu'ils déchaînaient un goût de plus en plus vif et
que l'oisiveté fait naître, aussi bien que dans le
monde aristocratique, dans la bourgeoisie. Ce fut
un jour de grande émotion à la Raspelière quand on
vit Mme Verdurin disparaître pendant une heure
avec Brichot à qui on sut qu'elle avait dit que
Mme de Cambremer se moquait de lui, qu'il était la
fable de son salon, qu'il allait déshonorer sa vieil-
lesse, compromettre sa situation dans l'enseigne-
ment. Elle alla jusqu'à lui parler en termes tou-
chants de la blanchisseuse avec qui il vivait à Paris,
et de leur petite fille. Elle l'emporta, Brichot cessa
d'aller à Féterne, mais son chagrin fut tel que pendant deux jours on crut qu'il allait perdre complètement la vue et sa maladie en tous cas avait fait un
bond en avant qui resta acquis. Cependant les
Cambremer, dont la colère contre Morel était grande,
invitèrent une fois, et tout exprès, M. de Charlus,
mais sans lui. Ne recevant pas de réponse du Baron,
ils craignirent d'avoir fait une gaffe, et trouvant que
la rancune est mauvaise conseillère, écrivirent un
peu tardivement à Morel, platitude qui fit sourire
M. de Charlus en lui montrant son pouvoir. « Vous
répondez pour nous deux que j'accepte », dit le Baron
à Morel. Le jour du dîner venu, on attendait dans le
grand salon de Féterne. Les Cambremer donnaient
en réalité le dîner pour la fleur de chic qu'étaient

M. et Mme Féré. Mais ils craignaient tellement
de déplaire à M. de Charlus, que bien qu'ayant connu
les Feré par M. de Chevregny, Mme de Cambremer
se sentit la fièvre quand le jour du dîner elle vit celui-
ci venir leur faire une visite à Féterne. On inventa
tous les prétextes pour le renvoyer à Beausoleil au
plus vite, pas assez pourtant pour qu'il ne croisât
pas dans la cour les Féré, qui furent aussi choqués
de le voir chassé que lui honteux. Mais coûte que
coûte les Cambremer voulaient épargner à M. de
Charlus la vue de M. de Chevregny, jugeant celui-ci
provincial à cause de nuances, qu'on néglige en
famille, mais dont on ne tient compte que vis-à-vis
des étrangers, qui sont précisément les seuls qui ne
s'en apercevraient pas. Mais on n'aime pas leur
montrer les parents qui sont restés ce que l'on s'est
efforcé de cesser d'être. Quant à M. et Mme Féré,
ils étaient au plus haut degré ce qu'on appelle des
gens « très bien ». Aux yeux de ceux qui les quali-
fiaient ainsi, sans doute les Guermantes, les Rohan
et bien d'autres étaient aussi des gens très bien, mais
leur nom dispensait de le dire. Comme tout le monde
ne savait pas la grande naissance de la mère de
M. Féré, et le cercle extraordinairement fermé
qu'elle et son mari fréquentaient, quand on venait
de les nommer pour expliquer on ajoutait toujours
que c'était des gens « tout ce qu'il y a de mieux ».
Leur nom obscur leur dictait-il une sorte de hautaine réserve ? Toujours est-il que les Féré ne
voyaient pas des gens que des La Trémoïlle auraient
fréquentés. Il avait fallu la situation de reine du bord
de la mer, que la vieille marquise de Cambremer avait
dans la Manche, pour que les Féré vinssent à une
de ses matinées chaque année. On les avait invités

à dîner et on comptait beaucoup sur l'effet qu'allait produire sur eux M. de Charlus. On annonça discrètement qu'il était au nombre des convives. Par hasard Mme Féré ne le connaissait pas. Mme de Cambremer en ressentit une vive satisfaction, et le sourire du chimiste qui va mettre en rapport pour la première fois deux corps particulièrement importants, erra sur son visage. La porte s'ouvrit et Mme de Cambremer faillit se trouver mal en voyant Morel entrer seul. Comme un secrétaire des commandements chargé d'excuser son ministre, comme une une épouse morganatique qui exprime le regret qu'a le Prince d'être souffrant (ainsi en usait Mme de Clinchamp à l'égard du duc d'Aumale), Morel dit du ton le plus léger : « Le Baron ne pourra pas venir. Il est un peu indisposé, du moins je crois que c'est pour cela, je ne l'ai pas rencontré cette semaine, » ajouta-t-il, désespérant jusque par ces dernières paroles Mme de Cambremer qui avait dit à M. et Mme Féré que Morel voyait M. de Charlus à toutes les heures du jour. Les Cambremer feignirent que l'absence du Baron était un agrément de plus à la réunion et sans se laisser entendre de Morel, disaient à leurs invités : « Nous nous passerons de lui, n'est-ce pas, ce ne sera que plus agréable. » Mais ils étaient furieux, soupçonnèrent une cabale montée par Mme Verdurin et du tac au tac, quand celle-ci les réinvita à la Raspelière, M. de Cambremer, ne pouvant résister au plaisir de revoir sa maison et de se retrouver dans le petit groupe, vint, mais seul, en disant que la Marquise était désolée, mais que son médecin lui avait ordonné de garder la chambre. Les Cambremer crurent par cette demi-présence à la fois donner une leçon à M. de Charlus, et montrer aux Verdurin qu'ils n'étaient tenus envers eux qu'à une politesse limitée comme les Princesses du sang autrefois reconduisaient les Duchesses, mais seulement jusqu'à la moitié de la seconde chambre. Au bout de quelques semaines ils étaient à peu près brouillés. M. de Cambremer m'en donnait ces explications : « Je vous dirai qu'avec M. de Charlus c'était difficile. Il est extrêmement dreyfusard... — Mais non ! — Si... en tous cas son cousin le Prince de Guermantes l'est, on leur jette assez la pierre pour ça. J'ai des parents très à l'œil là-dessus. Je ne peux pas fréquenter ces gens-là. je me brouillerais avec toute ma famille. — Puisque le Prince de Guermantes est dreyfusard, cela ira d'autant mieux, dit Mme de Cambremer, que Saint-Loup qui dit-on épouse sa nièce, l'est aussi. C'est même peut-être la raison du mariage. — Voyons, ma chère, ne dites pas que Saint-Loup que nous aimons beaucoup est dreyfusard. On ne doit pas répandre ces allégations à la légère, dit M. de Cambremer. Vous le feriez bien voir dans l'armée ! — Il l'a été, mais il ne l'est plus, dis-je à M. de Cambremer. Quant à son mariage avec Mlle de Guermantes-Brassac, est-ce vrai ? — On ne parle que de ça, mais vous êtes bien placé pour le savoir. — Mais je vous répète qu'il me l'a dit à moi-même qu'il était dreyfusard, dit Mme de Cambremer. C'est du reste très excusable, les Guermantes sont à moitié allemands. — Pour les Guermantes de la rue de Varenne, vous pouvez dire tout à fait, dit Cancan. Mais Saint-Loup, c'est une autre paire de manches ; il a beau avoir toute une parenté allemande, son père revendiquait avant tout son titre de grand seigneur français, il a repris du service en 1871 et a été tué pendant la guerre de la plus belle façon. J'ai beau être très à cheval là-dessus, il ne faut pas faire d'exagération ni dans un sens ni dans l'autre. *In medio... virtus*, ah ! je ne peux pas me rappeler. C'est quelque chose que dit le docteur Cottard. En voilà un qui a toujours le mot. Vous devriez avoir ici un petit Larousse. » Pour éviter de se prononcer sur la citation latine et abandonner le sujet de Saint-Loup, où son mari semblait trouver qu'elle manquait de tact, Mme de Cambremer se rabattit sur la Patronne dont la brouille avec eux était encore plus nécessaire à expliquer. « Nous avons loué volontiers la Raspelière à Mme Verdurin, dit la Marquise. Seulement elle a eu l'air de croire qu'avec la maison, et tout ce qu'elle a trouvé le moyen de se faire attribuer, la jouissance du pré, les vieilles tentures, toutes choses qui n'étaient nullement dans le bail, elle aurait eu plus le droit d'être liée avec nous. Ce sont des choses absolument distinctes. Notre tort est de n'avoir pas fait faire les choses simplement par un gérant ou par une agence. A Féterne ça n'a pas d'importance, mais je vois d'ici la tête que ferait ma tante de Ch'nouville si elle voyait s'amener, à mon jour, la mère Verdurin avec ses cheveux en l'air. Pour M. de Charlus, naturellement, il connaît des gens très bien, mais il en connaît aussi de très mal. Je demandai. Pressée de questions, Mme de Cambremer finit par dire : « On prétend que c'est lui qui faisait vivre un monsieur Moreau, Morille, Morue, je ne sais plus. Aucun rapport, bien entendu avec Morel, le violoniste, ajouta-t-elle en rougissant. Quand j'ai senti que Mme Verdurin s'imaginait que parce qu'elle était notre locataire dans la Manche, elle aurait le droit

188

de me faire des visites à Paris, j'ai compris qu'il fallait couper le câble. »

Malgré cette brouille avec la Patronne, les Cambremer n'étaient pas mal avec les fidèles, et montaient volontiers dans notre wagon quand ils étaient sur la ligne. Quand on était sur le point d'arriver à Douville, Albertine tirant une dernière fois son miroir, trouvait quelquefois utile de changer ses gants ou d'ôter un instant son chapeau et avec le peigne d'écaille que je lui avais donné et qu'elle avait dans les cheveux, elle en lissait les coques, en relevait le bouffant, et s'il était nécessaire, au-dessus des ondulations qui descendaient en vallées régulières jusqu'à la nuque, remontait son chignon. Une fois dans les voitures qui nous attendaient, on ne savait plus du tout où on se trouvait ; les routes n'étaient pas éclairées ; on reconnaissait au bruit plus fort des roues qu'on traversait un village, on se croyait arrivé, on se retrouvait en pleins champs, on entendait des cloches lointaines, on oubliait qu'on était en smoking, et on s'était presque assoupi quand au bout de cette longue marge d'obscurité qui à cause de la distance parcourue et des incidents caractéristiques de tout trajet en chemin de fer, semblait nous avoir portés jusqu'à une heure avancée de la nuit et presque à moitié chemin d'un retour vers Paris, tout à coup après que le glissement de la voiture sur un sable plus fin avait décelé qu'on venait d'entrer dans le parc, explosaient, nous réintroduisant dans la vie mondaine, les éclatantes lumières du salon, puis de la salle à manger où nous éprouvions un vif mouvement de recul en entendant sonner ces huit heures que nous croyions passées depuis longtemps, tandis que les services nombreux et les vins fins allaient se succéder autour des hommes en frac et des femmes à demi-décolletées, en un dîner rutilant de clarté comme un véritable dîner en ville et qu'entourait seulement, changeant par là son caractère, la double écharpe sombre et singulière qu'avaient tissée, détournées par cette utilisation mondaine de leur solennité première, les heures nocturnes, champêtres et marines de l'aller et du retour. Celui-ci nous forçait en effet à quitter la splendeur rayonnante et vite oubliée du salon lumineux, pour les voitures où je m'arrangeais à être avec Albertine afin que mon amie ne pût être avec d'autres sans moi, et souvent pour une autre cause encore, qui est que nous pouvions tous deux faire bien des choses dans une voiture noire où les heurts de la descente nous excusaient d'ailleurs, au cas où un brusque rayon filtrerait, d'être cramponnés l'un à l'autre. Quand M. de Cambremer n'était pas encore brouillé avec les Verdurin, il me demandait : « Vous ne croyez pas, avec ce brouillard-là, que vous allez avoir vos étouffements ? Ma sœur en a eu de terribles ce matin. Ah ! vous en avez aussi, disait-il avec satisfaction. Je le lui dirai ce soir. Je sais qu'en rentrant elle s'informera tout de suite s'il y a longtemps que vous ne les avez pas eus. » Il ne me parlait d'ailleurs des miens que pour arriver à ceux de sa sœur, et ne me faisait décrire les particularités des premiers que pour mieux marquer les différences qu'il y avait entre les deux. Mais malgré celles-ci, comme les étouffements de sa sœur lui paraissaient devoir faire autorité, il ne pouvait croire que ce qui « réussissait » aux siens ne fut pas indiqué pour les miens et il s'irritait que je n'en essayasse pas, car il

y a une chose plus difficile encore que de s'astreindre
à un régime, c'est de ne pas l'imposer aux autres.
« D'ailleurs, que dis-je, moi profane, quand vous êtes
ici devant l'aréopage, à la source. Qu'en pense le
Professeur Cottard ? » Je revis du reste sa femme
une autre fois parce qu'elle avait dit que ma
« cousine » avait un drôle de genre et que je voulus
savoir ce qu'elle entendait par là. Elle nia l'avoir dit,
mais finit par avouer qu'elle avait parlé d'une personne qu'elle avait cru rencontrer avec ma cousine.
Elle ne savait pas son nom et dit finalement que si
elle ne se trompait pas, c'était là femme d'un
banquier, laquelle s'appelait Lina, Linette, Lisette,
Lia, enfin quelque chose de ce genre. Je pensais que
« femme d'un banquier » n'était mis que pour plus de
démarquage. Je voulus demander à Albertine si
c'était vrai. Mais j'aimais mieux avoir l'air de celui
qui sait que de celui qui questionne. D'ailleurs Albertine ne m'eût rien répondu ou un non dont le
« n » eût été trop hésitant et le « on » trop éclatant.
Albertine ne racontait jamais de faits pouvant lui
faire du tort, mais d'autres qui ne pouvaient s'expliquer que par les premiers, la vérité étant plutôt
un courant qui part de ce qu'on nous dit et qu'on
capte, tout invisible qu'il soit, que la chose même
qu'on nous a dite. Ainsi quand je lui assurai qu'une
femme qu'elle avait connue à Vichy avait mauvais genre, elle me jura que cette femme n'était
nullement ce que je croyais et n'avais jamais essayé
de lui faire faire le mal. Mais elle ajouta un autre
jour, comme je parlais de ma curiosité de ce genre de
personnes, que la dame de Vichy était une amie aussi,
qu'elle, Albertine, ne connaissait pas, mais que la
dame lui avait « *promis* de lui faire connaître ». Pour

qu'elle le lui eût promis, c'était donc qu'Albertine le désirait, ou que la dame avait, en le lui offrant, su lui faire plaisir. Mais si je l'avais objecté à Albertine, j'aurais eu l'air de ne tenir mes révélations que d'elle, je les aurais arrêtées aussitôt, je n'eusse plus rien su, j'eusse cessé de me faire craindre. D'ailleurs nous étions à Balbec, la dame de Vichy et son amie habitait Menton ; l'éloignement, l'impossibilité du danger eut tôt fait de détruire mes soupçons. Souvent quand M. de Cambremer m'interpellait de la gare, je venais avec Albertine de profiter des ténèbres et avec d'autant plus de peine que celle-ci s'était un peu débattue, craignant qu'elles ne fussent pas assez complètes. « Vous savez que je suis sûre que Cottard nous a vus, du reste même sans voir il a bien entendu notre voix étouffée, juste au moment où on parlait de vos étouffements d'un autre genre, me disait Albertine en arrivant à la gare de Douville où nous reprenions le petit chemin de fer pour le retour. Mais ce retour, de même que l'aller, si, en me donnant quelque impression de poésie, il réveillait en moi le désir de faire des voyages, de mener une vie nouvelle, et me faisait par là souhaiter d'abandonner tout projet de mariage avec Albertine, et même de rompre définitivement nos relations, me rendait aussi et à cause même de leur nature contradictoire cette rupture plus facile. Car au retour aussi bien qu'à l'aller, à chaque station montaient avec nous ou nous disaient bonjour du quai des gens de connaissance ; sur les plaisirs furtifs de l'imagination dominaient ceux, continuels, de la sociabilité qui sont si apaisants, si endormeurs. Déjà, avant les stations elles-mêmes, leurs noms (qui m'avaient tant fait rêver depuis le jour où je les avais entendus,

le premier soir où j'avais voyagé avec ma grand'-
mère), s'étaient humanisés, avaient perdu leur singularité depuis le soir où Brichot, à la prière d'Albertine nous en avait plus complètement expliqué
les étymologies. J'avais trouvé charmant la fleur
qui terminait certains noms, comme Fiquefleur,
Honfleur, Flers, Barfleur, Harfleur, etc., et amusant
le bœuf qu'il y a à la fin de Bricquebœuf. Mais la
fleur disparut et aussi le bœuf, quand Brichot (et
cela il me l'avait dit le premier jour dans le train)
nous apprit que fleur veut dire port (comme fiord) et
que bœuf, en normand *budh*, signifie cabane. Comme
il citait plusieurs exemples, ce qui m'avait paru particulier se généralisait, Bricquebœuf allait rejoindre
Elbeuf, et même dans un nom au premier abord aussi
individuel que le lieu, comme le nom de Pennedepie,
où les étrangetés les plus impossibles à élucider par
la raison me semblaient amalgamées depuis un temps
immémorial en un vocable vilain, savoureux et
durci comme certain fromage normand, je fus désolé
de retrouver le *pen* gaulois qui signifie montagne et
se retrouve aussi bien dans Pennemarck que dans
les Apennins. Comme à chaque arrêt du train je
sentais que nous aurions des mains amies à serrer,
sinon des visites à recevoir, je disais à Albertine :
« Dépêchez-vous de demander à Brichot les noms que
vous voulez savoir. Vous m'aviez parlé de Marcouville l'Orgueilleuse. — Oui, j'aime beaucoup cet
orgueil, c'est un village fier, dit Albertine. — Vous le
trouveriez, répondit Brichot, plus fier encore si au
lieu de se faire française ou même de basse latinité
telle qu'on la trouve dans le cartulaire de l'évêque de
Bayeux, Marcouvilla superba, vous preniez la forme
plus ancienne, plus voisine du Normand Marcul-

plinvilla superba, le village, le domaine de Merculph. Dans presque tous ces noms qui se terminent en ville, vous pourriez voir encore dressé sur cette côte, le fantôme des rudes envahisseurs normands. A Harembouville, vous n'avez eu debout à la portière du wagon que notre excellent docteur qui, évidemment, n'a rien d'un chef norois. Mais en fermant les yeux vous pourriez voir l'illustre Herimund (Herimundivilla). Bien que je ne sache pourquoi on aille sur ces routes-ci, comprises entre Loigny et Balbec-Plage, plutôt que sur celles fort pittoresques qui conduisent de Loigny au vieux Balbec, Mme Verdurin vous a peut-être promenés de ce côté là en voiture. Alors vous avez vu Incarville ou village de Wiscar et Tourville, avant d'arriver chez Mme Verdurin, c'est le village de Turold. D'ailleurs il n'y eût pas que des Normands. Il semble que des Allemands soient venus jusqu'ici (Aumenancourt, Alemanicurtis) — ne le disons pas à ce jeune officier que j'aperçois ; il serait capable de ne plus vouloir aller chez ses cousins. Il y eut aussi des Saxons comme en témoigne la fontaine de Sissonne (un des buts de promenade favoris de Mme Verdurin et à juste titre), aussi bien qu'en Angleterre le Middlesex, le Wessex. Chose inexplicable, il semble que des Goths, des gueux comme on disait, soient venus jusqu'ici, et même les Maures, car Mortagne vient de Mauretania. La trace en est restée à Gourville — Gothorunvilla. Quelque vestige des Latins subsiste d'ailleurs aussi, Lagny (Latiniacum). — Moi je demande l'explication de Thorpehomme, dit M. de Charlus. Je comprends homme, ajouta-t-il, tandis que le sculpteur et Cottard échangeaient un regard d'intelligence. Mais Thorph ? — Homme ne signifie nullement ce

que vous êtes naturellement porté à croire, Baron,
répondit Brichot, en regardant malicieusement Cottard et le sculpteur. Homme n'a rien à voir ici avec
le sexe auquel je ne dois pas ma mère. Homme c'est
Holm qui signifie îlot, etc... Quant à Thorph, ou
village, on le retrouve dans cent mots dont j'ai déjà
ennuyé notre jeune ami. Ainsi dans Thorpehomme
il n'y a pas de nom de chef normand, mais des mots
de la langue normande. Vous voyez comme tout ce
pays a été germanisé. — Je crois qu'il exagère, dit
M. de Charlus. J'ai été hier à Orgeville. — Cette
fois-ci je vous rends l'homme que je vous avais ôté
dans Thorphomme, Baron. Soit dit sans pédantisme,
une charte de Robert Ier nous donne pour Orgeville
Otgervilla, le domaine d'Otger. Tous ces noms sont
ceux d'anciens seigneurs. Octeville la Venelle est
pour l'Avenel. Les Avenel étaient une famille connue
au moyen âge. Bourguenolles, où Mme Verdurin nous
a emmenés l'autre jour, s'écrivait Bourg de môles,
car ce village appartint au xie siècle à Baudoin de
Môles, ainsi que la Chaise-Baudoin, mais nous voici
à Doncières. — Mon Dieu, que de lieutenants vont
essayer de monter, dit M. de Charlus, avec un effroi
simulé. Je le dis pour vous, car moi cela ne me gêne
pas, puisque je descends. — Vous entendez, docteur,
dit Brichot ? Le Baron a peur que des officiers ne lui
passent sur le corps. Et pourtant ils sont dans leur
rôle en se trouvant massés ici, car Doncières, c'est
exactement Saint-Cyr, Dominus Cyriacus. Il y a
beaucoup de noms de villes où Sanctus et Sancta
sont remplacés par *dominus* et par *domina*. Du reste
cette ville calme et militaire a parfois de faux airs de
Saint-Cyr, de Versailles, et même de Fontaine-
bleau. »

Pendant ces retours (comme à l'aller), je disais à
Albertine de se vêtir, car je savais bien qu'à Amnan-
court, à Doncières, à Épreville, à Saint-Vast, nous
aurions de courtes visites à recevoir. Elles ne m'é-
taient d'ailleurs pas désagréables, que ce fût à Hermenonville (le domaine d'Herimund) celle de M. de
Chevregny, profitant de ce qu'il était venu chercher
des invités, pour me demander de venir le lendemain déjeuner à Montsurvent, ou à Doncières,
la brusque invasion d'un des charmants amis de
Saint-Loup envoyés par lui (s'il n'était pas libre)
pour me transmettre une invitation du capitaine
de Borodino, du mess des officiers au Cocq-Hardi,
ou des sous-officiers au Faisan Doré. Si Saint-
Loup venait souvent lui-même et pendant tout
le temps qu'il était là, sans qu'on pût s'en apercevoir, je tenais Albertine prisonnière sous mon regard, d'ailleurs inutilement vigilant. Une fois pourtant j'interrompis ma garde. Comme il y avait un
long arrêt, Bloch nous ayant salué, se sauva presque
aussitôt pour rejoindre son père, lequel venait
d'hériter de son oncle et ayant loué un château
qui s'appelait la Commanderie, trouvait grand seigneur de ne circuler qu'en une chaise de poste, avec
des postillons en livrée. Bloch me pria de l'accompagner jusqu'à la voiture. « Mais hâte-toi, car ces
quadrupèdes sont impatients, viens homme cher
aux dieux, tu feras plaisir à mon père. » Mais je
souffrais trop de laisser Albertine dans le train avec
Saint-Loup, ils auraient pu, pendant que j'avais le
dos tourné, se parler, aller dans un autre wagon, se
sourire, se toucher, mon regard adhérent à Albertine
ne pouvait se détacher d'elle tant que Saint-Loup
serait là. Or je vis très bien que Bloch, qui m'avait

demandé comme un service d'aller dire bonjour à
son père, d'abord trouva peu gentil que je le lui
refusasse quand rien ne m'en empêchait, les em-
ployés ayant prévenu que le train resterait encore
au moins un quart d'heure en gare et que presque
tous les voyageurs, sans lesquels il ne repartirait pas,
étaient descendus ; et ensuite ne douta pas que ce
fût parce que décidément — ma conduite en cette
occasion lui était une réponse décisive — j'étais
snob. Car il n'ignorait pas le nom des personnes avec
qui je me trouvais. En effet M. de Charlus m'avait
dit, quelque temps auparavant et sans se souvenir
ou se soucier que cela eût jadis été fait pour se rapprocher de lui : « Mais présentez-moi donc votre
ami, ce que vous faites est un manque de respect
pour moi et il avait causé avec Bloch, qui avait paru
lui plaire extrêmement au point qu'il l'avait gra-
tifié d'un « j'espère vous revoir ». « Alors c'est irrévo-
cable, tu ne veux pas faire ces cent mètres pour dire
bonjour à mon père, à qui ça ferait tant de plaisir,
me dit Bloch. » J'étais malheureux d'avoir l'air
de manquer à la bonne camaraderie, plus encore de
la cause pour laquelle Bloch croyait que j'y manquais
et de sentir qu'il s'imaginait que je n'étais pas le
même avec mes amis bourgeois quand il y avait
des gens « nés ». De ce jour il cessa de me témoigner la même amitié et, ce qui m'était plus pénible, n'eut plus pour mon caractère la même
estime. Mais pour le détromper sur le motif qui
m'avait fait rester dans le wagon, il m'eût fallu lui
dire quelque chose — à savoir que j'étais jaloux
d'Albertine — qui m'eût été encore plus douloureux
que de le laisser croire que j'étais stupidement mondain. C'est ainsi que théoriquement on trouve qu'on

197

devrait toujours s'expliquer franchement, éviter
les malentendus. Mais bien souvent la vie les com-
bine de telle manière que pour les dissiper, dans les
rares circonstances où ce serait possible, il faudrait
révéler ou bien — ce qui n'est pas le cas ici — quelque
chose qui froisserait encore plus notre ami que le
tort imaginaire qu'il nous impute, ou un secret dont
la divulgation — et c'était ce qui venait de m'arriver — nous paraît pire encore que le malen-
tendu. Et d'ailleurs même sans expliquer à Bloch,
puisque je ne le pouvais pas, la raison pour laquelle
je ne l'avais pas accompagné, si je l'avais prié de
ne pas être froissé, je n'aurais fait que redoubler
ce froissement en montrant que je m'en étais aperçu.
Il n'y avait rien à faire qu'à s'incliner devant ce
fatum qui avait voulu que la présence d'Albertine
empêchât de le reconduire et qu'il pût croire que
c'était au contraire celle de gens brillants, laquelle,
l'eussent-ils été cent fois plus, n'aurait eu pour effet
que de me faire occuper exclusivement de Bloch et
réserver pour lui toute ma politesse. Il suffit de la
sorte qu'accidentellement, absurdement, un incident (ici la mise en présence d'Albertine et de Saint-
Loup) s'interpose entre deux destinées dont les
lignes convergeaient l'une vers l'autre pour qu'elles
soient déviées, s'écartent de plus en plus et ne se
rapprochent jamais. Et il y a des amitiés plus belles
que celle de Bloch pour moi, qui se sont trouvées
détruites, sans que l'auteur involontaire de la brouille
ait jamais pu expliquer au brouillé ce qui sans doute
eût guéri son amour-propre et ramené sa sympathie
fuyante.

Amitiés plus belles que celle de Bloch ne serait pas
du reste beaucoup dire. Il avait tous les défauts

SODOME ET GOMORRHE

qui me déplaisaient le plus. Ma tendresse pour Albertine se trouvait, par accident, les rendre tout à fait insupportables. Ainsi dans ce simple moment où je causai avec lui tout en surveillant Robert de l'œil, Bloch me dit qu'il avait déjeuné chez Mme Bontemps et que chacun avait parlé de moi avec les plus grands éloges jusqu'au « déclin d'Hélios ». « Bon, pensai-je, comme Mme Bontemps croit Bloch un génie, le suffrage enthousiaste qu'il m'aura accordé fera plus que ce que tous les autres ont pu dire, cela reviendra à Albertine. D'un jour à l'autre elle ne peut manquer d'apprendre, et cela m'étonne que sa tante ne lui ait déjà pas redit, que je suis un homme « supérieur ». « Oui, ajouta Bloch, tout le monde a fait ton éloge. Moi seul j'ai gardé un silence aussi profond que si j'eusse absorbé au lieu du repas, d'ailleurs médiocre qu'on nous servait, des pavots, chers au bienheureux frère de Tanathos et de Léthé, le divin Hypnos, qui enveloppe de doux liens le corps et la langue. Ce n'est pas que je t'admire moins que la bande de chiens avides avec lesquels on m'avait invité. Mais moi je t'admire parce que je te comprends, et eux t'admirent sans te comprendre. Pour bien dire, je t'admire trop pour parler de toi ainsi en public, cela m'eût semblé une profanation de louer à haute voix ce que je porte au plus profond de mon cœur. On eut beau me questionner à ton sujet, une Pudeur sacrée, fille du Kronion, me fit rester muet. » Je n'eus pas le mauvais goût de paraître mécontent, mais cette Pudeur là me sembla apparentée — beaucoup plus qu'au Kronion — à la pudeur qui empêche un critique qui vous admire de parler de vous parce que le temple secret où vous trônez serait envahi par la tourbe des

199

lecteurs ignares et des journalistes — à la pudeur de
l'homme d'état qui ne vous décore pas pour que
vous ne soyez pas confondu au milieu de gens qui
ne vous valent pas, à la pudeur de l'académicien qui
ne vote pas pour vous, afin de vous épargner la
honte d'être le collègue de X... qui n'a pas de talent,
à la pudeur enfin, plus respectable et plus criminelle
pourtant, des fils qui nous prient de ne pas écrire
sur leur père défunt qui fut plein de mérites, afin
d'assurer le silence et le repos, d'empêcher qu'on
entretienne la vie et qu'on crée de la gloire autour
du pauvre mort, qui préfèrerait son nom prononcé
par les bouches des hommes aux couronnes, fort
pieusement portées d'ailleurs, sur son tombeau.

Si Bloch, tout en me désolant en ne pouvant comprendre la raison qui m'empêchait d'aller saluer son
père, m'avait exaspéré en m'avouant qu'il m'avait
déconsidéré chez Mme Bontemps (je comprenais
maintenant pourquoi Albertine ne m'avait jamais
fait allusion à ce déjeuner et restait silencieuse
quand je lui parlais de l'affection de Bloch pour
moi) le jeune israélite avait produit sur M. de
Charlus une impression toute autre que l'agacement.

Certes Bloch croyait maintenant que non seulement je ne pouvais rester une seconde loin de gens
élégants, mais que jaloux des avances qu'ils avaient
pu lui faire (comme M. de Charlus), je tâchais de
mettre des bâtons dans les roues et de l'empêcher de
se lier avec eux ; mais de son côté le Baron regrettait
de n'avoir pas vu davantage mon camarade. Selon
son habitude il se garda de le montrer. Il commença
par me poser, sans en avoir l'air, quelques questions
sur Bloch, mais d'un ton si nonchalant, avec un inté-

rêt qui semblait tellement simulé, qu'on n'aurait pas
cru qu'il entendait les réponses. D'un air de détache-
ment, sur une mélopée qui exprimait plus que l'indifférence, la distraction, et comme par simple politesse pour moi. « Il a l'air intelligent, il a dit qu'il
écrivait, a-t-il du talent ? » Je dis à M. de Charlus
qu'il avait été bien aimable de lui dire qu'il espérait
le revoir. Pas un mouvement ne révéla chez le Baron
qu'il eût entendu ma phrase, et comme je la répétai
quatre fois sans avoir de réponse, je finis par douter
si je n'avais pas été le jouet d'un mirage acoustique
quand j'avais cru entendre ce que M. de Charlus
avait dit. « Il habite Balbec ? » chantonna le Baron,
d'un air si peu questionneur qu'il est fâcheux que
la langue française ne possède pas un signe autre
que le point d'interrogation pour terminer ces
phrases apparemment si peu interrogatives. Il est
vrai que ce signe ne servirait guère pour M. de
Charlus. « Non, ils ont loué près d'ici « la Commanderie. » Ayant appris ce qu'il désirait, M. de Charlus feignit de mépriser Bloch. « Quelle horreur,
s'écria-t-il, en rendant à sa voix toute sa vigueur
claironnante. Toutes les localités ou propriétés
appelées « La Commanderie » ont été bâties ou
possédées par les Chevaliers de l'Ordre de Malte
(dont je suis) comme les lieux dits le Temple ou
la Cavalerie par les Templiers. J'habiterais la Commanderie que rien ne serait plus naturel. Mais
un Juif ! Du reste cela ne m'étonne pas ; cela tient
à un curieux goût du sacrilège, particulier à cette
race. Dès qu'un juif a assez d'argent pour acheter
un château il en choisit toujours un qui s'appelle
le Prieuré, l'Abbaye, le Monastère, la Maison-Dieu.
J'ai eu affaire à un fonctionnaire juif, devinez où il

résidait : à Pont-l'Évêque. Mis en disgrâce, il se fit envoyer en Bretagne, à Pont-l'Abbé. Quand on donne dans la Semaine Sainte ces indécents spectacles qu'on appelle *la Passion*, la moitié de la salle est remplie de juifs, exultant à la pensée qu'ils vont mettre une seconde fois le Christ sur la Croix, au moins en effigie. Au concert Lamoureux, j'avais pour voisin un jour un riche banquier juif. On joua l'*Enfance du Christ*, de Berlioz, il était consterné. Mais il retrouva bientôt l'expression de béatitude qui lui est habituelle en entendant l'enchantement du vendredi-saint. Votre ami habite la Commanderie, le malheureux ! Quel sadisme ! Vous m'indiquerez le chemin, ajouta-t-il en reprenant l'air d'indifférence, pour que j'aille un jour voir comment nos antiques domaines supportent une pareille profanation. C'est malheureux, car il est poli, il semble fin. Il ne lui manquerait plus que de demeurer à Paris, rue du Temple ! « M. de Charlus avait l'air, par ces mots, de vouloir seulement trouver à l'appui de sa théorie un nouvel exemple ; mais il me posait en réalité une question à deux fins dont la principale était de savoir l'adresse de Bloch. » En effet, fit remarquer Brichot, la rue du Temple s'appelait rue de la Chevalerie-du-Temple. Et à ce propos, me permettez-vous une remarque, Baron, dit l'universitaire ? — Quoi ? Qu'est-ce que c'est ? dit sèchement M. de Charlus, que cette observation empêchait d'avoir son renseignement. — Non, rien, répondit Brichot intimidé. C'était à propos de l'étymologie de Balbec qu'on m'avait demandée. La rue du Temple s'appelait autrefois la rue Barre-du-Bac, parce que l'Abbaye-du-Bac en Normandie, avait là à Paris sa barre de justice. » M. de Charlus ne répondit rien et fit semblant de ne pas avoir entendu, ce qui était chez lui une des formes de l'insolence. « Où votre ami demeure-t-il à Paris ? Comme les trois quarts des rues tirent leur nom d'une église ou d'une abbaye, il y a chance pour que le sacrilège continue. On ne peut pas empêcher des juifs de demeurer boulevard de la Madeleine, faubourg Saint-Honoré ou place Saint-Augustin. Tant qu'ils ne raffinent pas par perfidie en élisant domicile place du Parvis Notre-Dame, quai de l'Archevêché, rue Chanoinesse, ou rue de l'Ave-Maria, il faut leur tenir compte des difficultés. » Nous ne pûmes renseigner M. de Charlus, l'adresse actuelle de Bloch nous étant inconnue. Mais je savais que les bureaux de son père étaient rue des Blancs-Manteaux. « Oh ! quel comble de perversité, s'écria M. de Charlus, en paraissant trouver, dans son propre cri d'ironique indignation, une satisfaction profonde. Rue des Blancs-Manteaux, répéta-t-il en pressurant chaque syllabe et en riant ! Quel sacrilège ! Pensez que ces Blancs-Manteaux pollués par M. Bloch étaient ceux des frères mendiants, dits serfs de la Sainte Vierge, que saint Louis établit là. Et la rue a toujours été à des ordres religieux. La profanation est d'autant plus diabolique qu'à deux pas de la rue des Blancs-Manteaux, il y a une rue dont le nom m'échappe et qui est tout entière concédée aux Juifs, il y a des caractères hébreux sur les boutiques, des fabriques de pains azymes, des boucheries juives, c'est tout à fait la judengasse de Paris. C'est là que M. Bloch aurait dû demeurer. Naturellement, reprit-il sur un ton assez emphatique et fier et pour tenir des propos esthétiques donnant par une réponse que lui adressait malgré lui son hérédité, un air de vieux mousquetaire Louis XIII, à son visage redressé en

arrière, je ne m'occupe de tout cela qu'au point de
vue de l'art. La politique n'est pas de mon ressort
et je ne peux pas condamner en bloc, puisque Bloch
il y a, une nation qui compte Spinoza parmi ses
enfants illustres. Et j'admire trop Rembrandt pour
ne pas savoir la beauté qu'on peut tirer de la fréquentation de la synagogue. Mais enfin un ghetto est
d'autant plus beau qu'il est plus homogène et plus
complet. Soyez sûr du reste, tant l'instinct pratique
et la cupidité se mêlent chez ce peuple au sadisme,
que la proximité de la rue hébraïque dont je vous
parle, la commodité d'avoir sous la main les boucheries d'Israel a fait choisir à votre ami la rue
des Blancs-Manteaux. Comme c'est curieux ! C'est
du reste par là que demeurait un étrange juif qui
avait fait bouillir des hosties, après quoi je pense
qu'on le fit bouillir lui-même, ce qui est plus
étrange encore puisque cela a l'air de signifier
que le corps d'un juif peut valoir autant que
le corps du Bon Dieu. Peut-être pourrait-on arranger quelque chose avec votre ami pour qu'il nous
mène voir l'église des Blancs-Manteaux. Pensez
que c'est là qu'on déposa le corps de Louis d'Orléans
après son assassinat par Jean sans Peur, lequel
malheureusement ne nous a pas délivré des Orléans.
Je suis d'ailleurs personnellement très bien avec mon
cousin le duc de Chartres, mais enfin c'est une race
d'usurpateurs qui a fait assassiner Louis XVI,
dépouiller Charles X et Henri V. Ils ont du reste de
qui tenir ayant pour ancêtres Monsieur, qu'on appelait sans doute ainsi parce que c'était la plus éton-
nante des vieilles dames, et le Régent et le reste.
Quelle famille ! » Ce discours antijuif ou prohébreu
— selon qu'on s'attachera à l'extérieur des phrases

ou aux intentions qu'elles recélaient, — avait été
comiquement coupé pour moi par une phrase que
Morel me chuchota et qui avait désespéré M. de
Charlus. Morel qui n'avait pas été sans s'apercevoir
de l'impression que Bloch avait produite, me remerciait à l'oreille de l'avoir « expédié », ajoutant cyni-
quement : « Il aurait voulu rester, tout ça c'est la
jalousie, il voudrait me prendre ma place. C'est
bien d'un youpin ! » « On aurait pu profiter de cet
arrêt qui se prolonge pour demander quelques
explications rituelles à votre ami. Est-ce que vous
ne pourriez pas le rattraper, me demanda M. de
Charlus, avec l'anxiété du doute. » « Non, c'est impossible, il est parti en voiture et d'ailleurs fâché avec
moi. — Merci, merci, me souffla Morel. — La raison
est absurde, on peut toujours rejoindre une voiture,
rien ne vous empêcherait de prendre une auto »,
répondit M. de Charlus, en homme habitué à ce que
tout pliât devant lui. Mais remarquant mon silence :
Quelle est cette voiture plus ou moins imaginaire,
me dit-il avec insolence et un dernier espoir. — C'est
une chaise de poste ouverte et qui doit être déjà
arrivée à la Commanderie. » Devant l'impossible,
M. de Charlus se résigna et affecta de plaisanter. « Je
comprends qu'ils aient reculé devant le coupé
superfétatoire. Ç'aurait été un recoupé.» Enfin on fut
avisé que le train repartait et Saint-Loup nous
quitta. Mais ce jour fut le seul où en montant dans
notre wagon il me fit, à son insu, souffrir, par la
pensée que j'eus un instant de le laisser avec Albertine pour accompagner Bloch. Les autres fois sa
présence ne me tortura pas. Car d'elle-même
Albertine, pour m'éviter toute inquiétude, se plaçait
sous un prétexte quelconque, de telle façon qu'elle

n'aurait pas même involontairement frôlé Robert,
presque trop loin pour avoir même à lui tendre la
main, détournant de lui les yeux elle se mettait,
dès qu'il était là, à causer ostensiblement et presque
avec affectation avec l'un quelconque des autres
voyageurs, continuant ce jeu jusqu'à ce que Saint-
Loup fut parti. De la sorte les visites qu'il nous
faisait à Doncières ne me causant aucune souffrance,
même aucune gêne, ne mettaient pas une exception
parmi les autres qui toutes m'étaient agréables en
m'apportant en quelque sorte l'hommage et l'invitation de cette terre. Déjà dès la fin de l'été, dans
notre trajet de Balbec à Douville, quand j'apercevais
au loin cette station de Saint-Pierre des Ifs où, le
soir pendant un instant, la crête des falaises scintil-
lait toute-rose comme au soleil couchant la neige
d'une montagne, elle ne me faisait plus penser, je
ne dis pas même à la tristesse que la vue de son
étrange relèvement soudain m'avait causé le premier soir en me donnant si grande envie de reprendre
le train pour Paris au lieu de continuer jusqu'à
Balbec, au spectacle que le matin on pouvait avoir
de là m'avait dit Elstir, à l'heure qui précède le
soleil levé, où toutes les couleurs de l'arc en ciel se
réfractent sur les rochers, et où tant de fois il avait
réveillé le petit garçon qui, une année, lui avait
servi de modèle pour le peindre tout nu, sur le sable.
Le nom de Saint-Pierre des Ifs m'annonçait seulement qu'allait apparaître un quinquagénaire étrange,
spirituel et fardé, avec qui je pourrais parler de
Chateaubriand et de Balzac. Et maintenant dans
les brumes du soir, derrière cette falaise d'Incarville,
qui m'avait tant fait rêver autrefois, ce que je voyais
comme si son grès antique était devenu transparent

c'était la belle maison d'un oncle de M. de Cambremer et dans laquelle je savais qu'on serait toujours content de me recueillir si je ne voulais pas dîner à la Raspelière ou rentrer à Balbec. Ainsi ce n'était pas seulement les noms des lieux de ce pays qui avaient perdu leur mystère du début, mais ces lieux eux-mêmes. Les noms déjà vidés à demi d'un mystère que l'étymologie avait remplacé par le raisonnement, étaient encore descendus d'un degré. Dans nos retours à Hermenonville, à Saint-Vast, à Arambou-ville, au moment où le train s'arrêtait, nous apercevions des ombres que nous ne reconnaissions pas d'abord et que Brichot, qui n'y voyait goutte, aurait peut-être pu prendre dans la nuit pour les fantômes d'Hérimund, de Wiscar, et d'Herimbald. Mais elles approchaient du wagon. C'était simplement M. de Cambremer, tout à fait brouillé avec les Verdurin, qui reconduisait des invités et qui, de la part de sa mère et de sa femme, venait me demander si je ne voulais pas qu'il « m'enlevât » pour me garder quelques jours à Féterne où allaient se succéder une excellente musicienne, qui me chanterait tout Gluck et un joueur d'échecs réputé, avec qui je ferais d'excellentes parties qui ne feraient pas tort à celles de pêche et de yachting dans la baie, ni même aux dîners Verdurin, pour lesquels le Marquis s'engageait sur l'honneur à me « prêter », en me faisant conduire et rechercher pour plus de facilité, et de sûreté aussi. « Mais je ne peux pas croire que ce soit bon pour vous d'aller si haut. Je sais que ma sœur ne pourrait pas le supporter. Elle reviendrait dans un état ! Elle n'est du reste pas très bien fichue en ce moment. Vraiment, vous avez eu une crise si forte ! Demain vous ne pourrez pas vous tenir debout ! » Et il se tordait, non par méchanceté, mais pour la même raison qu'il ne pouvait sans rire voir dans la rue un boiteux qui s'étalait, ou causer avec un sourd. « Et avant ? Comment, vous n'en avez pas eu depuis quinze jours. Savez-vous que c'est très beau. Vraiment vous devriez venir vous installer à Féterne, vous causeriez de vos étouffements avec ma sœur. » A Incarville c'était le marquis de Montpeyroux qui, n'ayant pas pu aller à Féterne, car il s'était absenté pour la chasse, était venu « au train » en bottes et le chapeau orné d'une plume de faisan, serrer la main des partants et à moi par la même occasion, en m'annonçant pour le jour de la semaine qui ne me gênerait pas, la visite de son fils, qu'il me remerciait de recevoir et qu'il serait très heureux que je fisse un peu lire ; ou bien M. de Crécy, venu faire sa digestion, disait-il, fumant sa pipe acceptant un ou même plusieurs cigares et qui me disait : « Hé bien ! vous ne me dites pas de jour pour notre prochaine réunion à la Lucullus ? Nous n'avons rien à nous dire ? permettez-moi de vous rappeler que nous avons laissé en train la question des deux familles de Montgommery. Il faut que nous finissions cela. Je compte sur vous. » D'autres étaient venus seulement acheter leurs journaux. Et aussi beaucoup faisaient la causette avec nous, que j'ai toujours soupçonnés ne s'être trouvés sur le quai, à la station la plus proche de leur petit château que parce qu'il n'avaient rien d'autre à faire que de retrouver un moment des gens de connaissance. Un cadre de vie mondaine comme un autre, en somme, que ces arrêts du petit chemin de fer. Lui-même semblait avoir conscience de ce rôle qui lui était dévolu, avait contracté quelque amabilité humaine ; patient, d'un caractère

docile, il attendait aussi longtemps qu'on voulait
les retardataires, et même une fois parti s'arrêtait
pour recueillir ceux qui lui faisaient signe ; ils couraient alors après lui en soufflant, en quoi ils lui
ressemblaient, mais différaient de lui en ce qu'ils le
rattrapaient à toute vitesse, alors que lui n'usait que
d'une sage lenteur. Ainsi Hermonville, Arambouville,
Incarville, ne m'évoquaient même plus les farouches
grandeurs de la conquête normande, non contents
de s'être entièrement dépouillés de la tristesse inexplicable, où je les avais vu baigner jadis dans l'humidité du soir. Doncières ! pour moi, même après
l'avoir connu et m'être éveillé de mon rêve, combien
il était resté longtemps dans ce nom des rues agréablement glaciales, des vitrines éclairées, des succu-
lentes volailles. Doncières ! Maintenant ce n'était plus
que la station où montait Morel, Égleville (Aquilœ-
villa), celle où nous attendait généralement la Princesse Sherbatoff, Maineville, la station où descendait
Albertine les soirs de beau temps, quand, n'étant pas
trop fatiguée, elle avait envie de prolonger encore
un moment avec moi, n'ayant, par un raidillon,
guère plus à marcher que si elle était descendue à
Parville (Paterni villa). Non seulement je n'éprouvais
plus la crainte anxieuse d'isolement qui m'avait
étreint le premier soir, mais je n'avais plus à craindre
qu'il se réveillât, ni de me sentir dépaysé ou de me
trouver seul sur cette terre productive non seulement
de châtaigniers et de tamaris, mais d'amitiés qui tout
le long du parcours formaient une longue chaîne,
interrompue comme celle des collines bleuâtres,
cachées parfois dans l'anfractuosité du roc ou derrière les tilleuls de l'avenue, mais déléguant à chaque
relai un aimable gentilhomme qui venait, d'une

poignée de main cordiale, interrompre ma route, m'empêcher d'en sentir la longueur, m'offrir au besoin de la continuer avec moi. Un autre serait à la gare suivante, si bien que le sifflet du petit tram ne nous faisait quitter un ami que pour nous permettre d'en retrouver d'autres. Entre les châteaux les moins rapprochés et le chemin de fer qui les côtoyait presque au pas d'une personne qui marche vite, la distance était si faible qu'au moment où, sur le quai, devant la salle d'attente, nous interpellaient leurs propriétaires, nous aurions presque pu croire qu'ils le faisaient du seuil de leur porte, de la fenêtre de leur chambre, comme si la petite voie départementale n'avait été qu'une rue de province et la gentilhommière isolée qu'un hôtel citadin ; et même aux rares stations où je n'entendais le « bonsoir » de personne, le silence avait une plénitude nourricière et calmante, parce que je le savais formé du sommeil d'amis couchés tôt dans le manoir proche où mon arrivée eût été saluée avec joie si j'avais eu à les réveiller pour leur demander quelque service d'hospitalité. Outre que l'habitude remplit tellement notre temps qu'il ne nous reste plus au bout de quelques mois un instant de libre dans une ville où à l'arrivée la journée nous offrait la disponibilité de ses douze heures, si une par hasard était devenue vacante, je n'aurais plus eu l'idée de l'employer à voir quelque église pour laquelle j'étais jadis venu à Balbec, ni même à confronter un site peint par Elstir avec l'esquisse que j'en avais vue chez lui, mais à aller faire une partie d'échecs de plus chez M. Féré. C'était en effet la dégradante influence, comme le charme aussi qu'avait eu ce pays de Balbec de devenir pour moi un vrai pays de con-

naissances ; si sa répartition territoriale, son ense-
mencement extensif tout le long de la côte, en cul-
tures diverses, donnaient forcément aux visites que
je faisais à ces différents amis la forme du voyage,
elles restreignait aussi le voyage à n'avoir plus que
l'agrément social d'une suite de visites. Les mêmes
noms de lieux, si troublants pour moi jadis que le
simple *Annuaire des Châteaux*, feuilleté au chapitre
du département de la Manche me causait autant
d'émotion que l'Indicateur des chemins de fer,
m'étaient devenus si familiers que cet indicateur
même, j'aurais pu le consulter à la page Balbec-
Douville par Doncières, avec la même heureuse tran-
quillité qu'un dictionnaire d'adresses. Dans cette
vallée trop sociale aux flancs de laquelle je sentais
accrochées, visibles ou non, une compagnie d'amis
nombreux, le poétique cri du soir n'était plus celui
de la chouette ou de la grenouille, mais le « comment
va ? » de M. de Criquetot ou le « Kaire » de Brichot.
L'atmosphère n'y éveillait plus d'angoisses, et
chargée d'effluves purement humaines, y était aisément respirable, trop calmante même. Le bénéfice
que j'en tirais au moins était de ne plus voir les
choses qu'au point de vue pratique. Le mariage
avec Albertine m'apparaissait comme une folie.

CHAPITRE IV

Brusque revirement vers Albertine. Désolation au lever du soleil. Je pars immédiatement avec Albertine pour Paris.

Je n'attendais qu'une occasion pour la rupture définitive. Et, un soir, comme maman partait le lendemain pour Combray, où elle allait assister dans sa dernière maladie une sœur de sa mère, me laissant pour que je profitasse, comme grand'-mère aurait voulu, de l'air de la mer, je lui avais annoncé qu'irrévocablement j'étais décidé à ne pas épouser Albertine et allais cesser prochainement de la voir. J'étais content d'avoir pu, par ces mots, donner satisfaction à ma mère la veille de son départ. Elle ne m'avait pas caché que c'en avait été en effet une très vive pour elle. Il fallait aussi m'en expliquer avec Albertine. Comme je revenais avec elle de la Raspelière, les fidèles étant descendus tels à Saint-Mars-le-Vêtu, tels à Saint-Pierre-des-Ifs, d'autres à Doncières, me sentant particulièrement heureux et détaché d'elle, je m'étais décidé, maintenant qu'il n'y avait plus que nous deux dans le wagon, à aborder enfin cet entretien. La vérité d'ailleurs est que celle des jeunes filles de Balbec que j'aimais, bien qu'absente en ce moment ainsi

212

que ses amies, mais qui allait revenir (je me plaisais avec toutes, parce que chacune avait pour moi, comme le premier jour, quelque chose de l'essence des autres, était comme d'une race à part) c'était Andrée. Puisqu'elle allait arriver de nouveau, dans quelques jours, à Balbec, certes aussitôt elle viendrait me voir, et alors, pour rester libre, ne pas l'épouser si je ne voulais pas, pour pouvoir aller à Venise, mais pourtant l'avoir d'ici là toute à moi, le moyen que je prendrais ce serait de ne pas trop avoir l'air de venir à elle et dès son arrivée, quand nous causerions ensemble, je lui dirais « : Quel dommage que je ne vous aie pas vue quelques semaines plus tôt. Je vous aurais aimée ; maintenant mon cœur est pris. Mais cela ne fait rien, nous nous verrons souvent, car je suis triste de mon autre amour et vous m'aiderez à me consoler. » Je souriais intérieurement en pensant à cette conversation car de cette façon, je donnerais à Andrée l'illusion que je ne l'aimais pas vraiment ; ainsi elle ne serait pas fatiguée de moi et je profiterais joyeusement et doucement de sa tendresse. Mais tout cela ne faisait que rendre plus nécessaire de parler enfin sérieusement à Albertine, afin de ne pas agir indélicatement, et puisque j'étais décidé à me consacrer à son amie, il fallait qu'elle sût bien, elle, Albertine, que je ne l'aimais pas. Il fallait le lui dire tout de suite, Andrée pouvant venir d'un jour à l'autre. Mais comme nous approchions de Parville, je sentis que nous n'aurions pas le temps ce soir-là et qu'il valait mieux remettre au lendemain ce qui maintenant était irrévocablement résolu. Je me contentai donc de parler avec elle du dîner que nous avions fait chez les Verdurin. Au moment où elle remettait son manteau, le train venant de quitter Incarville, dernière station avant Parville, elle me dit : « Alors demain, re-Verdurin, vous n'oubliez pas que c'est vous qui venez me prendre. » Je ne pus m'empêcher de répondre assez sèchement : « Oui, à moins que je ne « lâche », car je commence à trouver cette vie vraiment stupide. En tous cas si nous y allons, pour que mon temps à la Raspelière ne soit pas du temps absolument perdu, il faudra que je pense à demander à Mme Verdurin quelque chose qui pourra m'intéresser beaucoup, être un objet d'études, et me donner du plaisir, car j'en ai vraiment bien peu cette année à Balbec. — Ce n'est pas aimable pour moi, mais je ne vous en veux pas, parce que je sens que vous êtes nerveux ? Quel est ce plaisir ? — Que Mme Verdurin me fasse jouer des choses d'un musicien dont elle connaît très bien les œuvres. Moi aussi j'en connais une, mais il paraît qu'il y en a d'autres et j'aurais besoin de savoir si c'est édité, si cela diffère des premières. — Quel musicien ? — Ma petite chérie, quand je t'aurai dit qu'il s'appelle Vinteuil, en seras-tu beaucoup plus avancée ? » Nous pouvons avoir roulé toutes les idées possibles, la vérité n'y est jamais entrée, et c'est du dehors, quand on s'y attend le moins, qu'elle nous fait son affreuse piqûre et nous blesse pour toujours. « Vous ne savez pas comme vous m'amusez, me répondit Albertine en se levant, car le train allait s'arrêter. Non seulement cela me dit beaucoup plus que vous ne croyez, mais même sans Mme Verdurin je pourrai vous avoir tous les renseignements que vous voudrez. Vous vous rappelez que je vous ai parlé d'une amie plus âgée que moi qui m'a servi de mère, de sœur, avec qui j'ai passé à Trieste mes meilleures années et que d'ailleurs je

dois dans quelques semaines retrouver à Cherbourg,
d'où nous voyagerons ensemble (c'est un peu baro-
que, mais vous savez comme j'aime la mer), hé
bien ! cette amie (oh ! pas du tout le genre de femmes
que vous pourriez croire !), regardez comme c'est
extraordinaire, est justement la meilleure amie de
la fille de ce Vinteuil, et je connais presque autant
la fille de Vinteuil. Je ne les appelle jamais que mes
deux grandes sœurs. Je ne suis pas fâchée de vous
montrer que votre petite Albertine pourra vous
être utile pour ces choses de musique, où vous dites,
du reste avec raison, que je n'entends rien. » A ces
mots prononcés comme nous entrions en gare de
Parville, si loin de Combray et de Montjouvain,
si longtemps après la mort de Vinteuil, une image
s'agitait dans mon cœur, une image tenue en réserve
pendant tant d'années, que même si j'avais pu
deviner en l'emmagasinant jadis qu'elle avait un
pouvoir nocif, j'eusse cru qu'à la longue elle l'avait
entièrement perdu ; conservée vivante au fond de
moi — comme Oreste dont les Dieux avaient empêché la mort pour qu'au jour désigné il revint dans
son pays punir le meurtre d'Agamemnon — pour
mon supplice, pour mon châtiment, qui sait? d'avoir
laissé mourir ma grand'-mère, peut-être ; surgissant
tout à coup du fond de la nuit où elle semblait à
jamais ensevelie et frappant, comme un Vengeur,
afin d'inaugurer pour moi une vie terrible, méritée
et nouvelle, peut-être aussi pour faire éclater à mes
yeux les funestes conséquences que les actes mauvais
engendrent indéfiniment, non pas seulement pour
ceux qui les ont commis, mais pour ceux qui n'ont
fait, qui n'ont cru, que contempler un spectacle
curieux et divertissant comme moi hélas, en cette

215

fin de journée lointaine à Montjouvain, caché derrière un buisson où (comme quand j'avais complai-
samment écouté le récit des amours de Swann),
j'avais dangereusement laissé s'élargir en moi la
voie funeste et destinée à être douloureuse du
Savoir. Et dans ce même temps, de ma plus grande
douleur j'eus un sentiment presque orgueilleux,
presque joyeux, d'un homme à qui le choc qu'il aurait
reçu aurait fait faire un bond tel qu'il serait parvenu à
un point où nul effort n'aurait pu le hisser. Albertine amie de Mlle Vinteuil et de son amie, prati-
quante professionnelle du Sapphisme, c'était auprès
de ce que j'avais imaginé dans les plus grands doutes
ce qu'est au petit acoustique de l'Exposition de 1889
dont on espérait à peine qu'il pourrait aller du bout
d'une maison à une autre, les téléphones planant
sur les rues, les villes, les champs, les mers, reliant
les pays. C'était une « terra incognita » terrible où je
venais d'atterrir, une phase nouvelle de souffrances
insoupçonnées qui s'ouvrait. Et pourtant ce déluge
de la réalité qui nous submerge, s'il est énorme
auprès de nos timides et infimes suppositions, il
était pressenti par elles. C'est sans doute quelque
chose comme ce que je venais d'apprendre, c'était
quelque chose comme l'amitié d'Albertine et Mlle Vinteuil, quelque chose que mon esprit n'aurait su
inventer, mais que j'appréhendais obscurément
quand je m'inquiétais tout en voyant Albertine
auprès d'Andrée. C'est souvent seulement par manque
d'esprit créateur qu'on ne va pas assez loin dans la
souffrance. Et la réalité la plus terrible donne en
même temps que la souffrance la joie d'une belle
découverte, parce qu'elle ne fait que donner une
forme neuve et claire à ce que nous remâchions de-

puis longtemps sans nous en douter. Le train s'était arrêté à Parville et comme nous étions les seuls voyageurs qu'il y eût dedans, c'était d'une voix amollie par le sentiment de l'inutilité de la tâche, par la même habitude qui la lui faisait pourtant remplir et lui inspirait à la fois l'exactitude et l'indolence, et plus encore par l'envie de dormir que l'employé cria : « Parville ! » Albertine placée en face de moi et voyant qu'elle était arrivée à destination, fit quelques pas du fond du wagon où nous étions et ouvrit la portière. Mais ce mouvement qu'elle accomplissait aussi pour descendre me déchirait intolérablement le cœur comme si, contrairement à la position indépendante de mon corps que à deux pas de lui semblait occuper celui d'Albertine, cette séparation spatiale, qu'un dessinateur véridique eût été obligé de figurer entre nous, n'était qu'une apparence et comme si, pour qui eût voulu, selon la réalité véritable, redessiner les choses, il eût fallu placer maintenant Albertine, non pas à quelque distance de moi, mais en moi. Elle me faisait si mal en s'éloignant que, la rattrapant, je la tirai désespérément par le bras. « Est-ce qu'il serait matériellement impossible, lui demandais-je, que vous veniez coucher ce soir à Balbec ? — Matériellement, non. Mais je tombe de sommeil. — Vous me rendriez un service immense... — Alors, soit, quoique je ne comprenne pas ; pourquoi ne l'avez-vous pas dit plus tôt ? Enfin je reste. » Ma mère dormait quand, après avoir fait donner à Albertine une chambre située à un autre étage, je rentrai dans la mienne. Je m'assis près de la fenêtre, réprimant mes sanglots, pour que ma mère, qui n'était séparée de moi que par une mince cloison, ne m'entendit pas. Je n'avais même pas pensé à fermer les volets, car à un moment, levant les yeux, je vis en face de moi dans le ciel cette même petite lueur d'un rouge éteint qu'on voyait au restaurant de Rivebelle dans une étude qu'Elstir avait faite d'un soleil couché. Je me rappelai l'exaltation que m'avait donnée, quand je l'avais aperçu du chemin de fer le premier jour de mon arrivée à Belbec, cette même image d'un soir qui ne précédait pas la nuit, mais une nouvelle journée. Mais nulle journée maintenant ne serait plus pour moi nouvelle, n'éveillerait plus en moi le désir d'un bonheur inconnu, et prolongerait seulement mes souffrances, jusqu'à ce que je n'eusse plus la force de les supporter. La vérité de ce que Cottard m'avait dit au casino de Parville ne faisait plus doute pour moi. Ce que j'avais redouté, vaguement soupçonné depuis longtemps d'Albertine, ce que mon instinct dégageait de tout son être, et ce que mes raisonnements dirigés par mon désir m'avaient peu à peu fait nier, c'était vrai ! Derrière Albertine je ne voyais plus les montagnes bleues de la mer, mais la chambre de Montjouvain où elle tombait dans les bras de Mlle Vinteuil avec ce rire où elle faisait entendre comme le son inconnu de sa jouissance. Car jolie comme était Albertine, comment Mlle Vinteuil, avec les goûts qu'elle avait, ne lui eût-elle pas demandé de les satisfaire ? Et la preuve qu'Albertine n'en avait pas été choquée et avait consenti, c'est qu'elles ne s'étaient pas brouillées, mais que leur intimité n'avait pas cessé de grandir. Et ce mouvement gracieux d'Albertine posant son menton sur l'épaule de Rosemonde, la regardant en souriant et lui posant un baiser dans le cou, ce mouvement qui m'avait rappelé Mlle Vinteuil et pour

SODOME ET GOMORRHE

l'interprétation duquel j'avais hésité pourtant à
admettre qu'une même ligne tracée par un geste
résultât forcément d'un même penchant, qui sait
si Albertine ne l'avait pas tout simplement appris de
Mlle Vinteuil ? Peu à peu le ciel éteint s'allumait.
Moi qui ne m'étais jusqu'ici jamais éveillé sans sourire aux choses les plus humbles, au bol de café au
lait, au bruit de la pluie, au tonnerre du vent, je
sentis que le jour qui allait se lever dans un instant,
et tous les jours qui viendraient ensuite ne m'appor-
teraient plus jamais l'espérance d'un bonheur inconnu, mais le prolongement de mon martyre. Je
tenais encore à la vie ; je savais que je n'avais plus
rien que de cruel à en attendre. Je courus à l'ascen-
ceur, malgré l'heure indue, sonner le lift qui faisait
fonction de veilleur de nuit et je lui demandai d'aller
à la chambre d'Albertine, lui dire que j'avais quelque
chose d'important à lui communiquer, si elle pourrait me recevoir. « Mademoiselle aime mieux que ce
soit elle qui vienne, vint-il me répondre. Elle sera
ici dans un instant. » Et bientôt en effet, Albertine
entra en robe de chambre. « Albertine, lui dis-je
très bas, et en lui recommandant de ne pas élever la
voix pour ne pas éveiller ma mère, de qui nous
n'étions séparés que par cette cloison, dont la min-
ceur aujourd'hui importune et qui forçant à chu-
choter, ressemblait jadis, quand s'y peignèrent si
bien les intentions de ma grand'mère, à une sorte de
diaphanéité musicale, — je suis honteux de vous
déranger. Voici. Pour que vous compreniez, il faut
que je vous dise une chose que vous ne savez pas.
Quand je suis venu ici, j'ai quitté une femme que
j'ai dû épouser, qui était prête à tout abandonner
pour moi. Elle devait partir en voyage ce matin et

219

depuis une semaine, tous les jours, je me demandais si j'aurais le courage de ne pas lui télégraphier que je revenais. J'ai eu ce courage, mais j'étais si malheureux que j'ai cru que je me tuerais. C'est pour cela que je vous ai demandé hier soir si vous ne pourriez pas venir coucher à Balbec. Si j'avais dû mourir, j'aurais aimé vous dire adieu. » Et je donnai libre cours aux larmes que ma fiction rendait naturelles. « Mon pauvre petit, si j'avais su, j'aurais passé la nuit auprès de vous, s'écria Albertine, à l'esprit de qui l'idée que j'épouserais peut-être cette femme et que l'occasion de faire, elle, un « beau mariage » s'évanouissait, ne vint même pas, tant elle était sincèrement émue d'un chagrin dont je pouvais lui cacher la cause, mais non la réalité et la force. « Du reste, me dit-elle, hier pendant tout le trajet depuis la Raspelière, j'avais bien senti que vous étiez nerveux et triste, je craignais quelque chose. » En réalité mon chagrin n'avait commencé qu'à Parville, et la nervosité bien différente mais qu'heureusement Albertine confondait avec lui, venait de l'ennui de vivre encore quelques jours avec elle. Elle ajouta : « Je ne vous quitte plus, je vais rester tout le temps ici. » Elle m'offrait justement — et elle seule pouvait me l'offrir — l'unique remède contre le poison qui me brûlait, homogène à lui d'ailleurs, l'un doux, l'autre cruel, tous deux étaient également dérivés d'Albertine. En ce moment Albertine — mon mal — se relâchant de me causer des souffrances, me laissait — elle, Albertine remède — attendri comme un convalescent. Mais je pensais qu'elle allait bientôt partir de Balbec pour Cherbourg et de là pour Trieste. Ses habitudes d'autrefois allaient renaître. Ce que je voulais avant tout, c'était empêcher Albertine de prendre le bateau, tâcher de l'emmener à Paris. Certes de Paris, plus facilement encore que de Balbec, elle pourrait, si elle le voulait, aller à Trieste, mais à Paris nous verrions ; peut-être je pourrais demander à Mme de Guermantes d'agir indirectement sur l'amie de Mlle Vinteuil pour qu'elle ne restât pas à Trieste, pour lui faire accepter une situation ailleurs, peut-être chez le Prince de ... que j'avais rencontré chez Mme de Villeparisis et chez Mme de Guermantes même ? Et celui-ci, même si Albertine voulait allez chez lui voir son amie, pourrait, prévenu par Mme de Guermantes, les empêcher de se joindre. Certes j'aurais pu me dire qu'à Paris, si Albertine avait ces goûts, elle trouverait bien d'autres personnes avec qui les assouvir. Mais chaque mouvement de jalousie est particulier et porte la marque de la créature — pour cette fois-ci l'amie de Mlle Vinteuil — qui l'a suscité. C'était l'amie de Mlle Vinteuil qui restait ma grande préoccupation. La passion mystérieuse avec laquelle j'avais pensé autrefois à l'Autriche parce que c'était le pays d'où venait Albertine (son oncle y avait été Conseiller d'ambassade), que sa singularité géographique, la race qui l'habitait, ses monuments, ses paysages, je pouvais les considérer ainsi que dans un atlas, comme dans un recueil de vues, dans le sourire, dans les manières d'Albertine, cette passion mystérieuse, je l'éprouvais encore mais par une interversion de signes, dans le domaine de l'horreur. Qui c'était de là qu'Albertine venait. C'était là que dans chaque maison, elle était sûre de retrouver, soit l'amie de Mlle Vinteuil, soit d'autres. Les habitudes d'enfance allaient renaître, on se réunirait dans trois mois pour la Noël, puis le 1er janvier, dates qui m'étaient déjà tristes en elles-mêmes, de par le souvenir inconscient du chagrin que j'y avais ressenti quand, autrefois, elles me séparaient, tout le temps des vacances du jour de l'an, de Gilberte. Après les longs dîners, après les réveillons, quand tout le monde serait joyeux, animé, Albertine allait avoir, avec ses amies de là-bas, ces mêmes poses que je lui avais vu prendre avec Andrée, alors que l'amitié d'Albertine pour elle était innocente, qui sait, peut-être celles qui avait rapproché devant moi Mlle Vinteuil poursuivie par son amie, à Montjouvain. A Mlle Vinteuil, maintenant tandis que son amie la chatouillait avant de s'abattre sur elle, je donnais le visage enflammé d'Albertine, d'Albertine que j'entendis lancer en s'enfuyant, puis en s'abandonnant, son rire étrange et profond. Qu'était à côté de la souffrance que je ressentais, la jalousie que j'avais pu éprouver le jour où Saint-Loup avait rencontré Albertine avec moi à Doncières et où elle lui avait fait des agaceries, celle aussi que j'avais éprouvée en repensant à l'initiateur inconnu auquel j'avais pu devoir les premiers baisers qu'elle m'avait donnés à Paris, le jour où j'attendais la lettre de Mlle de Stermaria. Cette autre jalousie provoquée par Saint-Loup, par un jeune homme quelconque, n'était rien. J'aurais pu dans ce cas craindre tout au plus un rival sur lequel j'eusse essayé de l'emporter. Mais ici le rival n'était pas semblable à moi, ses armes étaient différentes, je ne pouvais pas lutter sur le même terrain, donner à Albertine les mêmes plaisirs, ni même les concevoir exactement. Dans bien des moments de notre vie nous troquerions tout l'avenir contre un pouvoir en soi-même insignifiant. J'aurais jadis renoncé à tous les avantages de la vie

pour connaître Mme Blatin, parce qu'elle était une
amie de Mme Swann. Aujourd'hui, pour qu'Albertine
n'allât pas à Trieste, j'aurais supporté toutes les
souffrances et si c'eût été insuffisant, je lui en aurais
infligé, je l'aurais isolée, enfermée, je lui eusse
pris le peu d'argent qu'elle avait pour que le dénue-
ment l'empêchât matériellement de faire le voyage.
Comme jadis, quand je voulais aller à Balbec, ce
qui me poussait à partir c'était le désir d'une église
persane, d'une tempête à l'aube, ce qui maintenant
me déchirait le cœur en pensant qu'Albertine irait
peut-être à Trieste, c'était qu'elle y passerait la nuit
de Noël avec l'amie de Mlle Vinteuil : car l'imagination, quand elle change de nature et se tourne en
sensibilité ne dispose pas pour cela d'un nombre plus
grand d'images simultanées. On m'aurait dit qu'elle
ne se trouvait pas en ce moment à Cherbourg ou à
Trieste, qu'elle ne pourrait pas voir Albertine,
comme j'aurais pleuré de douceur et de joie. Comme
ma vie et son avenir eussent changés ! Et pourtant
je savais bien que cette localisation de ma jalousie
était arbitraire, que si Albertine avait ces goûts elle
pouvait les assouvir avec d'autres. D'ailleurs peut-
être même ces mêmes jeunes filles si elles avaient
pu la voir ailleurs n'auraient pas tant torturé mon
cœur. C'était de Trieste, de ce monde inconnu où
je sentais que se plaisait Albertine, où étaient ses
souvenirs, ses amitiés, ses amours d'enfance, que
s'exhalait cette atmosphère hostile, inexplicable,
comme celle qui montait jadis jusqu'à ma chambre de
Combray, de la salle à manger où j'entendais causer
et rire avec les étrangers, dans le bruit des four-
chettes, maman qui ne viendrait pas me dire bonsoir ; comme celle qui avait rempli pour Swann les

maisons où Odette allait chercher en soirée d'inconcevables joies. Ce n'était plus comme vers un pays délicieux où la race est pensive, les couchants dorés, les carillons tristes, que je pensais maintenant à Trieste, mais comme à une cité maudite que j'aurais voulu faire brûler sur-le-champ et supprimer du monde réel. Cette ville était enfoncée dans mon cœur comme une pointe permanente. Laisser partir bientôt Albertine pour Cherbourg et Trieste me faisait horreur ; et même rester à Balbec. Car maintenant que la révélation de l'intimité de mon amie avec M\ll\e Vinteuil me devenait une quasi-certitude, il me semblait que dans tous les moments où Albertine n'était pas avec moi (et il y avait des jours entiers où à cause de sa tante je ne pouvais pas la voir), elle était livrée aux cousines de Bloch, peut-être à d'autres. L'idée que ce soir même elle pourrait voir les cousines de Bloch me rendait fou. Aussi, après qu'elle m'eût dit que pendant quelques jours elle ne me quitterait pas, je lui répondis : « Mais c'est que je voudrais partir pour Paris. Ne partiriez-vous pas avec moi. Et ne voudriez-vous pas venir habiter un peu avec nous à Paris ? » A tout prix il fallait l'empêcher d'être seule, au moins quelques jours, la garder près de moi pour être sûr qu'elle ne pût voir l'amie de M\ll\e Vinteuil. Ce serait en réalité habiter seule avec moi, car ma mère profitant d'un voyage d'inspection qu'allait faire mon père, s'était prescrit comme un devoir d'obéir à une volonté de ma grand'mère qui désirait qu'elle allât quelques jours à Combray auprès d'une de ses sœurs. Maman n'aimait pas sa tante parce qu'elle n'avait pas été pour grand'mère, si tendre pour elle, la sœur qu'elle aurait dû. Ainsi, devenus grands, les enfants se rappellent avec rancune ceux qui ont été mauvais pour eux. Mais maman, devenue ma grand'mère, elle était incapable de rancune ; la vie de sa mère était pour elle comme une pure et innocente enfance où elle allait puiser ces souvenirs dont la douceur ou l'amertume réglait ses actions avec les uns et les autres. Ma tante aurait pu fournir à maman certains détails inestimables, mais maintenant elle les aurait difficilement, sa tante était tombée très malade (on disait d'un cancer) et elle se reprochait de ne pas être allée plus tôt, pour tenir compagnie à mon père, n'y trouvait qu'une raison de plus de faire ce que sa mère aurait fait, et comme elle allait à l'anniversaire du père de ma grand'mère, lequel avait été si mauvais père, porter sur sa tombe des fleurs que ma grand'mère avait l'habitude d'y porter. Ainsi, auprès de la tombe qui allait s'entrouvrir, ma mère voulait-elle apporter les doux entretiens que ma tante n'était pas venue offrir à ma grand'mère. Pendant qu'elle serait à Combray, ma mère s'occuperait de certains travaux, que ma grand'mère avait toujours désirés, mais si seulement ils étaient exécutés sous la surveillance de sa fille. Aussi n'avaient-ils pas encore été commencés. Maman ne voulant pas, en quittant Paris avant mon père, lui faire trop sentir le poids d'un deuil auquel il s'associait, mais qui ne pouvait pas l'affliger autant qu'elle. « Ah ! ça ne serait pas possible en ce moment, me répondit Albertine. D'ailleurs quel besoin avez-vous de rentrer si vite à Paris, puisque cette dame est partie ? — Parce que je serai plus calme dans un endroit où je l'ai connue, plutôt qu'à Balbec qu'elle n'a jamais vu et que j'ai pris en horreur. » Albertine a-t-elle compris plus tard que cette autre femme n'existait

pas, et que si cette nuit-là j'avais parfaitement voulu
mourir, c'est parce qu'elle m'avait étourdiment
révélé qu'elle était liée avec l'amie de Mlle Vinteuil.
C'est possible. Il y a des moments où cela me paraît
probable. En tous cas, ce matin-là, elle crut à l'existence de cette femme. « Mais vous devriez épouser
cette dame, me dit-elle, mon petit, vous seriez
heureux, et elle sûrement aussi serait heureuse. » Je
lui répondis que l'idée que je pourrais rendre cette
femme heureuse avait en effet failli me décider ;
dernièrement quand j'avais fait un gros héritage
qui me permettrait de donner beaucoup de luxe, de
plaisirs à ma femme j'avais été sur le point d'accepter le sacrifice de celle que j'aimais. Grisé par la
reconnaissance que m'inspirait la gentillesse d'Albertine si près de la souffrance atroce qu'elle m'avait
causée, de même qu'on promettrait volontiers une
fortune au garçon de café qui vous verse un sixième
verre d'eau-de-vie, je lui dis que ma femme aurait
une auto, un yacht, qu'à ce point de vue, puisqu'Albertine aimant tant faire de l'auto et du yachting
il était malheureux qu'elle ne fût pas celle que j'ai-
masse, que j'eusse été le mari parfait pour elle, mais
qu'on verrait, qu'on pourrait peut-être se voir
agréablement. Malgré tout, comme dans l'ivresse
même on se retient d'interpeller les passants, par
peur des coups, je ne commis pas l'imprudence (si
c'en était une), comme j'aurais fait au temps de
Gilberte, en lui disant que c'était elle, Albertine, que
j'aimais. « Vous voyez, j'ai failli l'épouser. Mais je
n'ai pas osé le faire pourtant, je n'aurais pas voulu
faire vivre une jeune femme auprès de quelqu'un de
si souffrant et de si ennuyeux. — Mais vous êtes
fou, tout le monde voudrait vivre auprès de vous,

regardez comme tout le monde vous recherche. On
ne parle que de vous chez Mme Verdurin, et dans le
plus grand monde aussi, on me l'a dit. Elle n'a donc
pas été gentille avec vous cette dame pour vous
donner cette impression de doute sur vous-même.
Je vois ce que c'est, c'est une méchante, je la dé-
teste, ah ! si j'avais été à sa place. — Mais non, elle
est très gentille, trop gentille. Quant aux Verdurin
et au reste, je m'en moque bien. En dehors de celle
que j'aime et à laquelle du reste j'ai renoncé, je ne
tiens qu'à ma petite Albertine, il n'y a qu'elle en me
voyant beaucoup — du moins les premiers jours,
ajoutais-je pour ne pas l'effrayer et pouvoir demander
beaucoup ces jours-là — qui pourra un peu me consoler.» Je ne fis que vaguement allusion à une possibilité de mariage, tout en disant que c'était irréalisable parce que nos caractères ne concorderaient pas.
Malgré moi, toujours poursuivi dans ma jalousie par
le souvenir des relations de Saint-Loup avec « Rachel
quand du Seigneur » et de Swann avec Odette, j'étais
trop porté à croire que du moment que j'aimais, je
ne pouvais pas être aimé et que l'intérêt seul pouvait
attacher à moi une femme. Sans doute c'était une
folie de juger Albertine d'après Odette et Rachel.
Mais ce n'était pas elle, c'était moi ; c'était les sentiments que je pouvais inspirer que ma jalousie me
faisait trop sous-estimer. Et de ce jugement, peut-être
erroné, naquirent sans doute bien des malheurs qui
allaient fondre sur nous. « Alors, vous refusez mon
invitation pour Paris ? — Ma tante ne voudrait pas
que je parte en ce moment. D'ailleurs même si plus
tard, je peux, est-ce que cela n'aurait pas l'air drôle
que je descende ainsi chez vous. A Paris on saura
bien que je ne suis pas votre cousine. — Hé bien !

nous dirons que nous sommes un peu fiancés. Qu'est-ce que cela fait, puisque vous savez que cela n'est pas vrai. « Le cou d'Albertine qui sortait tout entier de sa chemise était puissant, doré, à gros grains. Je l'embrassai aussi purement que si j'avais embrassé ma mère pour calmer un chagrin d'enfant que je croyais alors ne pouvoir jamais arracher de mon cœur. Albertine me quitta pour aller s'habiller. D'ailleurs son dévouement fléchissait déjà ; tout à l'heure, elle m'avait dit qu'elle ne me quitterait pas d'une seconde. (Et je sentais bien que sa résolution ne durerait pas puisque je craignais, si nous restions à Balbec, qu'elle vît ce soir même, sans moi, les cousines de Bloch). Or elle venait maintenant de me dire qu'elle voulait passer à Maineville et qu'elle reviendrait me voir dans l'après-midi. Elle n'était pas rentrée la veille au soir, il pouvait y avoir des lettres pour elle, de plus sa tante pouvait être inquiète. J'avais répondu : « Si ce n'est que pour cela, on peut envoyer le lift dire à votre tante que vous êtes ici et chercher vos lettres. » Et désireuse de se montrer gentille mais contrariée d'être asservie, elle avait plissé le front puis, tout de suite, très gentiment, dit : « C'est cela » et elle avait envoyé le lift. Albertine ne m'avait pas quitté depuis un moment que le lift vint frapper légèrement. Je ne m'attendais pas à ce que pendant que je causais avec Albertine, il eût eu le temps d'aller à Maineville et d'en revenir. Il venait me dire qu'Albertine avait écrit un mot à sa tante et qu'elle pouvait, si je voulais, venir à Paris le jour même. Elle avait du reste eu tort de lui donner la commission de vive voix, car déjà, malgré l'heure matinale, le directeur était au courant et affolé venait me demander si j'étais mécontent de quelque chose, si vraiment je partais ; si je ne pourrais pas attendre au moins quelques jours ; le vent étant aujourd'hui assez craintif (à craindre). Je ne voulais pas lui expliquer que je voulais à tout prix qu'Albertine ne fût plus à Balbec à l'heure où les cousines de Bloch faisaient leur promenade, surtout Andrée, qui seule eût pu la protéger, n'étant pas là, et que Balbec était comme ces endroits où un malade qui n'y respire plus est décidé, dût-il mourir en route, à ne pas passer la nuit suivante. Du reste, j'allais avoir à lutter contre des prières du même genre dans l'hôtel d'abord où Marie Gineste et Céleste Albaret avaient les yeux rouges. (Marie, du reste, faisait entendre le sanglot pressé d'un torrent. Céleste, plus molle, lui recommandait le calme ; mais Marie ayant murmuré les seuls vers qu'elle connût : *Ici bas tous les lilas meurent*, Céleste ne put se retenir et une nappe de larmes s'épandit sur sa figure couleur de lilas ; je pense du reste qu'elles m'oublièrent dès le soir même). Ensuite, dans le petit chemin de fer d'intérêt local, malgré toutes mes précautions pour ne pas être vu, je rencontrai M. de Cambremer qui, à la vue de mes malles blêmit, car il comptait sur moi pour le surlendemain ; il m'exaspéra en voulant me persuader que mes étouffements tenaient au changement de temps et qu'octobre serait excellent pour eux, et il me demanda si, en tous cas, « je ne pourrais pas remettre mon départ à huitaine », expression dont la bêtise ne me mit peut-être en fureur que parce que ce qu'il me proposait me faisait mal. Et tandis qu'il me parlait dans le wagon, à chaque station je craignais de voir apparaître plus terribles qu'Heribald ou Guiscard, M. de Crécy implorant d'être invité, ou plus redoutable encore Mme Ver-

durin tenant à m'inviter. Mais cela ne devait arriver que dans quelques heures. Je n'en étais pas
encore là. Je n'avais à faire face qu'aux plaintes
désespérées du directeur. Je l'éconduisis, car je craignais que tout en chuchotant il ne finît par éveiller
maman. Je restai seul dans la chambre, cette même
chambre trop haute de plafond où j'avais été si malheureux à la première arrivée, où j'avais pensé avec
tant de tendresse à Mlle de Stermaria, guetté le passage d'Albertine et de ses amies comme d'oiseaux
migrateurs arrêtés sur la plage, où je l'avais possédée
avec tant d'indifférence quand je l'avais fait chercher par le lift, où j'avais connu la bonté de ma
grand'mère, puis appris qu'elle était morte ; ces
volets au pied desquels tombait la lumière du matin,
je les avais ouverts la première fois pour apercevoir
les premiers contreforts de la mer (ces volets qu'Albertine me faisait fermer pour qu'on ne nous vît pas
nous embrasser). Je prenais conscience de mes propres transformations en les confrontant à l'identité
des choses. On s'habitue pourtant à elles comme aux
personnes et quand, tout d'un coup, on se rappelle la
signification différente qu'elles comportèrent, puis
quand elles eurent perdu toute signification, les
événements bien différents de ceux d'aujourd'hui
qu'elles encadrèrent, la diversité des actes joués sous
le même plafond, entre les mêmes bibliothèques
vitrées, le changement dans le cœur et dans la vie
que cette diversité implique, semblent encore accrus
par la permanence immuable du décor, renforcées par
l'unité du lieu.

Deux ou trois fois, pendant un instant, j'eus l'idée
que le monde où était cette chambre et ces bibliothèques et dans lequel Albertine était si peu de

230

chose, était peut-être un monde intellectuel, qui était
la seule réalité, et mon chagrin quelque chose comme
celui que donne la lecture d'un roman et dont un fou
seul pourrait faire un chagrin durable et permanent
et se prolongeant dans sa vie ; qu'il suffirait peut-
être d'un petit mouvement de ma volonté pour
atteindre ce monde réel, y rentrer en dépassant
ma douleur comme un cerceau de papier qu'on
crève, et ne plus me soucier davantage de ce qu'avait
fait Albertine, que nous ne nous soucions des actions de l'héroïne imaginaire d'un roman après
que nous en avons fini la lecture. Au reste les maî-
tresses que j'ai le plus aimées n'ont coïncidé jamais avec mon amour pour elles. Cet amour était
vrai, puisque je subordonnais toutes choses à les
voir, à les garder pour moi seul, puisque je san-
glotais si, un soir, je les avais entendues. Mais elles
avaient plutôt la propriété d'éveiller cet amour, de
le porter à son paroxisme, qu'elles n'en étaient l'image.
Quand je les voyais, quand je les entendais, je ne
trouvais rien en elles qui ressemblât à mon amour
et pût l'expliquer. Pourtant ma seule joie était de
les voir, ma seule anxiété de les attendre. On aurait
dit qu'une vertu n'ayant aucun rapport avec elles
leur avait été accessoirement adjointe par la nature,
et que cette vertu, ce pouvoir simili-électrique avait
pour effet sur moi d'exciter mon amour, c'est-à-dire
de diriger toutes mes actions et de causer toutes mes
souffrances. Mais de cela, la beauté, ou l'intelligence,
ou la bonté de ces femmes étaient entièrement distinctes. Comme un courant électrique qui vous meut,
j'ai été secoué par mes amours, je les ai vécus, je les
ai sentis : jamais je n'ai pu arriver à les voir ou à les
penser. J'incline même à croire que dans ces amours

(je mets de côté le plaisir physique qui les accompagne d'ailleurs habituellement, mais ne suffit pas à les constituer), sous l'apparence de la femme, c'est à ces forces invisibles dont elle est accessoirement accompagnée que nous nous adressons comme à d'obscures divinités. C'est elles dont la bienveillance nous est nécessaire, dont nous recherchons le contact sans y trouver de plaisir positif. Avec ces déesses, la femme durant le rendez-vous nous met en rapport et ne fait guère plus. Nous avons comme des offrandes promis des bijoux, des voyages, prononcé des formules qui signifient que nous adorons et des formules contraires qui signifient que nous sommes indifférents. Nous avons disposé de tout notre pouvoir pour obtenir un nouveau rendez-vous, mais qui soit accordé sans ennui. Or, est-ce pour la femme elle même, si elle n'était pas complétée de ces forces occultes, que nous prendrions tant de peine, alors que quand elle est partie nous ne saurions dire comment elle était habillée et que nous nous apercevons que nous ne l'avons même pas regardée.

Comme la vue est un sens trompeur, un corps humain même aimé comme était celui d'Albertine nous semble, à quelques mètres, à quelques centimètres, distant de nous. Et l'âme qui est à lui de même. Seulement que quelque chose change violemment la place de cette âme par rapport à nous, nous montre qu'elle aime d'autres êtres et pas nous, alors aux battements de notre cœur disloqué, nous sentons que c'est, non pas à quelques pas de nous, mais en nous, qu'était la créature chérie. En nous, dans des régions plus ou moins superficielles. Mais les mots : «Cette amie, c'est Mlle Vinteuil» avait été le Sésame, que j'eusse été incapable de trouver moi-même, qui avait fait entrer Albertine dans la profondeur de mon cœur déchiré. Et la porte qui s'était refermée sur elle, j'aurais pu chercher pendant cent ans, sans savoir comment on pourrait la rouvrir.

Ces mots j'avais cessé de les entendre un instant pendant qu'Albertine était auprès de moi tout à l'heure. En l'embrassant comme j'embrassais ma mère, à Combray, pour calmer mon angoisse, je croyais presque à l'innocence d'Albertine ou du moins je ne pensais pas avec continuité à la découverte que j'avais faite de son vice. Mais maintenant que j'étais seul, les mots retentissaient à nouveau comme ces bruits intérieurs de l'oreille qu'on entend dès que quelqu'un cesse de vous parler. Son vice maintenant ne faisait pas de doute pour moi. La lumière du soleil qui allait se lever en modifiant les choses autour de moi me fit prendre à nouveau, comme en me déplaçant un instant par rapport à elle, conscience plus cruelle encore de ma souffrance. Je n'avais jamais vu commencer une matinée si belle ni si douloureuse. En pensant à tous les paysages indifférents qui allaient s'illuminer et qui la veille encore ne m'eussent rempli que du désir de les visiter, je ne pus retenir un sanglot quand, dans un geste d'offertoire mécaniquement accompli et qui me parut symboliser le sanglant sacrifice que j'allais avoir à faire de toute joie, chaque matin, jusqu'à la fin de ma vie, renouvellement solennellement célébré à chaque aurore de mon chagrin quotidien et du sang de ma plaie, l'œuf d'or du soleil comme propulsé par la rupture d'équilibre qu'amènerait au moment de la coagulation un changement de densité, barbelé de flammes comme dans les tableaux, creva d'un bond le rideau derrière lequel on le sentait depuis un moment frémis-

233

sant et prêt à entrer en scène et à s'élancer, et dont il effaça sous des flots de lumière la pourpre mystérieuse et figée. Je m'entendis moi-même pleurer. Mais à ce moment contre toute attente la porte s'ouvrit et le cœur battant il me sembla voir ma grand'mère devant moi, comme en une de ces apparitions que j'avais déjà eues, mais seulement en dormant. Tout cela n'était-il donc qu'un rêve? Hélas, j'étais bien éveillé. « Tu trouves que je ressemble à ta pauvre grand' mère, me dit maman », car c'était elle, avec douceur, comme pour calmer mon effroi, avouant du reste cette ressemblance, avec une beau sourire de fierté modeste qui n'avait jamais connu la coquetterie. Ses cheveux en désordre où les mèches grises n'étaient point cachées et serpentaient autour de ses yeux inquiets, de ses joues vieillies, la robe de chambre même de ma grand'mère qu'elle portait, tout m'avait pendant une seconde empêché de la reconnaître et fait hésiter si je dormais ou si ma grand'-mère était ressuscitée. Depuis longtemps déjà ma mère ressemblait à ma grand'mère, bien plus qu'à la jeune et rieuse maman qu'avait connue mon enfance. Mais je n'y avais plus songé. Ainsi quand on est resté longtemps à lire, distrait, on ne s'est pas aperçu que passait l'heure et tout d'un coup, on voit autour de soi le soleil qu'il y avait la veille à la même heure, éveiller autour de lui les mêmes harmonies, les mêmes correspondances qui préparent le couchant. Ce fut en souriant que ma mère me signala à moi-même mon erreur, car il lui était doux d'avoir avec sa mère une telle ressemblance. « Je suis venue, me dit ma mère, parce qu'en dormant il me semblait entendre quelqu'un qui pleurait. Cela m'a réveillé. Mais comment se fait-il que tu ne sois pas couché?

Et tu as les yeux pleins de larmes. Qu'y a-t-il ? »
Je pris sa tête dans mes bras : « Maman, voilà, j'ai
peur que tu me croies bien changeant. Mais d'abord,
hier je ne t'ai pas parlé très gentiment d'Albertine ;
ce que je t'ai dit était injuste. — Mais qu'est-ce que
cela peut faire ? me dit ma mère, et apercevant le
soleil levant, elle sourit tristement en pensant à sa
mère et pour que je ne perdisse pas le fruit d'un spectacle que ma grand'mère regrettait que je ne con-
templasse jamais, elle me montra la fenêtre. Mais
derrière la plage de Balbec, la mer, le lever du soleil,
que maman me montrait, je voyais, avec des mouvements de désespoir qui ne lui échappaient pas, la
chambre de Montjouvain où Albertine, rose, pelo-
tonnée comme une grosse chatte, le nez mutin, avait
pris la place de l'amie de Mlle Vinteuil et disait avec
des éclats de son rire voluptueux : « Eh bien ! si on
nous voit, ce n'en sera que meilleur. Moi ! je n'ose-
rais pas cracher sur ce vieux singe ? » C'est cette
scène que je voyais derrière celle qui s'étendit dans
la fenêtre et qui n'était sur l'autre qu'un voile morne,
superposé comme un reflet. Elle semblait elle-même
en effet presque irréelle, comme une vue peinte. En
face de nous, à la saillie de la falaise de Parville, le
petit bois où nous avions joué au furet inclinait en
pente jusqu'à la mer, sous le vernis encore tout doré
de l'eau, le tableau de ses feuillages, comme à l'heure
où souvent à la fin du jour, quand j'étais allé y faire
une sieste avec Albertine, nous nous étions levés en
voyant le soleil descendre. Dans le désordre des
brouillards de la nuit qui traînaient encore en loques
roses et bleues sur les eaux encombrées des débris de
nacre de l'aurore, des bateaux passaient en souriant
à la lumière oblique qui jaunissait leur voile et la

pointe de leur beaupré comme quand ils rentrent le soir : scène imaginaire, grelottante et déserte, pure évocation du couchant qui ne reposait pas, comme le soir, sur la suite des heures du jour que j'avais l'habitude de voir le précéder, déliée, interpolée, plus inconsistante encore que l'image horrible de Montjouvain qu'elle ne parvenait pas à annuler, à couvrir, à cacher — poétique et vaine image du souvenir et du songe. « Mais voyons, me dit ma mère, tu ne m'as dit aucun mal d'elle, tu m'as dit qu'elle t'ennuyait un peu, que tu étais content d'avoir renoncé à l'idée de l'épouser. Ce n'est pas une raison pour pleurer comme cela. Pense que ta maman part aujourd'hui et va être désolée de laisser son grand loup dans cet état-là. D'autant plus, pauvre petit, que je n'ai guère le temps de te consoler. Car mes affaires ont beau être prêtes, on n'a pas trop de temps un jour de départ. — Ce n'est pas cela. » Et alors, calculant l'avenir, pesant bien ma volonté, comprenant qu'une telle tendresse d'Albertine pour l'amie de Mlle Vinteuil et pendant si longtemps, n'avait pu être innocente, qu'Albertine avait été initiée, et autant que tous ses gestes me le montraient, était d'ailleurs née avec la prédisposition du vice que mes inquiétudes n'avaient que trop de fois pressenti, auquel elle n'avait jamais dû cesser de se livrer, (auquel elle se livrait peut-être en ce moment, profitant d'un instant où je n'étais pas là), je dis à ma mère, sachant la peine que je lui faisais, qu'elle ne me montra pas et qui se trahit seulement chez elle par cet air de sérieuse préoccupation qu'elle avait quand elle comparait la gravité de me faire du chagrin ou de me faire du mal, cet air qu'elle avait eu à Combray pour la première fois quand elle s'était résignée à passer la nuit auprès de moi, cet air qui en ce moment ressemblait extraordinairement à celui de ma grand' mère me permettant de boire du cognac, je dis à ma mère : « Je sais la peine que je vais te faire. D'abord au lieu de rester ici comme tu le voulais, je vais partir en même temps que toi. Mais cela n'est encore rien. Je me porte mal ici, j'aime mieux rentrer. Mais écoute-moi, n'aie pas trop de chagrin. Voici. Je me suis trompé, je t'ai trompée de bonne foi, hier, j'ai réfléchi toute la nuit. Il faut absolument, et décidons-le tout de suite, parce que je me rends bien compte maintenant, parce que je ne changerai plus, et que je ne pourrais pas vivre sans cela, il faut absolument que j'épouse Albertine. »

FIN DU TOME II DE « SODOME ET GOMORRHE »

ACHEVÉ D'IMPRIMER
LE 3 AVRIL 1922
PAR F. PAILLART A
ABBEVILLE (SOMME).